Das Heisenberg-Erbe
von
Christopher Cartwright

W0394478

Prolog

Flugplatz der Luftwaffe, Stuttgart - 22. Januar 1945

Oberstleutnant Wilhelm Gutwein beobachtete, wie der Borgward B 3000 Militärlastwagen rückwärts an das Heck seines Flugzeugs heranfuhr. Als die grüne Plane, die die Ladefläche abdeckte, entfernt wurde, erhaschte er einen ersten Blick auf das seltsame metallische Gerät, das in aller Eile und heimlich aus einem Labor in Haigerloch herübergebracht worden war. Das Gerät sah für ihn aus wie ein überdimensionaler, mit Kohle bemalter American Football, aus dessen Rücken vier große stählerne Rückenflossen ragten. Der Körper wirkte geschwollen und ähnelte damit eher einer länglichen Kugel als einer Bombe, da die in diese in der Regel eher eine zylindrische Form hatten. Das Gewicht machte sich sofort auf der Pritsche bemerkbar, als die Federung des Lastwagens hart auf der Achse aufsetzte.

Gutwein starrte auf die abscheuliche Kreation.

Allein seine Anwesenheit ließ ihm die Nackenhaare zu Berge stehen und eiskalte Angst seinen Rücken hinunterlaufen. Sie sah bösartig und allgegenwärtig aus, fast wie ein Ungeheuer, das in der Lage war, alles Leben in einer ganzen Stadt auszulöschen. Der Gedanke war ihm zuwider, ja, aber es war ein notwendiges Übel. Er hatte gesehen, was feindliche Brandbomben vor zwei Jahren in Hamburg angerichtet hatten. Eine verheerende Bombe wie diese hier war die einzige Lösung, die seinem Land blieb. Es war nicht so, dass er den Rest der Welt hasste. Ganz im Gegenteil, er fühlte sich gegenüber des Rests der Welt fast komplett gleichgültig. Es war für ihn eine nicht veränderbare Tatsache, dass sie sich mit der ganzen Welt im Krieg befanden. Wie abscheulich das Ergebnis auch sein mochte, lieber ließ er die Städte des Gegners zerstören, als seine eigenen.

Eine hydraulische Hebevorrichtung surrte und ächzte, als sie das Gerät in den Unterboden seines Flugzeugs hob. Gutwein lauschte den unverwechselbaren Geräuschen, als ein Mechaniker die Bombe in die für sie vorgesehene Halterung schraubte. Nachdem er das Flugzeug in den letzten zwei Jahren häufig geflogen war, fühlte er eine innige Verbindung und Beziehung zu dem großen Metallvogel. Während er zusah, glaubte er zu spüren, wie sein Flugzeug auf diese neue Zerstörungskraft reagierte, indem es unter seiner neuen Last erzitterte.

Er las das Bündel von Papieren. Es handelte sich um einen

detaillierten technischen Bericht. Bei einer Länge von 3,5 Metern und einer Breite von 2 Metern wog die Bombe 4000 Kilogramm. Das Gewicht des Flugzeugs lag durch die Bombe jetzt etwa 1000 Kilogramme über der maximalen Nutzlast die für sein Flugzeug eigentlich maximal vorgesehen war.

Er hatte einige der besten Piloten und ehrenhaftesten Männer befehligt, die er in der *Luftwaffe* je gekannt hatte, aber für seinen letzten Einsatz würde er nur noch ein Flugzeug benötigen. Gutwein drehte sich um und bewunderte die Linien des Flugzeugs, das er in den letzten zwei Jahren hatte fliegen dürfen.

Der Anblick zauberte ein dünnlippiges Lächeln auf sein Gesicht. Dies war ihr Abgesang. Nie wieder würde sein Flugzeug noch einmal so schön aussehen, denn es war unmöglich, dass sie diesen Überfall in einem Stück überstand. Er spürte, wie ihm die Galle hochkam, als er mit erschreckender Gewissheit feststellte, dass es genauso unwahrscheinlich war, dass er selbst lebend davonkommen würde.

Er ignorierte den wahrscheinlichen und höchstwahrscheinlich unausweichlichen Ausgang. Er befand sich jetzt in den Händen des Schicksals und studierte dabei sein Flugzeug.

Die Deutsche Lufthansa Focke-Wulf 200S Condor war nie als Bomber gedacht gewesen. Die Bezeichnung *Condor* wurde gewählt, weil die FW-200 genau wie der Vogel eine sehr lange Spannweite aufwies - etwa 32,6 Meter von Flügelspitze zu Flügelspitze. Diese Spannweite erlaubte ihr Flüge in besonders hohen Höhen durchzuführen. Bis vor zwei Wochen war sie ausschließlich für Aufklärungsflüge über dem Atlantik eingesetzt worden. Sie war identisch mit dem ursprünglichen kommerziellen Langstreckenflugzeug, das 1938 einmal nonstop von Berlin nach New York flog. Um die technische Leistungsfähigkeit Deutschlands zu demonstrieren, wurde sie mit zusätzlichen Treibstofftanks ausgestattet und für Langstreckenflüge eingesetzt. Die Maschine wurde in FW-200S umbenannt, wobei der Buchstabe S für den Begriff „Spezialisiert" stand.

Es war ein viermotoriger Eindecker, der ursprünglich von vier amerikanischen 875-PS-Sternmotoren des Typs Pratt & Whitney Hornet angetrieben wurde und 26 Passagiere in zwei Kabinen bis zu 3000 Kilometern weit befördern sollte. Natürlich waren seit Kriegsbeginn viele Teile des Flugzeugs entfernt und ersetzt worden, um eine militärische Produktionsversion herzustellen.

Die amerikanischen Pratt and Whitney Hornet-Motoren wurden durch die einheimischen deutschen Bramo 323 R-2 Sternmotoren ersetzt, die durch eine Wasser-Menthol-Mischung eine Leistungssteigerung von

895 kW für den Start aufweisen konnte. Der Rumpf wurde mit einer durchgehenden Bola-Bauchgondel ausgestattet. Das erlaubte der Zelle nicht nur einen schmalen Bombenschacht, sondern auch eine verstärkte Verteidigungsbewaffnung und Vorkehrungen für eine Gesamtkriegslast von 5300 Kilogramm, verteilt auf jede Motorgondel.

Selbst nachdem er sie zwei Jahre lang geflogen hatte, fand Gutwein sie immer noch atemberaubend. Eine elegante Maschine in Ganzmetall-Leichtmetallbauweise, bündig vernietet, mit Ausnahme der stoffbespannten Steuerflächen und des mit Stoff bespannten Flügels hinter dem Hauptholm. Alle Steuerflächen wurden von Hand betätigt, die geteilten Klappen wurden jedoch hydraulisch betätigt. Sie hatte ein Heckfahrwerk mit Einzelrädern. Diese zogen sich nach hinten zurück, sodass das Fahrwerk bei einem Ausfall des Antriebssystems ausklappen konnte. Das Flugzeug war allerdings nicht druckbeaufschlagt, was die Reiseflughöhe auf 3000 Meter begrenzte.

Um sie für den Kriegseinsatz anzupassen, wurden an den Flügeln Befestigungspunkte für Bomben angebracht, und der Rumpf wurde verstärkt und verlängert, um mehr Platz zu schaffen. Die vorderen und hinteren Geschützstellungen wurden hinzugefügt, zusätzlich zu einer verlängerten Version der für deutsche Bomber des Zweiten Weltkriegs typischen Bola-Bauchgondel. Um die Militarisierung des Flugzeugs zu vervollständigen, erhielt sie einen Bombenschacht sowie stark verglaste vordere und hintere, flexible, defensive Maschinengewehr-Stellungen.

Das gesamte Flugzeug wurde innerhalb der letzten zwei Wochen einer dritten und noch auffälligeren Veränderung unterzogen. Es wurden zusätzliche Langstreckentreibstofftanks eingebaut. Die Bola-Bauchgondel, die zuvor an den meisten Bombern angebracht war, wurde entfernt und an ihrer Stelle wurde eine speziell angefertigte Halterung für das Gerät montiert.

Um das zusätzliche Gewicht der Bombe und des Treibstoffs zu kompensieren, wurden bei der Condor alle unwichtigen Teile entfernt. Der vordere 19-Zoll-Rückenturm mit einem 7,9-mm-MG 15-Maschinengewehr, das 13-mm-MG 131-Maschinengewehr in der hinteren Rückenposition, zwei MG 131-Kanonen in Balkenpositionen, eine 20-mm-Kanone MG 151/20 vor der Bauchgondel und ein MG 15 im hinteren Teil der Gondel wurden entfernt.

Seine siebenköpfige Besatzung würde sich auf drei reduzieren - ihn selbst, einen Co-Piloten und einen Navigator. Gerne hätte er auch seinen Bombenschützen mitgenommen. Aber die Gewichtsbeschränkungen bedeuteten, dass er ein zusätzliches Besatzungsmitglied nicht riskieren konnte. Zu viel Gewicht, und sie würden die amerikanische Küste nie erreichen und Deutschlands letzte Hoffnung würde im Atlantik verschwinden. Nein, er musste auf einen Bombenschützen verzichten. Entweder er oder sein Co-Pilot konnten den letzten Abwurf machen. Nach dem, was man ihm gesagt hatte, war ein gezielter Abwurf kaum erforderlich. Der Sprengsatz war so stark, dass er ihn nur in der Nähe der Stadt abwerfen musste, und die Bombe würde den Rest erledigen.

Wenn sie einmal in der Luft waren und von jemandem entdeckt würden, wären sie völlig wehrlos. Aber warum sollten sie entdeckt werden? Dort, wo sie hinwollten, würde niemand mit ihnen rechnen ...

Mit einem Stirnrunzeln beendete der Pilot die Lektüre des Berichts und begann ihn erneut zu lesen.

Ein Militärberater von kleinerer Statur, aber höherem Rang, schritt durch den Flugzeughangar und blieb vor ihm stehen. „Heil Hitler!" Er salutierte, indem er seinen rechten Arm bis zum Hals ausstreckte und dann die Hand parallel zu seinem Arm aufrichtete.

Gutwein erwiderte den Gruß als Zeichen der Loyalität und weil er gesetzlich vorgeschrieben war. Ursprünglich weigerte sich die *Wehrmacht*, den Hitlergruß zu übernehmen, und zog es vor, ihre eigenen Bräuche beizubehalten. Erst nach dem Attentat auf Hitler von 1944 wurde den Streitkräften des Dritten Reiches befohlen, den militärischen Standardgruß durch den „Heil Hitler"-Gruß zu ersetzen.

„*Oberstleutnant* Gutwein. Sind Sie von der Route überzeugt?"

„Ja, Sir."

„Und glauben Sie, dass es möglich ist, die Lieferung durchzuführen?"

„Es ist möglich." Gutwein starrte zu den Wolken hinauf, als würde er seinem Gott ein privates Zugeständnis machen. „Aber es wird nicht an mir liegen, ob ich es schaffe oder nicht."

„Weichen Sie Ihrer Verantwortung aus?" Die Stimme des Offiziers wurde härter. „Vielleicht sollte ich diese Aufgabe jemandem übertragen, der mehr Vertrauen hat."

„Nein. Sie missverstehen mich. Ich werde meine Pflicht gerne erfüllen."

„Was ist es dann?"

Gutwein senkte seinen Blick, um dem Offizier direkt in die Augen zu sehen. „Entweder werde ich die Mission erfolgreich abschließen oder den Führer mit meinem Tod stolz machen." Er äußerte einen tiefen Seufzer. „Was ich damit sagen will, ist, dass selbst mit den zusätzlichen Treibstofftanks die Fehlertoleranz so gering ist, dass der Erfolg ausschließlich von günstigen Winden abhängt. Wenn wir diese haben, werde ich das Paket abliefern. Wenn es auch nur annähernd so zerstörerisch ist, wie Heisenberg uns glauben macht, dann werden die alliierten Streitkräfte keine andere Wahl haben, als eine bedingungslose Kapitulation zu akzeptieren."

Der Beamte lächelte und schüttelte ihm herzlich die Hand. „Wilhelm Gutwein. Ich wünsche Ihnen viel Glück. Viel Erfolg bei Ihrer Mission und Ihrer Rückkehr."

Er stand stramm. „Ich danke Ihnen, mein Herr. Heil Hitler!"

„Heil Hitler", erwiderte sein Vorgesetzter, drehte sich auf dem Absatz um und verließ den Raum.

Gutweins Rückkehr war eine irrelevante Aussage, beide Männer wussten, dass sie eine Lüge war. Wenn die Winde nicht perfekt waren, würde er im Meer landen und man würde ihn nie wieder finden. Selbst wenn er seine Mission erfüllen würde, reichte der Treibstoff nur für die Auslieferung der Bombe.

Er befand sich auf einem One-Way-Ticket in das Herzen seines Feindes.

Wenn Gott und der Wind es wollten, würde Gutwein seine Ladung abwerfen, aber seine eigene Heimkehr war fast komplett ausgeschlossen.

Selbst wenn er überlebte und danach einen Platz zum Landen fand, würde er höchstwahrscheinlich gefasst und erschossen werden. Über die Sprache machte er sich keine Sorgen, er hatte vor dem Krieg in Eton studiert. Man hatte ihm einen Satz Ausweispapiere ausgestellt, die fast ein Jahrzehnt veraltet waren, aber selbst das machte ihm keine Sorgen. Es war die Notwendigkeit, ein Leben der Täuschung zu führen, die ihn quälte. Es würde schlimmer sein als das Leben als Spion. Er wäre derjenige, der eine Nation durch seine Taten in die Knie gezwungen hätte, und dann wäre er gezwungen gewesen, sich mit seinen Feinden zusammenzuschließen. Jedenfalls, wenn er lange genug lebte, um eines Tages wieder nach Hause zu kommen.

Gutwein schüttelte den Kopf. Er betete, dass er genug Energie hatte, um sein Flugzeug und das Gerät vom Boden zu bekommen.

Er trug die schlichte Uniform der Luftwaffe, und auf seinem Ärmel prangte ein Abzeichen mit zwei Flügeln über zwei Bändern, das seinen Rang als Oberstleutnant anzeigte. Sein blondes Haar war ordentlich getrimmt und zurückgesteckt. Er hatte eine gut ausgeprägte Kieferpartie und hellblaue Augen, die einst voller Güte waren. Diese Freundlichkeit war durch Hass ersetzt worden, nachdem seine Familie vor fast einem Jahr bei einem britischen Luftangriff auf seine Heimatstadt Hamburg getötet worden war.

Auf die Bombardierung folgte eine Reihe von Verlusten. Der jüngste davon war der Verlust der Normandie nach dem Angriff der westlichen Alliierten vor zwei Wochen. Die Alliierten hatten die größte amphibische Invasion der Geschichte gestartet, als sie am 6. Juni 1944 die Nordküste Frankreichs stürmten. Es war der Anfang vom Ende und das deutsche Kriegsministerium wusste das. Die Pläne für die Freigabe einer im Bau befindlichen Geheimwaffe wurden beschleunigt, und das seltsame Gerät, das sich jetzt in seinem Bombenschacht befindet, war das Ergebnis dieser Bemühungen.

Morgen würde er die wichtigste Mission seines Lebens beginnen. Er hoffte, dass es der größte Wendepunkt in Richtung eines deutschen Sieges sein würde.

Seine Gedanken kreisten um die seltsame Bombe. Entsetzen, Trotz und Rachsucht mischten sich. Wenn die Berechnungen der Ingenieure richtig waren und er mit seinem Flugzeug morgen früh abheben könnte, würde er das Vaterland retten und sich rächen können.

*

Um 2 Uhr morgens weckte ihn ein Soldat der Nachtwache. „Es ist Zeit, *Oberstleutnant* Gutwein."

Gutwein öffnete seine Augen und stellte überrascht fest, dass er geschlafen hatte. Er stand auf und grüßte den Mann mit einem knappen „Danke", womit er gleichzeitig den Soldaten entließ. Er zog sich schnell und stolz seine gestärkte Uniform an und trat hinaus.

Als er auf dem Rückweg zu seinem Hangar über den Schotter schritt, stellte Gutwein mit Genugtuung fest, dass es eine bemerkenswert kalte Nacht war - selbst für den Januar.

Er rieb seine behandschuhten Hände aneinander und atmete aus, wobei er den Nebel seines Atems beobachtete. Er lächelte, denn dies war ein sehr gutes Omen. Kalte Luft bedeutete dichte Luft. Die Propeller seines Propellerflugzeugs würden in dichterer Luft tiefer eindringen und eine größere Luftmasse nach hinten schieben, was mehr Schub und Leistung bedeutete. Kalte, dichte Luft würde auch für mehr Auftrieb sorgen, was für diese Mission unerlässlich war.

Damit könnte er seinen überladenen Condor vielleicht doch noch in die Luft bringen. Glück, das wusste er aus Erfahrung heraus, bedeutete alles auf der Welt.

Es war Glück im Unglück, das er seine Frau und seine Kinder genau zur falschen Zeit nach Hamburg zurückgebracht hatte. Ursula, die Vernünftige und Entschlossene, hatte ein Geschenk in Form von Lammsteaks erhalten. Da die Lebensmittel streng rationiert waren, hatte sie beschlossen, früher nach Hause zu fahren, um das unerwartete Festmahl als Überraschung vorzubereiten.

Sie hat es für mich getan, überlegte er, und ein Stich der Traurigkeit schnürte sein Herz ein.

Es war dieselbe Art von verdrehtem Glück, die ihm jetzt die Verantwortung gab, der erste Mensch zu werden, der die katastrophalste Erfindung der menschlichen Rasse zum Einsatz bringen würde. Eine Waffe, die so zerstörerisch war, dass keine Zivilisation der Welt es wagen würde, sich der Verwüstung dieser Bombe auszusetzen. Jedes Land würde sich Deutschland unterwerfen, wenn klar würde, zu was die Wehrmacht in der Lage war.

Gutwein zog Logik, Kompromiss und kühle Vernunft dem Krieg vor. Er war normalerweise ein friedliebender Mann, wie konnte das Schicksal ihm diese Aufgabe übertragen? Die Mission war von vornherein nicht für ihn bestimmt gewesen.

Die experimentelle Messerschmitt Me 264 - der sogenannte Amerika-Bomber - sollte die Aufgabe des Transatlantikflugs und des Bombenangriffs übernehmen, aber vor drei Tagen hatte das Flugzeug technische Probleme entwickelt. Diese konnten zwar mit der Zeit behoben werden, aber das Dritte Reich war der festen Überzeugung, dass hier und jetzt die letzte Chance auf Erfolg bestand. Die schreckliche Aufgabe war also ihm und seiner Condor zugefallen.

Doch wer wäre besser geeignet als ein Mann, der seine Familie verloren hatte?

Er verwarf den Gedanken, als er den behelfsmäßigen Hangar erreichte, in dem seine Condor untergebracht war. Sie war mit einer Reihe von hellen Lichtern erleuchtet. Ein Team von Ingenieuren und Wartungsarbeitern untersuchte sie auf der Suche nach einem letzten Detail, das einen Ausfall verursachen könnte.

An ihren Flügelspitzen standen seine beiden Männer.

„Guten Morgen, meine Herren“ grüßte Gutwein seinen Co-Piloten und Navigator, ohne den „Heil Hitler“-Gruß zu beachten.

Beide antworteten fast unisono: „Guten Morgen, Herr Oberstleutnant“.

An seinen Navigator gewandt, fragte er: „Haben Sie die Wetterberichte für unsere geplante Flugroute gesehen?“

„Ja“, antwortete Krause und reichte ihm den Bericht. „Wir werden einen mäßigen Rückenwind haben. Er sollte natürlich abflauen, wenn wir den Atlantik erreichen, aber er wird helfen.“

„Gut. Gibt es Neuigkeiten über feindliche Flugzeuge auf unserer

Flugroute?“

„Nein. Auf unserer Flughöhe werden wir freie Bahn haben.“

„Ausgezeichnet.“ Gutwein wandte sich an seinen Co-Piloten. „Haben Sie meine Berechnungen auf der Grundlage unseres ungefähren Gewichts und der gesamten Treibstoffkapazität überprüft?“

„Ja, Herr Oberstleutnant“, antwortete Vogel.

„Und?“

„Es wird knapp werden, Sir. Wenn die Winde günstig sind und sich nicht gegen uns richten, werden wir es schaffen. Sobald wir unser Ziel erreicht haben, bleibt nicht mehr viel Zeit, um einen geeigneten Landeplatz zu finden, aber das war ja schon immer so, nicht wahr?“

Gutwein nickte. „In Ordnung. Wir haben eine Mission zu erfüllen, meine Herren. Lassen wir unsere Dame nicht warten.“

Er warf einen Blick auf sein Flugzeug.

Die Focke-Wulf 200S Condor wirkte traurig und verzagt, wie ein treuer alter Hund, der wusste, dass seine Tage gezählt waren. Gutwein fühlte einen plötzlichen Verlust bei diesem Gedanken. Seit Kriegsbeginn hatte er ähnliche Flugzeuge befehligt. Die Condor war bemerkenswert zuverlässig gewesen und hatte ihn immer heil nach Hause gebracht. Jetzt war sie nackt und schmucklos, als würde sie bald ausgemustert und verschrottet werden.

Zusammen mit seinem Co-Piloten fuhr er mit der Hand um die Nase und den Rumpf herum und leuchtete mit seiner Taschenlampe in die dunklen Öffnungen der Querruder, um nach Schäden zu suchen, die das Wartungsteam angerichtet haben könnte, als es das Flugzeug vieler seiner Funktionen beraubte. Er ging weiter zum Heck und legte eine Hand darauf, um die Aktuatoren physisch zu testen. Beide Piloten beendeten ihre äußere Inspektion des Flugzeugs. Keiner von beiden sprach, und die kalte Luft wurde nun noch deutlicher, während sie ihr Flugzeug für den letzten Flug inspizierten.

Gutwein begann mit seiner Startprozedur und ging die strenge Liste der Gegenkontrollen durch. Ein Luftfahrttechniker hatte sie vor zwei Tagen angesichts der enormen Entfernung, die sie zurücklegen mussten, aktualisiert. Ihr Leben war entbehrlich, also wurde für sie nicht viel Mühe und Sorgfalt aufgewendet. Nein, es ging vor allem um ihre Ladung - die einzigartigste und katastrophalste Bombe, die die Welt je gesehen hatte.

Als er fertig war, legte er das Flugpad ab und wandte sich an seinen Co-Piloten. „Sind Sie bereit, weiterzumachen, Mr. Vogel?“

„Ja, Sir.“

„Gut.“

Gutwein drehte sich um und wandte sich seinem Navigator zu, der gerade den dritten, nach hinten gerichteten Sitz im Cockpit einnahm, der normalerweise für den Flugingenieur reserviert war. Da die gesamte Besatzung auf drei Personen reduziert worden war, um Gewicht zu sparen, musste Krause nun die Rolle des Flugingenieurs übernehmen. Er überprüfte eifrig die verschiedenen Messgeräte, die vom Öldruck über den Treibstoffvorrat bis hin zur Motortemperatur alles überwachten.

„Alles gut, Krause?" fragte Gutwein.

„Ja, Herr Oberstleutnant. Alle Werte sind normal. Wir können starten."

„In Ordnung. Ich schließe die Luke und dann starten wir."

Gutwein ging ein paar Schritte auf das Heck der Condor zu und schloss entschlossen die Hauptluke. Ein Blick aus der offenen Gangway zeigte ein BMW R75 Motorrad, das auf sie zuraste.

Er atmete tief ein und seufzte. *Was will der jetzt?*

Der Fahrer brachte das Motorrad zum Stehen und stellte den Motor ab. Auf seiner knackigen Uniform trug er das Abzeichen eines SS-Geheimdienstlers. Der Mann wirkte verwirrt. „Sie sind *Oberstleutnant* Wilhelm Gutwein?"

„Ja."

„Wir haben gerade Berichte über einen Luftangriff erhalten, der über Südfrankreich geflogen wird."

„Wissen wir, was das Ziel ist?"

„Nein."

Gutwein fluchte vor sich hin. „Die Mission ist also wieder verschoben worden?"

Der SS-Nachrichtenoffizier schüttelte den Kopf. „Nein. Die Wahrscheinlichkeit, dass sie Stuttgart angreifen, ist zu groß. Wir können nicht zulassen, dass die Waffe vor Ort zerstört wird. Sie ist zu wichtig. Ich fürchte, eine Verschiebung ist nicht möglich." Er reichte ihm eine schriftliche Mitteilung. „Ich habe den Auftrag, Sie zu informieren, dass Sie die zweite Route nehmen sollen."

„Vielleicht haben wir dafür nicht genug Treibstoff", sagte Gutwein. Dann nahm er das Papier, riss das Siegel auf und überflog den kurzen Inhalt des Auftrags.

„Unsere Flugingenieure glauben, dass es knapp wird, aber Sie sollten es trotzdem schaffen", sprach der Bote weiter. „Die Risiken wurden untersucht, ausführlich diskutiert und eine Entscheidung getroffen. Der Führer hat angeordnet, dass diese Operation sofort durchgeführt werden muss."

Eine Mischung aus Schwindel, Angst und Wahnsinn ließ Gutwein schlagartig ohnmächtig werden. Mit rücksichtsloser Hingabe sagte er: „Der Befehl des Führers wird ausgeführt. Heil Hitler!“, salutierte er.

„Heil Hitler“, erwiderte der SS-Offizier. Als Epitaph für den Wahnsinn dieser Mission schien der Gruß wirklich angemessen.

*

Gutwein rollte sein Flugzeug an das Ende der Startbahn.

Er drückte das rechte Pedal durch, und die Focke-Wulf 200S Condor drehte sich, um in der Mitte der Landebahn sieben-neun gegen den Wind zu fliegen. Der Ostwind wehte an diesem trockenen und kalten Morgen mit zwanzig Knoten. Das Wetter war einer der wenigen Glücksfälle, mit denen sie noch rechnen konnten. Er drückte mit den Fußballen auf die Bremse, bis er spürte, wie die Bremsen einrasteten und die Reifen fest auf der schwarzen Fahrbahn hafteten.

Mit der rechten Hand bewegte er langsam und vorsichtig alle vier Drosselklappen auf Vollgas. Wie ein großer Hund an einer kleinen Leine zitterte das Flugzeug und bemühte sich, sich zu befreien. Die vier Bramo 323 R-2 Sternmotoren erhöhten ihre Leistung, bis ihr hochfrequentes Heulen fast jede verbale Kommunikation übertönte. Er ließ sie weiterlaufen und kontrollierte, ob alle Anzeigen in den richtigen Bereichen blieben.

Vogel nickte und rief mit einem nach oben zeigenden Daumen: „Sie sieht gut aus.“

Gutwein stellte die Drosselklappen wieder auf Leerlauf. „Sind Sie immer noch zufrieden, Herr Krause?“

„Sicher“, erwiderte Krause. Er blickte nachdenklich aus dem Backbordfenster und sagte: „Die Frage ist, ob sie abhebt.“

Gutwein lächelte und klopfte seinem Ingenieur auf die Schulter. „Hab etwas Vertrauen. Es wird vielleicht den letzten Zentimeter der Startbahn in Anspruch nehmen, aber sie wird fliegen.“

Er hatte mit ihrem Konstrukteur Kurt Tank, dem ursprünglichen Ingenieur, dessen Entwurf in den späten 1930er-Jahren den Zuschlag der Lufthansa erhalten hatte, Testflüge mit dem Flugzeug durchgeführt. Sie hatten dann gemeinsam daran gearbeitet, das zivile Verkehrsflugzeug so zu modifizieren, dass es strukturell verstärkt und mit den deutschen Bramo 323 R-2-Sternmotoren ausgestattet wurde, die die amerikanischen 875 PS starken Pratt & Whitney Hornet-Sternmotoren ersetzen sollten. Seitdem hatte er fast zehntausend Flugstunden auf dem Langstreckenflugzeug absolviert - mehr als jeder andere Mensch auf der Welt. Er wusste genau, wie viel sie aushalten konnte.

Aber würde ihre Flugzeugzelle den zusätzlichen Kräften standhalten?

Er hatte ihr Startgewicht selbst berechnet. Mit der außergewöhnlichen Bombe und dem zusätzlichen Treibstoff, der in den leeren, an die Tragfläche gekoppelten Bombenschächten gelagert war, waren sie um fast 5000 Kilogramm überladen. Es würde knapp werden, aber sie würde fliegen. Sicherheitsmargen waren bei diesem Flug kein Thema.

„Also gut, meine Herren los gehts."

Wieder bewegte Gutwein mit der rechten Hand alle vier Drosselklappen allmählich auf Vollgas. Wieder heulten die Triebwerke auf, und der gesamte Metallrumpf erzitterte. Die Condor schob sich vorwärts, obwohl die Radbremsen fest angezogen waren.

Als die Umdrehungen schon fast im roten Bereich waren, sprach Gutwein ein stilles Gebet. Da er sie nicht länger aufhalten konnte, löste Gutwein die Bremsen und lies die Condor anrollen. Er glaubte, nein er *erwartete, dass* die große Dame flog.

Das schrille Dröhnen der leistungsstarken Bramo 323 R-2-Sternmotoren wurde immer lauter, bis sie im Wind heulten und versuchten, jedes einzelne Pfund Schub aus sich herauszuholen. Die dreiblättrigen VDM-Hamilton-Luftschrauben drehten sich wie wild, bis sie in einem grauen Schleier von der Vorderkante des Flügels verschwanden. Er würde jedes Einzelne ihrer zusammen 3576 Kilowatt brauchen, um sie von der Startbahn zu heben.

Zunächst kroch das überladene Flugzeug nur langsam vorwärts. Seine Bewegung fühlte sich langsam an, da es durch die irdischen Kräfte am Boden festgehalten wurde, aber langsam baute es Geschwindigkeit und Schwung auf, bis es sich der Herausforderung der ihr gestellten, fast unmöglich erscheinenden Aufgabe hingab.

Durch die Windschutzscheibe beobachtete Gutwein, wie sie eine 50-Meter-Markierung nach der anderen passierten. Das Herz schlug ihm bis zum Hals, als sich das Ende der Landebahn rasch näherte und sie zu begrüßen schien. Seine Augen huschten zwischen dem Instrumentenbrett und den Entfernungsmarkierungen draußen hin und her. Ihr Heck hob sich wie von selbst und machte das Flugzeug gerade und waagerecht. Er hatte jetzt einen klaren Blick auf die Landebahn.

„Wir haben gerade die 1200-Meter-Marke überschritten", sagte Vogel.

„Fast geschafft, nur noch ein bisschen mehr Geschwindigkeit", antwortete Gutwein kühl. Seine Augen blickten auf die Fluggeschwindigkeit. Die Condor hatte gerade einmal träge 80 Knoten erreicht.

Die Nase des Flugzeugs begann sich jetzt bereits zu heben. Gutwein verweigerte sich ihrem natürlichen aerodynamischen Verlangen und bemühte sich, das Joch nach vorne zu drücken und die Räder auf dem Boden zu halten.

„1500 Meter“, sagte Vogel. „Geschwindigkeit: 110 Knoten.“

„Wir brauchen mehr als das, wenn wir nicht die Bäume abholzen wollen.“

Sie näherten sich der regulären Mindestabfluggeschwindigkeit der Condor. Da sie jetzt aber fast 2300 Kilogramm über dem regulären maximalen Startgewicht von 22.500 Kilogramm lag, wusste Gutwein, dass sie mindestens eine Geschwindigkeit von 130 erreichen mussten, bevor er überhaupt daran denken konnte, die Nase anzuheben.

Der ganz aus Metall bestehende Rumpf der Condors zitterte unter der hohen Leistungsanforderung und bettelte darum, aus der Enge der Schwerkraft befreit zu werden. Er würde jeden Knoten brauchen, den sie aufbringen konnte, um das überladene Flugzeug in den Himmel zu bringen und über die Gipfel der Bäume zu steigen. Gutwein hielt den Steuerknüppel ganz nach vorne und versuchte zu verhindern, dass die Nase sich vorzeitig hob.

Erst wenn wir so weit sind, Liebling, murmelte er leise vor sich hin.

Er blickte wieder nach unten. Ihre Geschwindigkeit hatte 125 Knoten erreicht. Sie hatten es fast geschafft, sie waren ihrem Ziel jetzt so nahe!

„Wir haben gerade die Endmarkierung passiert. Ende der Landebahn!“ rief Vogel.

„Nur noch ein bisschen länger“, antwortete er und verlieh seiner Stimme absichtlich einen Optimismus, den er selbst nicht mehr spürte.

Gutwein hielt die Nase noch einen knappen Moment länger unten. Vor ihnen blinkten die letzten Warnlichter auf, die das Ende der Landebahn markierten. Vorher war er angespannt und ängstlich gewesen - aber jetzt war sein Lächeln echt. Er hatte alles getan, was er konnte. Das Schicksal würde entscheiden, ob sein Flugzeug fliegen konnte oder nicht.

Vogel starrte ihn an. Seine Augen verrieten seine Angst. „Ende der Landebahn!“

Gutweins Lächeln verwandelte sich in ein breites, verrücktes Grinsen. Er zog den Steuerknüppel ganz sachte an seine Brust. Die Nase hob sich leicht vom Boden ab, und er spürte eine gewaltige Kraftveränderung, als das Flugzeug seinen Winkel veränderte. Vorsichtig hielt er den Druck aufrecht, um zu verhindern, dass sich die Nase zu weit hieb und sie in einen Strömungsabriss gerieten.

Kiefern säumten den Rand des Feldes, etwa 45 Meter hinter dem Ende der Landebahn. Als die Condor sie erreichte, befand sich ihr Fahrwerk weniger als 3 Meter über dem höchsten Baum.

„Macht euch bereit", befahl er.

„Fahrwerk einfahren", bestätigte Vogel, während er den Hebel betätigte.

Die mechanischen Aktuatoren heulten laut auf, als die Räder am Heck des Flugzeugs nach hinten in ihre Gondeln unter den Innentriebwerken klappten.

Auf dem nach hinten gerichteten Ingenieursitz warf Krause einen Blick durch das kleine Sichtfenster im Boden, das ihm freie Sicht auf den Unterboden der Condor gab. „Fahrwerk ist oben und verriegelt", bestätigte er.

Ohne den Luftwiderstand des Fahrwerks konnte die Condor endlich Fahrt aufnehmen und an Höhe gewinnen. Gutwein setzte einen Kurs für einen stetigen Anstieg, bis sie eine Reiseflughöhe von 2900 Metern erreicht hatten. Die technische Obergrenze lag bei über 6000 Metern, aber ohne eine Druckkabine waren sie durch die dünne Atmosphäre auf etwa 3000 Meter beschränkt.

Gutwein setzte sofort einen nördlichen Kurs und flog weiter, bis sie den Ärmelkanal erreicht hatten. Vogel schnallte sein Gurtzeug ab. In der Nebenrolle des Funkers ging er nach achtern und wartete auf die Meldung des deutschen Funkturms in Bordeaux. Der dortige Funker war angewiesen worden, jede Sichtung feindlicher Flugzeuge in der gesamten Region zu melden.

Wenige Minuten später kehrte Vogel zurück und nahm wieder seinen Platz ein.

Gutwein blickte ihn an. „Und?"

„Wir haben freien Flug durch den Kanal und in den Atlantik."

Gutwein schloss die Augen und sprach ein stilles Gebet der Dankbarkeit. „Das ist ein Wunder."

Er übernahm die erste Schicht für insgesamt vier Stunden und flog über den Ärmelkanal in Richtung der französischen Küste. Wegen der Verdunkelung gab es wenig zu sehen. Niemand würde es riskieren, nach Einbruch der Dunkelheit sein Licht einzuschalten, da der Krieg begonnen hatte und Luftangriffe jetzt an der Tagesordnung waren. Er passierte die östlichste französische Halbinsel Brest und flog hinaus in den dunklen Atlantik, wo er den Kurs festlegte, den er für die nächsten zwanzig oder mehr Stunden beibehalten wollte.

Er löste seinen Sicherheitsgurt. „Hier, übernehmen Sie die

Steuerung. Behalten diesen Kurs bei. Ich werde meine erste Schlafschicht einlegen."

Vogel bestätigte: „Ich übernehme die Kontrolle. Schlafen Sie gut, Herr Oberstleutnant."

„Wecken Sie mich, wenn wir in Schwierigkeiten geraten."

Gutwein begab sich zu einem einigermaßen flachen Abschnitt des Bodens im hinteren Teil des Rumpfes, wo eine aufblasbare Matratze einen dürftigen Ersatz für ein Bett darstellte. Zwei Stunden lang lag er dort mit geschlossenen Augen und versuchte, sich zum Schlafen zu zwingen. Es war eine unmögliche Aufgabe. In den nächsten vierundzwanzig Stunden könnte seine Mission scheitern, und das würde bedeuten, dass er tot sein würde. Oder, und das war noch viel beängstigender, er könnte erfolgreich sein, und vielleicht wären dann Millionen Menschen seinetwegen gestorben.

Beide Ergebnisse waren verabscheuungswürdig. Seine gesamte Mission war abscheulich, aber doch notwendig. Das alte Sprichwort „Wer die Wahl hat, hat die Qual" galt in dieser Situation ganz sicher nicht.

Glücklicherweise wurde er nicht durch Entscheidungen belastet. Seine Auswahlmöglichkeiten waren mit der Zeit immer kleiner geworden. Jetzt gab es keinen Ausweg mehr. Er musste seine Pflicht erfüllen.

Nach vier Stunden und dem gefühlt millionsten Blick auf seine Armbanduhr gab er auf. Gutwein streckte seine Beine aus, goss sich einen Kaffee ein und machte sich auf den Weg zum Cockpit.

Er blieb auf halber Höhe des flachen Rumpfes stehen, wo Krause oben auf einer kleinen Leiter stand und durch die Beobachtungskuppel nach oben schaute. Gutwein wartete, bis Krause fertig war und kletterte wieder hinunter.

„Wie sieht die Lage aus?", fragte er.

„Gut", antwortete Krause. „Willst du deine eigene Sichtung vornehmen und unsere Koordinaten bestätigen?"

„Sicher." Er stellte seinen Kaffeebecher ab.

Gutwein nahm den Blasenoktanten, der im Grunde ein Sextant war, der durch die Beobachtungskuppel hindurch funktionieren sollte, und kletterte auf die Spitze der Leiter. Die Beobachtungskuppel ragte nur ein paar Zentimeter über die Oberseite des Metallkörpers des Rumpfes hinaus. Der Himmel war klar, und er hatte einen ungehinderten Blick auf die Sterne. Das war ein weiteres gutes Omen.

Er entdeckte den Polarstern und justierte dann die Blase, bis der Oktant gerade erschien. Er notierte sich die Uhrzeit und schaute durch den Spiegel, wobei er den Winkel so einstellte, dass der Stern auf dem

Azimut zu stehen schien. Dann las er den Winkel auf dem Spiegel ab. Gutwein notierte sich den Winkel und die Uhrzeit mithilfe eines genauen Chronometers für Seefahrer. Diese Zahl würde später zur Berechnung des Längengrads verwendet werden. Dann entdeckte er Sirius und ging genauso vor, bis er seinen Winkel genau ablesen konnte. Diese Zahl würde zur Berechnung des Breitengrads verwendet werden.

Gutwein kletterte die Leiter hinunter und setzte sich an den Tisch des Navigators. Krause reichte ihm das Buch mit den Navigationsalmanachen. Leise blätterte er durch die Seiten, bis er die passenden Winkel gefunden hatte. Navigatoren maßen Entfernungen auf dem Globus in Grad, Bogenminuten und Bogensekunden. Eine Seemeile ist definiert als 1852 Meter, was genau einer Winkelminute entlang des Meridians der Erde entspricht.

Er schrieb die Zahlen auf.

46°51'05.7“ Nord

Und,

21°42'51.9“ West

Er markierte die Koordinaten auf einer Karte des Atlantiks und lächelte. Krause hatte die gleichen Zahlen errechnet. Der Rückenwind hatte ihre Geschwindigkeit über Grund erheblich verbessert. Sie lagen jetzt gut in der Zeit.

Gutwein kehrte ins Cockpit zurück und übernahm die Steuerung, während Vogel sich auf den Weg machte, um zu versuchen, etwas Schlaf zu finden. Die nächsten vier Stunden vergingen relativ schnell. Der Rückenwind frischte sogar ein wenig auf. Solange sie Glück hatten, würden sie es mit wenig Resttreibstoff schaffen.

In diesem Moment kam Krause auf ihn zu. Sein Kiefer war hart, seine Besorgnis war spürbar.

„Was ist los?“ fragte Gutwein.

Krause schluckte. „Wir haben ein Problem.“

*

Das Lorenz FuG 200 Hohentwiel ASV-Radar für den niedrigen UHF-Band war eine Neuheit für die Condor. Das Gerät war im Bug des Flugzeugs untergebracht und verfügte über eine Anordnung von sechzehn horizontal ausgerichteten Antennen, zwischen denen der Funker manuell umschalten musste, um die Richtung des Feindes zu bestimmen. Die empfangene Signalstärke wurde dann auf einer Kathodenstrahlröhre, auch Monitor genannt, angezeigt, sodass der Beobachter oder Pilot die Richtung des Ziels grob abschätzen konnte. Wenn es funktionierte, lieferte es Ergebnisse, die an das grenzten, was man vor Kriegsbeginn für

Magie gehalten hätte.

Gutwein spürte, wie die Angst in seiner Kehle aufstieg wie Säure nach einer langen Nacht mit zu viel Schnaps.

„Besteht die Möglichkeit, dass es sich um falschen Alarm handelt?", fragte er.

„Nein", sagte Krause, ohne zu zögern. „Die genaue Position mag etwas abweichen, aber es besteht kein Zweifel ... wir sind auf direktem Kurs zu einem feindlichen Konvoi."

Gutwein schüttelte den Kopf. Vor zwei Jahren wäre das genau das gewesen, wonach sie gesucht hatten. Jetzt war das Risiko zu groß, dass sie abgeschossen wurden und die wichtigste Mission in der Geschichte des Krieges durch Pech unglücklich verloren ging.

Seit 1941 ordnete Winston Churchill, der die Focke-Wulf 200 Condor als *Geißel des Atlantiks* verachtete, an, dass jeder Konvoi eine Eskorte aus Hawker Hurricanes mitführen musste. Die kleinen Kampfflugzeuge waren mit neuen Rolls Royce Merlin-Triebwerken ausgestattet und wurden über das CAM-Katapultsystem des Schiffes gestartet. Ohne Abwehrpanzerung und Bewaffnung würde die Condor von ihren beiden 40-mm-Vickers-Maschinengewehren vernichtet werden. Gutwein seufzte schwer. „Also gut. Wir fliegen nach Norden, um sie zu umgehen. Wir verbrauchen weniger Treibstoff als erwartet, wir können uns einen kleinen Umweg leisten, oder?"

Krause schüttelte den Kopf. „Nicht möglich. Der vorherrschende Wind weiter nördlich ist Westwind. Bei Gegenwind würden wir unser Ziel nie erreichen."

„Okay, also gehen wir nach Süden."

„Das ist möglich, aber wir müssten weit nach Süden fliegen, um das Ende des Konvois zu umgehen."

„Wir haben keine andere Wahl."

Gutwein kehrte mit den neuen Peilungen ins Cockpit zurück und wies Vogel an, seinen Flugweg sofort nach Süden zu korrigieren. Er wollte nicht riskieren, dass die Gruppe von Schiffen sie entdeckte und einen Angriff startete. Im Moment war ihre einzige Rettung die Tatsache, dass sie aufgrund der schieren Größe des Konvois in der Lage gewesen waren, sie auf dem Radar in einer Entfernung von 100 Kilometern zu erkennen. Das war viel zu weit für das Radar des Konvois, um ihr einzelnes Flugzeug zu entdecken.

Die Condor drehte nach links und behielt diesen Kurs fünfundvierzig Minuten lang bei, bevor sie wieder nach Westen abdrehten. Gutwein gesellte sich zu Krause in die Funkstation und untersuchte die

Kathodenstrahlröhre auf Anzeichen für eine Richtungsänderung des Konvois.

Während er sich um den Feind herumschlich, hielt er unbewusst den Atem an, wie ein Kind beim Versteckspiel. Als sie vorbeikamen, kräuselten sich seine Lippen zu einem Lächeln, das von Erfolg gekrönt war. Wenn Winston Churchill geahnt hätte, was ihm gerade entgangen war, hätte er mit Freuden seinen gesamten Konvoi geopfert, nur um unsere Mission zu verhindern.

Eine halbe Stunde später übernahm Gutwein wieder das Steuer, und sie setzten einen neuen Kurs auf ihr Ziel. Der Rest des Fluges verlief ereignislos, bis sie etwa drei Stunden von der Küste Amerikas entfernt waren und eine dichte Wolkendecke über sie hinwegzog.

Gutwein versuchte, über die Wolken aufzusteigen, aber sie blieben über ihrer maximalen Höhe von 3000 Metern. Er sank auf eine Reiseflughöhe von 2400 Metern, hielt den Steuerknüppel fest und konzentrierte sich darauf, die Condor in einer geraden und ebenen Flugposition zu halten. Seine Augen suchten ständig den künstlichen Horizont, den Höhenmesser und den Kompass ab, um nicht von den aktuellen Anzeigen der Instrumente abzuweichen.

Piloten, die durch den plötzlichen Verlust jeglicher visueller Anhaltspunkte desorientiert waren, neigten dazu, innerhalb weniger Minuten nach dem Eintritt in eine dichte Wolkendecke fatale Fehler zu begehen. Gutwein war lange genug Pilot gewesen, um in einem solchen Fall nicht die Fassung zu verlieren. Die Wolken würde bald vorüberziehen, es war noch genug Zeit, um die amerikanische Küste zu erreichen.

Dort konnten sie sich auf 300 Meter absetzen und sich an bekannten topografischen Markierungen und Referenzpunkten orientieren.

Sein Blick schweifte über die Reservetankanzeige. Sie hatten noch Zeit und Treibstoff, aber die meisten ihrer Berechnungen beruhten auf einer direkten Route. Da die Wolken Kraus die Sicht auf die Sterne versperrten, war es unmöglich, eine Peilung vorzunehmen und ihre Position zu berechnen. Im Moment navigierte er nach der *Koppelnavigation*.

Er musste nur denselben Kurs beibehalten, und sie würden ihr Ziel erreichen. Das Problem war, dass Flugzeuge, anders als Autos, selten einen bestimmten Kurs einhielten. Stattdessen wurden sie vom Wind in die eine oder andere Richtung geblasen. Dieses Phänomen wird als Driften bezeichnet.

In diesem Moment wusste Gutwein, dass der Wind aus Nordost kam. Er war sich sicher, dass er ihn nach Süden und ein wenig weiter nach

Westen trieb, was gut war. Das Problem war nur zu berechnen, wie weit sie nach Süden abdrifteten. Normalerweise würde das keine Rolle spielen. Wenn sie über genügend Treibstoffreserven verfügten, würden sie den Kurs in Richtung Westen fortsetzen, bis sie die Küste erreichten und dann der Küstenlinie zu ihrem Ziel folgen.

Ihr Treibstoffvorrat würde jetzt aber in jedem Falle knapp werden.

Er schaute zu Vogel, der neben ihm auf einem Papierblock versuchte, den Treibstoff zu berechnen. „Wecken Sie Krause für mich auf. Ich muss eine genauere Vorstellung von unserer Driftrate bekommen."

„Ja, Sir."

Vogel kam eine Minute später mit Krause zurück.

Gutwein sagte: „Die Wolkendecke ist sehr stark und wir versuchen, unseren ursprünglichen Kurs beizubehalten. Ich muss wissen, wie schnell wir abdriften."

„Verstanden. Ich werde das für Sie organisieren, Herr Oberstleutnant."

Gutwein schüttelte den Kopf. „Nein. Das ist zu wichtig. Ich muss es mit meinen eigenen Augen sehen. Wir wissen alle, was davon abhängt. Wir müssen sicher sein. Ich komme mit Ihnen." Er übergab die Steuerung an Vogel. „Sie haben die Steuerung. Ich werde in ein paar Minuten zurück sein. Bringen Sie uns tiefer, bis Sie Sicht auf das Meer haben und halten Sie dann die Höhe."

„Verstanden, Herr Oberstleutnant."

Gutwein löste seinen Sicherheitsgurt und folgte Krause in Richtung Heck, wo er am Steuerbordflügel Halt machte. Dort konnten sie durch eine Luke bäuchlings in den Flügel klettern - normalerweise diente diese Öffnung, um die laufenden Motoren zu warten. In der Mitte des Flügels öffnete sich eine Falltür zum Meer hinunter.

Beide Männer machten sich auf den Weg zur Falltür.

Krause hielt die unangezündete Fackel in seiner Hand. „Sind Sie bereit, Sir?"

„Ja. Fahren Sie fort."

Krause zündete die Fackel an und ließ sie fallen.

Gutwein beobachtete, wie die brennende Fackel weit unten ins Wasser fiel. Wenn sie ungefähr in einer Linie mit dem Heck des Flugzeugs geblieben war, bedeutete das, dass sie einen stabilen Kurs hielten. Wie er erwartet hatte, war das nicht der Fall.

Die Fackel schien sich sofort auf die Backbordseite des Hecks zuzubewegen. Der Drift war stark. Sie würden eine Korrektur vornehmen müssen, aber das würde weitere Hinweise erfordern.

„Möchten Sie, dass ich noch eine fallen lasse, Herr Oberstleutnant?“

Gutwein schüttelte den Kopf. „Ich habe genug gesehen. Wir werden stark nach Süden geblasen. Wir werden eine Korrektur vornehmen müssen.“

Er machte sich auf den Weg aus dem Flügel und übernahm wieder die Kontrolle über das Flugzeug. Gutwein erhöhte die Flughöhe auf eine effizientere Reiseflughöhe von 2400 Metern. Dann wählte er eine etwas nördlichere Peilung, um das vermutete Abdriften zu korrigieren. Es gab jedoch keine eindeutigen wissenschaftlichen Erkenntnisse darüber, wie stark die Korrektur ausfallen sollte. Stattdessen war es eher ein Fall von Pilotenerfahrung und Instinkt. Das Problem war, dass Instinkte auch falsch sein konnten.

Drei Stunden später kniete Krause am Schott direkt hinter Gutweins Sitz und reichte ihm einen Notizblock. „Das ist unser aktueller Treibstoffstand.“

Gutwein warf einen Blick auf den Notizblock. Die Zahlen waren viel schlechter, als er vorhergesagt hatte. *Es ist doch unmöglich, dass wir nur noch so wenig Treibstoff übrig haben, oder?* Er blickte wieder zu Krause. „Sind Sie sicher?“

„Ich habe zweimal gemessen.“ Seine Stimme verriet keine Anzeichen von Zweifel.

Seine Augen blickten zu Vogel und wieder zu Krause. Ein stolzes Lächeln bildete sich auf seinen dünnen Lippen und seine Augen verengten sich trotzig. „Also gut. Die Stunde der Wahrheit, meine Herren. Entweder haben wir unsere Karten richtig ausgespielt und sind jetzt schon über der Küste Amerikas und nahe an unserem Ziel - oder wir haben unsere Mission und unser Land im Stich gelassen.“

Er senkte die Nase der Condor und setzte zum Sinkflug an. Die Wolkendecke war immer noch dicht. Er betete, dass sie sich lichten würde, wenn sie ihre Höhe verringerten.

Sie befanden sich in einem totalen Whiteout.

Sieben Minuten später, in einer Höhe von 1000 Metern, kam der Boden endlich in Sicht. Er war mit dichtem Schnee bedeckt und von vorspringenden Steinen umgeben, die den Gipfel einer kleinen Bergkette bildeten.

Seine Augen verengten sich. „Wo sind wir, meine Herren?“

Krause öffnete die topografische Karte. Sein Blick schweifte über das Gebiet ihres Ziels. Es war unmöglich, irgendwelche erkennbaren Navigationshilfen oder Markierungen zu sehen. Keine Anzeichen von Zivilisation, geschweige denn einer Stadt.

Gutwein brachte sie auf eine weite kreisförmige Flugbahn, aber das Gelände unter ihnen schien sie in die Mitte eines niedrigen Gebirges zu führen. Auf allen Karten, die er studiert hatte, gab es keine Berge in der Nähe ihres Ziels.

Er sah seine beiden Männer an. Seine Stimme war voller Vorwürfe, aber sie galten ihm selbst und nicht seinen Männern. „Nun? Wo sind wir?“

Krause sprach zuerst. „Ich habe keine Ahnung, Sir.“

„Vogel?“

„Keine Ahnung.“

„In Ordnung. Schauen Sie in den Süden unseres Ziels. Wir sind in diese Richtung gedriftet, also müssen wir dort sein.“ Gutwein seufzte und zwang sich zu einem Lächeln. Es fühlte sich falsch an, aber es gab nichts anderes, was man tun konnte. „Ich werde nach Norden gehen. Vielleicht finden wir unser Ziel noch. Sagt mir Bescheid, wenn einer von euch herausgefunden hat, wo wir sind. Keine Beschwerden. Niemand hat Schuld. Lasst uns das Ganze einfach in Ordnung bringen.“

„Ja, Sir“, antworteten sie beide.

Die Schneewolken verdichteten sich, und Gutwein flog direkt in einen ausgewachsenen Schneesturm hinein. Seine Sichtweite ging gegen null. Seine Instrumente piepten und warnten vor einer Eisschicht, die sich gebildet hatte. Das war nicht nur ein schweres zusätzliches Gewicht, sondern auch ein tödliches, treibstofffressendes Problem. Durch den fallenden Schnee hindurch schien das weiße Meer, die hügelige Erde unter ihm, zu verschwinden.

Er senkte die Nase und brachte die Condor auf eine Höhe von 300 Metern. Das ließ nicht viel Spielraum, falls sie in Schwierigkeiten gerieten. Aber das spielte keine Rolle mehr, es gab keine anderen Lösungen mehr. Gutwein musste einfach mit dem arbeiten, was er hatte. Der Schneesturm wurde stärker, und er hatte Mühe, die Kontrolle über sein Flugzeug zu behalten, geschweige denn ihre Position zu bestimmen.

Nach fünfzehn hektischen Minuten, in denen er die Landschaft nach einem Anhaltspunkt absuchte, geschah das Unvermeidliche.

Der Backbordmotor Nummer zwei fing an zu stottern, erstickte und kam dann zum Stehen. Gutwein brauchte nicht zu fragen, was die Ursache für den plötzlichen Leistungsverlust seines sonst so zuverlässigen deutschen Motors war. Sie hatten keinen Treibstoff mehr, und in wenigen Minuten würden alle vier Triebwerke ausfallen und seine Condor würde auf die Erde stürzen.

Seine Augen suchten die abscheuliche und unwirtliche Landschaft unter ihm ab. Er schluckte schwer. „Okay, meine Herren. Ich muss einen Ort finden, an dem wir uns niederlassen können."

Vogel suchte die Winterlandschaft ab. „Ich kann nichts sehen."

Gutwein schrie über seine Schulter zu Krause. „Gehen Sie zurück in den Bombenschacht und entfernen Sie die Zündungsstopfen. Das Letzte, was wir wollen, ist, dass die verdammte Bombe beim Einschlag von allein explodiert!"

Krause schnallte sein Gurtzeug ab. „Ich bin dabei!"

Es gab nichts mehr, was Gutwein tun konnte. Sie würden fliehen müssen. *Aber konnte er seine tödliche Fracht schützen?* Er wusste eigentlich nichts über diese Bombe. Würde sie beim Aufprall explodieren? Selbst das wäre besser, als wenn sie dem Feind in die Hände fallen würde. Wenn er landen würde, könnte er sie dann bergen? Und selbst wenn er sie bergen würde, was wüsste er schon über die gefährliche Waffe? Es war ja nicht so, dass er sie auf andere Weise zum Ziel bringen konnte, oder?

Gutwein zwang sich, die zweitrangigen Sorgen jetzt zu vergessen. Im Moment war es seine Aufgabe, das Flugzeug zu landen. Wenn er das schaffte, würde er vielleicht gerade lange genug leben, um die anderen Hindernisse zu überwinden.

Die Triebwerke Nummer vier, zwei und eins begannen fast gleichzeitig zu stottern und kamen dann zum Stillstand. Er fuhr die Klappen aus, um die Aufsetzgeschwindigkeit zu verringern. Dadurch verringerte sich ihre Gleitfähigkeit. Aber das machte nichts, sie würden auf dem Boden aufschlagen, lange bevor sie einen geeigneten Landeplatz erreichen konnten.

„Sieht jemand eine Möglichkeit, uns abzusetzen?" fragte Gutwein mit einer fast schon gesprächigen Stimme, die sich mit seinem Schicksal abzufinden schien, während er das wogende Schneemeer und die gefilterten Tannenmützen betrachtete.

„Ich habe nichts", sagte Vogel.

„Ziehen Sie eine Linie durch diese Bäume. Es ist egal wo, wir können sowieso nichts mehr tun." In Kraus' Stimme lag keine Angst oder Furcht. Er sprach lediglich die Wahrheit aus. Selbst wenn sie den Absturz überlebten, würde die umliegende Landschaft sie töten, lange bevor sie aus der Region entkommen konnten.

Vogel zeigte nach Süden und fragte: „Was ist mit diesem Tal?"

Gutweins Kopf ruckte nach rechts. Sein Blick schweifte über die Landschaft, auf die Vogel gezeigt hatte. Zwei flache Berggipfel verengten sich zu einem darunter liegenden Tal. Der Hang war überraschend sanft, und an seinem Ende erhob sich das Gebiet zu einem großen, mit Schnee bedeckten Sattel. Wenn das Glück ihnen hold war, konnten sie darauf landen, wobei ihr tödlicher Schwung durch den dicken Schnee vielleicht gebremst werden würde.

Es war eine lausige Option, aber es war die Einzige, die er entdeckt hatte, seit sie aus der Wolke gekommen waren und ihren Fehler bemerkt hatten. Selbst dem besten Spieler bleibt am Ende oft nur noch eine Möglichkeit übrig zu gewinnen und dieses Tal war genau das: Seine letzte Möglichkeit, die Mission doch noch beenden zu können.

„In Ordnung. Ich übernehme das." Gutwein lächelte seine beiden Männer an. Das Lächeln war echt und warm. „Ihr Land wird vielleicht nie erfahren, wie viel Sie für es geopfert haben, aber ich schon. Es war ein Privileg, in den letzten drei Jahren mit Ihnen zu fliegen."

„Danke, Herr Oberstleutnant."

Er drehte nach links und setzte zum Endanflug an.

Die Condor stürzte hart auf einen Abwind - einen Moment lang war er sich nicht einmal sicher, ob er den ersten Gipfel erreichen würde. Er ließ das Fahrwerk nicht ausfahren, in der Hoffnung, dass ein glatter Unterboden wie ein Ski über den schneebedeckten Boden gleiten könnte.

Gutwein sprach sanft. „Viel Glück und Gottes Segen."

Die Spitze des Hecks verfehlte den Gipfel des Berges um weniger als zehn Zentimeter. Gutwein drückte das Joch nach vorne und senkte die Nase ab, sodass die Condor in das flache Tal hinabfiel.

Kurz bevor der Bauch seines Flugzeugs den weichen Schnee berührte, zog Gutwein das Joch nach hinten. Die Condor hob widerwillig mit der Nase, sank dann in den tiefen Schnee und schlingerte beim Aufsetzen. Das Momentum ließ die Condor weiter vorwärts gleiten und sie waren dabei fast so schnell wie beim letzten Anflug.

Mit angehaltenem Atem verharrte Gutwein in der Hektik der Bewegung und wartete auf seinen letzten Gruß an den Tod.

Nach zwei Dritteln des Abstiegs schien sich der dicke Schnee endlich auf die Trägheit des Flugzeugs auszuwirken, und es wurde merklich langsamer.

Einen Augenblick später streifte der Steuerbordflügel einen großen Stein, der unter dem Schnee begraben war, riss ihn ab und drehte das Cockpit und den Rumpf nach vorne und zur Seite. Gutweins Gurtzeug drückte fest in seine Taille, als sich das Cockpit im Nu drehte. Die Condor prallte gegen einen zweiten Felsbrocken und riss den Backbordflügel ab.

Gutwein spürte, wie sein Kopf zur Seite kippte und er seine Welt nur noch verschwommen war nehmen konnte.

Eine Sekunde später prallte das Cockpit der Condor, das nun nicht mehr der Mitte des Tals folgte, quer durch die Schlucht, bevor sie in die Seite des schneebedeckten Berges stürzten.

Alles wurde dunkel, als die Condor zum Stillstand kam. Sie waren jetzt offenbar tief unter dichtem Schnee begraben.

Gutwein öffnete seine Augen. Ein kleines Rinnsal Blut lief ihm über die Stirn, wo er sie aufgeschlagen hatte. Er drehte den Kopf und wischte sich das Blut mit dem rechten Unterarm ab. Er bewegte vorsichtig seine Hände und wackelte mit den Zehen. Sein Kopf drehte sich, aber alles funktionierte noch.

Ich bin immer noch hier.

War es Zufall, wenn Wissen, Erfahrung und Vorbereitung jemanden in so eine Situation bringen? Gutwein hatte Frau und Kinder verloren, ein Selbstmordkommando geplant und dabei gezwungen gewesen, während eines feindlichen Luftangriffs zu starten und der Entdeckung durch einen Konvoi zu entgehen. Dann hatten sie keinen Treibstoff mehr und waren mitten im Nirgendwo gelandet und dabei irgendwie mit ein paar kleinen Schnittwunden und blauen Flecken davongekommen. Mit etwas Glück könnten sie ihren Auftrag immer noch erfüllen.

„Geht es Ihnen gut, meine Herren?“, fragte er.

„Mir gehts gut“, sagte Vogel. „Irgendeine Idee, wo wir hier sind?“

„Was ist mit Ihnen, Krause?“

„Ich bin verletzt, aber ich werde es überleben. Haben Sie eine Idee, was wir jetzt tun?“

Gutwein schüttelte den Kopf. „Ganz und gar nicht.“

Vogel schnallte seinen Gurt ab und stand auf. „Wir werden eine ganze Zeit lang nicht wissen, wo wir sind. Zumindest bis dieser Schneesturm vorbei ist. Wir müssen in der Condor Unterschlupf suchen, unsere Überlebensausrüstung vorbereiten und dann sehen, ob wir von hier wegkommen.“

Die Falten um Gutweins Augen zogen sich zu einem Lächeln zusammen, als er die schneebedeckte Umgebung studierte. „Aber wenigstens sind wir auf dem Boden.“

Einen Moment später verschwand sein Lächeln.

Der Boden unter ihnen rumpelte. Gutweins Blick folgte einem riesigen Riss im Eis, der wie bei einem Erdbeben zu knacken und zu kräuseln begann. Instinktiv griff er nach dem Lenkrad und zog es nach oben, als könne er der riesigen Öffnung im Boden ausweichen.

Gutwein, normalerweise ein ruhiger Mann in jeder Notsituation, begann zu schreien.

Das galt auch für Vogel und Krause.

Ihre Schreie wurden von dem reißenden Geräusch des auseinanderbrechenden Raumschiffs übertönt. Der Boden tat sich vor ihnen auf. Die Nase der Condor neigte sich nach vorne - ein riesiger, bösartiger Schlund, der sich anschickte, die Condor ganz zu verschlingen.

Das majestätische Verkehrsflugzeug setzte sich wieder in Bewegung. Zuerst war es langsam - eher wie ein Skifahrer, der über den Kamm eines Berges kippt - aber es nahm schnell an Geschwindigkeit zu. In dem verdunkelten Albtraum raste die Condor tiefer in die Eingeweide der Erde. Ihre Insassen wurden wie Lumpen herumgeworfen, als sie immer tiefer glitt und wie ein Schlitten in der Nacht gegen unsichtbare Wände prallte, bis sie schließlich in der Dunkelheit zum Stehen kam.

*

Gutwein öffnete die Augen, aber es war nichts zu sehen.

Er atmete langsam ein, hielt einen Moment lang die Luft an und atmete dann aus. Seine Rippen taten weh, aber er konnte atmen. Er grinste. Er hatte Tränen in den Augen und fing an zu lachen wie ein Wahnsinniger. Es war das irrsinnige Lachen eines Verrückten, der den Tod nur knapp besiegt hatte. Ihre Mission war gescheitert und sie waren in einen Berg gestürzt, aber sie hatten irgendwie überlebt. Er tastete nach der kleinen Taschenlampe in der rechten Beintasche seines Fluganzugs und zog sie heraus.

Er schaltete das Licht an und drehte sich zu Vogel und Krause um. „Was für eine Fahrt, was?"

Es kam keine Antwort.

Er hörte auf zu lachen und leuchtete mit der Taschenlampe in Vogels Gesicht. Das Gesicht seines Co-Piloten schien unverletzt zu sein. Es gab keine Schnitte oder Schürfwunden. Seine Augen waren weit geöffnet, soweit Gutwein das beurteilen konnte. Sonst hätte der Mann schlafen können, aber sein Gesicht, das einst voller Leben und Ausdruck war, war jetzt leblos. Seine Augen starrten ausdruckslos in den Tod.

Gutwein löste seinen Gurt und kletterte über die Trümmer, um zu ihm zu gelangen. Seine Brust war ruhig. Gutwein legte seine Hand auf Vogels Nacken. Er konnte noch den kalten Schweiß auf der Haut seines Co-Piloten spüren. Das war alles, was er fühlen konnte. So sehr er auch danach suchte, er konnte keinen Puls fühlen.

Vorsichtig trat er aus dem ehemaligen Cockpit heraus und leuchtete mit seiner Taschenlampe auf den nach hinten gerichteten Ingenieursitz. Diesmal brauchte er nicht zu prüfen, ob er noch lebt. Der Sitz befand sich am Rand des Schotts des Steuerbordflügels. Als die Condor mit einem großen Stein kollidierte, war der Rumpf nach innen gedrückt worden, genau dort, wo Krause gesessen hatte. Der Sitz und die Überreste der Leiche seines Navigators waren zu einem schrecklichen Knäuel aus menschlichem Fleisch und verbogenem Metall vermengt worden.

Gutwein spürte, wie sich seine Welt zu drehen begann. Er machte ein paar Schritte rückwärts in Richtung des schmalen Endes des Hecks und erbrach sich.

Es hatte sich nicht viel in seinem Magen befunden. Außer schwarzem Kaffee und einer Tafel Schweizer Schokolade hatte er seit dem Abflug aus Stuttgart nichts mehr gegessen. Er versuchte, die Luke zu öffnen, aber sie rührte sich nicht. Mit seiner Taschenlampe leuchtete er im Inneren des Rumpfes herum und suchte nach einem Ausweg.

Panik durchfuhr ihn und kalte Finger des Grauens liefen ihm den Rücken hinunter. Er musste vor dem Ersticken, dem Tod und seiner Angst, lebendig begraben zu werden, fliehen. Er konnte seine Männer nicht ansehen. Ihr Anblick war zu schrecklich. *Warum hatte der Allmächtige beschlossen, ihn am Leben zu lassen, während seine Männer getötet wurden*?

Schließlich riss er die Heckklappe auf und kletterte in die schmale Nische, wo das Spornrad bei einem Ausfall der Hydraulik manuell gelöst werden konnte. Gutwein schleppte sich bis zum Ende, wo eine kleine Wartungsluke zur Außenwelt führte.

Gutwein kämpfte mit dem Riegel - natürlich klemmte er. Er richtete seine Position so aus, dass er ihn so kräftig treten konnte wie möglich. Der Verlust seiner Familie und der Männer, die sich unter seinem Kommando befunden hatten, hatten zu einer riesigen aufgestauten Wut geführt, die sich jetzt entlud, als er versuchte, den klemmenden Riegel zu beseitigen.

Bei seinem dritten kraftvollen Tritt brach die Falltür und offenbarte einen offenen Hohlraum, der sich darunter befand.

Gutwein drehte sich wieder um und leuchtete mit seiner Taschenlampe in die Öffnung. Der Raum schien für ein paar Meter frei zu sein, dann war er mit Schnee bedeckt. Er rutschte hinunter in den eisverhärteten Schnee. Der Raum zwischen der gefrorenen Decke und dem schneebedeckten Boden war ein Korridor, der etwas höher war als die Oberkante des Rumpfes.

Er kroch daran entlang, bis er das Ende der Condor erreicht hatte.

Dort angekommen, öffnete er sich auf eine bequemere Höhe des Rumpfes. Er umschloss seine Taschenlampe mit der Hand, und seine Welt wurde wieder von völliger Dunkelheit umhüllt.

Wo zum Teufel bin ich?

Gutwein klappte die Taschenlampe aus und begann einen Blick auf den Boden in der Richtung zu werfen, aus der die Condor gekommen war. Das Flugzeug hatte sich durch die gefrorene Oberfläche gegraben, aber unter seinen Füßen befand sich auch etwas Metallisches.

Er trat mit seinen Stiefeln dagegen. Das Eis, das das Metall bedeckte, löste sich und er blieb stehen, um es zu untersuchen. Es waren zwei verrostete Eisenstücke, die parallel zueinander verliefen. *Ein altes Eisenbahngleis?* Es war zu schmal, um jemals für eine Bahnstrecke gedacht gewesen zu sein.

Ah. Es mussten Gleise für ein Minenfahrzeug sein.

Ausgerechnet in einen alten Minenschacht muss die Condor hineingerutscht sein. Abgesehen von der kleinen Mengen Schnee, die die Condor mitgeschleppt hatte, war der Tunnel trocken und deutlich wärmer als die unterkühlte Umgebung draußen. Gutwein leuchtete mit seiner Taschenlampe nach oben, entlang des Tunnels, und folgte der Spur aus Eis und Steinfragmenten, die der Rumpf der Condor durch den Tunnel gezogen hatte. Er zog die Kapuze seiner Fliegerjacke zu und machte sich auf den Weg an die Oberfläche.

Es dauerte mehr als eine Stunde zu Fuß, bis er den Eingang erreichte.

Eine Wand aus weichem Schnee zog sich bis an die Decke des Tunnels. Eine Reihe zersplitterter Kiefernbretter, die Überreste einer alten Wand aus grob gesägtem Weichholz, zwei mal vier Meter groß, übersäten den Eingang, durch den die Condor durchgekracht war.

Sein Blick schweifte über das Gemetzel und blieb an den Überresten einer einzelnen Tafel hängen, auf der in roter Schrift eine Aufschrift stand.

Gutwein hob das alte Plakat auf und wischte den Schnee ab. Auf dem Schild stand: MARYLAND MINE COMPANY - GESCHLOSSEN. UNSICHER. BETRETEN VERBOTEN.

UNBEFUGTE WERDEN STRAFRECHTLICH VERFOLGT.

Er erinnerte sich daran, dass zu Beginn des Krieges mehrere private und staatliche Goldminen in Deutschland geschlossen worden waren, weil man befürchtete, dass diese die Tauglichkeit vieler junger Männer für den Wehrdienst verringern würden.

Gab es in den Vereinigten Staaten die gleichen Überlegungen?

Wenn das der Fall war und die Mine tatsächlich geschlossen worden war, bestand die Chance, dass die Condor für einige Zeit nicht mehr gesichtet werden würde. Möglicherweise wäre sie bis zum nächsten Sommer nicht mehr zu sehen, und bis dahin könnte er die nuklearen Komponenten der Bombe entfernt haben. Er könnte sie immer noch für die Auslieferung an das vorgesehene Ziel vorbereiten.

Gutweins Gedanken rasten zu den Flügeln, die sie bei der Landung verloren hatten. Sie mussten irgendwo da draußen im Tal sein. Er würde sie auseinandernehmen und im Minenschacht vergraben müssen. Danach würde er den Eingang wieder verschalen müssen. Wenn er das alles schaffte, gab es vielleicht noch eine Chance, seinen Auftrag zu erfüllen.

Gutwein steckte seine behandschuhten Hände in die Schneewand und zog. Ein kleines Schneehäufchen fiel auf ihn. Wie erwartet, war der frisch gebrochene Schnee weich. Er versuchte es erneut, und es fiel noch mehr. Noch immer war kein Licht zu sehen, was bedeutete, dass er tief begraben worden war. Wie tief, das würde nur die Zeit zeigen. Es gab keinen Grund anzunehmen, dass der Aufprall nicht eine Lawine ausgelöst hatte, die nun die Außenseite des Tunnels bedeckte.

So oder so wäre er nicht in der Lage, sie mit bloßen Händen zu durchwühlen.

Gutwein kehrte zur Condor zurück. Drinnen durchsuchte er den Frachtraum nach Wartungs- und Überlebensausrüstung. Er holte ein Werkzeug nach dem anderen heraus und warf es beiseite, als es ihm nicht nützlich erschien, um zu entkommen. Am Boden des kleinen Laderaums befanden sich ein paar Wartungswerkzeuge, darunter ein Hammer, mit dem er sich einen Weg durch das Eis graben konnte.

Es dauerte ganze vier Stunden, bis er sich durch die Wand aus Eis und Schnee gearbeitet und ins Freie geklettert war.

Draußen ging die Sonne bereits unter.

Heute konnte er nirgendwo mehr hingehen. Er kletterte zurück in den Tunnel und kehrte zu seinem Flugzeug zurück. Dort holte er zwei große Tragetaschen heraus. Sie waren dafür vorgesehen, sie alle am Leben zu erhalten, wenn sie ihre Mission erfüllt hatten.

Damals schien es eine Verschwendung zu sein, aber jetzt wurde er neugierig. Hatten die Mitarbeiter des SS-Nachrichtendienstes gedacht, dass ihm diese Rationen das Leben retten könnten?

Er öffnete den ersten Beutel.

Es gab genug Nahrung für drei Personen, um einen Monat zu überleben. Wenn er es gut rationierte, konnte er allein mehrere Monate überleben - bis weit in den Frühling und sogar in den Sommer hinein. Er atmete langsam aus und lächelte. Es nahm ihm die unmittelbare Eile, sich aus der Enge des Berges zu befreien. Es gab nicht viel Wasser, aber er konnte jederzeit den Schnee schmelzen. Es würde Zeit brauchen, aber er konnte es schaffen.

Er aß eine kleine Mahlzeit aus kalten, getrockneten Lebensmittelrationen, während er die topografische Karte studierte. Mit einem Bleistift kreiste er die drei potenziellen niedrig gelegenen Berge ein, die in seiner Reichweite lagen. Keiner von ihnen lag in der Nähe des Ziels. Es dauerte eine Weile, aber als er bereit war, schlafen zu gehen, war er sich ziemlich sicher, dass er das ungefähre Gebiet ihrer Absturzstelle gefunden hatte.

Im Stillen war er dankbar für das schwierige Terrain. Wenn es für ihn schon schwierig war hinauszukommen, würde es für jemanden genauso schwierig sein, hineinzukommen und sein Flugzeugwrack dabei zufällig zu finden. Vielleicht konnte er immer noch einen Plan entwickeln, um die Bombe zu bergen, wenn das Eis im Sommer taute? Es könnte lange dauern, aber solange er noch am Leben war, bestand noch Hoffnung, dass er die Mission erfüllen konnte.

Gutwein öffnete den zweiten Rucksack. Er hatte bereits geahnt, was sich darin befand. Jetzt, da er wusste, dass sein unmittelbares Überleben nicht mehr gefährdet war, würde der Inhalt des zweiten Rucksacks für ihn wichtiger sein.

Er beinhaltete drei Pässe.

Er wählte denjenigen aus, den er nehmen sollte. Der Name war William Goodson. Er studierte den amerikanischen Reisepass, den ihm der deutsche Geheimdienst zur Verfügung gestellt hatte.

Würde es trotzdem funktionieren?

Solange er nicht versuchte, irgendwelche Grenzen zu überschreiten, würde sich niemand je die Mühe machen, ihn zu überprüfen.

Wenn ja, würde er dann als Spion erschossen werden?

Dann fiel sein Blick auf das Falschgeld. Es war in der Landeswährung. Der deutsche militärische Nachrichtendienst hatte es besorgt. Sie hatten während des Krieges eine große Menge von Falschgeld für Spione gehortet. Natürlich war Gutweins Mission die letzte, die wirkliche Folgen haben würde, also hatte man einfach einen Seesack mit den amerikanischen Hundertdollarscheinen gefüllt. Darin befand sich genug Geld, um als sehr reicher Mann leben zu können. Solange man die Condor nicht fand, würde niemand glauben, dass ein Deutscher über den Atlantik geflogen war, um ein neues Leben zu beginnen.

Er untersuchte das erste Bündel. *Waren sie gut genug oder würden auch sie als Fälschungen entdeckt werden und sein Schicksal als deutscher Spion besiegeln, das mit seiner Hinrichtung endet?*

Er schüttelte diese Gedanken aus seinem Kopf. Er war nicht dafür verantwortlich. Jemand anderes hatte die Entscheidungen getroffen, die letztlich über sein Leben oder seinen Tod entscheiden würden. Er würde die Ausweispapiere und das Geld brauchen, wenn er überleben wollte.

Seine deutschen Geheimdienstoffiziere hatten ihre Sache entweder gut gemacht oder nicht.

Er packte einen Rucksack mit Überlebensrationen, Bargeld und dem, was sein wertvollster Besitz geworden war - ein kleines, in Leder gebundenes Tagebuch, in dem er das gesamte Ereignis dokumentiert hatte.

Er blickte auf die seltsame Bombe, die in ihrer speziell angefertigten Halterung lag. Er untersuchte sie und fuhr mit seinen Händen vorsichtig an ihrem Rand entlang. Das gesamte Gerät schien unversehrt und intakt zu sein. Es hatte die Reise weitaus besser überstanden als die Condor oder seine Männer.

Die große Frage blieb: Würde sie noch funktionieren?

Es würde einige Zeit dauern, aber solange er lebte, hatte er vielleicht noch eine Chance, seinen Auftrag zu erfüllen. Es würde nur viel länger dauern, als er ursprünglich gehofft hatte.

Seine Familie, seine Freunde und sein Land waren ihm genommen worden. Er fühlte einen schrecklichen Stich der Scham, als ihm bewusst wurde, dass er dankbar war, dass sein Leben verschont worden war. Aber vielleicht brauchte er sich nicht schuldig zu fühlen. Vielleicht war das alles so gewollt.

Glück. Fortuna. Schicksal. Gab es einen Grund, warum er verschont worden war?

Gutweins Lippen verzogen sich zu einem machiavellistischen Lächeln der Entschlossenheit. Gott hatte ihm die Mittel und die Gelegenheit gegeben, seine Mission zu beenden. Jetzt hatte er alle Zeit der Welt, um sich an denen zu rächen, die ihm alles genommen hatten.

Kapitel Eins

Green-Wood Cemetery, New York - heute

Alex Goodson hatte schon immer gewusst, dass er anders ist.

Er war ein unbeholfenes Kind gewesen. Als junger Erwachsener war er weit davon entfernt, attraktiv zu sein und genauso weit davon entfernt, von irgendjemandem gemocht zu werden. Er hatte blondes Haar, das er sorgfältig mit einer Präzision kämmte, die an Besessenheit grenzte. Er hatte ein mäßig ansprechendes Gesicht mit hellblauen Augen, einer markanten Nase und einer kräftigen Kieferpartie. Seine Zähne waren weiß und standen gleichmäßig auseinander. Sein Gesicht trug die Überreste einer von Akne geprägten Teenagerzeit mit einer Reihe von kleinen Pockennarben. Der Rest seiner Haut war unnatürlich und kränklich blass - allerdings war das eher das Ergebnis unzureichender Sonnenbestrahlung als einer Krankheit.

Er verbrachte die meiste Zeit vor dem Computer, wo er nicht mit anderen Menschen kommunizieren musste. Trotz seines offensichtlich untätigen Lebensstils hatte er einen drahtigen Körperbau, der nie wirklich zu seiner Kleidung zu passen schien. Sein Anzug wirkte heute auffallend groß für ihn.

Das Wetter war für den Frühling angenehm warm. Die Temperatur betrug 22 Grad Celsius. Die gesprenkelte Sonne schimmerte durch das frische Laub der Roteichen, die den südlichen Weg säumten. Außerdem erfüllte der einzigartige Duft von blühenden Magnolien die Luft. Alex konnte den Geruch nicht genau zuordnen. Für ihn roch es nach tropischen Früchten - irgendetwas zwischen Mango und Papaya.

Er atmete tief durch seine Nasenlöcher ein und zog eine Grimasse, als er während der Trauerfeier wartete. Der übermäßig süße Duft schien heute Morgen unnatürlich stark zu sein.

Der Priester dröhnte weiter. Die Menschen in der Menge hatten ihre Augen zum Gebet gesenkt.

Alex hörte nicht zu. Stattdessen ließ er seinen Blick über die Reihe von Wacholderbäumen schweifen, die den südlichen Weg säumten, der sich die sanften Hügel des Friedhofs hinunterschlängelte. Irgendwo in der Nähe der sechshunderttausend Gräber, die diesen Hügel füllten. Alex lächelte, als er sich das bunte Leben derer vorstellte, die dort begraben waren. Einige kämpften um ihren Erfolg im Leben, andere waren reich, einige talentiert, andere hatten einfach nur Pech - aber sie alle waren nun tot.

Irgendetwas an diesem Konzept amüsierte seine morbide Neugierde. Es verdeutlichte das einfache Konzept, dass alles, was wir auf der Erde erreichen, im Nichts endet. Seine Gedanken schweiften ziellos umher. Er erinnerte sich, dass der Hügel einst der Ort war, an dem am 27. August 1776 die Schlacht von Long Island stattfand. Es war das erste große Gefecht des Amerikanischen Unabhängigkeitskrieges, der nach der Unabhängigkeitserklärung der Vereinigten Staaten am 4. Juli 1776 begann. Es war ein Sieg für die britische Armee und der Beginn eines erfolgreichen Feldzugs, der ihr die Kontrolle über die strategisch wichtige Stadt New York einbrachte. Angesichts des Truppenaufmarsches und der Kampfhandlungen war es ohne Frage die größte Schlacht des gesamten Krieges.

Das Gemurmel im Hintergrund verstummte. Der katholische Gottesdienst war jetzt zu Ende.

Alex schloss für einen Moment die Augen und versuchte sich daran zu erinnern, was er eigentlich tun sollte. Anderen fielen diese Dinge leicht, aber ihm war das alles fremd - er musste sich in Szene setzen und die Leistung erbringen, die von ihm erwartet wurde. Er war zuversichtlich, dass er das schaffen würde. Er musste sich nur etwas mehr anstrengen als alle anderen, das war alles.

Der dumpfe Aufprall von Erde auf Holz ließ ihn die Augen öffnen. Alex sah zu, wie der erste Haufen Erde auf den abgesenkten Sarg geschaufelt wurde. Sein Gesicht war teilnahmslos, emotionslos und unleserlich.

Alex warf einen Blick auf die Gesichter derer, die die Grube umgaben. Sie starrten ihn an, aber ihre Mienen waren nicht teilnahmslos. Er konnte diese Ausdrücke mit Leichtigkeit lesen. Sie sahen ihn an, als sei er ein Monster. Sie könnten ihre Gedanken genauso gut laut aussprechen: „Wie kommt es, dass dieses beschissene Kind nicht einmal bei der Beerdigung seines eigenen Vaters weinen kann?“

Alex lächelte. Er hatte gelernt, das zu tun, wenn er sich unbehaglich fühlte. Er hatte ein schönes Gebiss - schließlich war er beim Zähneputzen immer fleißig gewesen - und irgendwie beruhigte sein Lächeln die Leute im Allgemeinen.

Er sah sofort, dass es ein Fehler war. In diesem Fall schien es das Gegenteil zu bewirken. Die Leute schienen jetzt noch verwirrter zu sein. Was auch immer er tat, es erschien den Zuschauern falsch. Alex wusste, dass er so anders war, dass er einfach nicht wusste, welche Art von Gefühlen er unter diesen Umständen empfinden sollte.

Die Wahrheit war, dass er nicht wusste, wie er über den Tod seines

Vaters dachte. Er hatte dem Mann nie nahegestanden. Er war nie ganz auf der Höhe des alten Mannes gewesen, was auch immer das sein sollte. Sein Vater hatte ihn gut behandelt. Es war nicht so, dass er ein böser Mann oder gewalttätig gegen ihn gewesen wäre. Es war eher so, dass sein Vater nicht wusste, was er mit ihm anfangen sollte. Wenn Alex sich daran erinnerte, wie sein Vater ihn ansah, war es, als sei der alte Mann von Bedauern und Enttäuschung erfüllt. Tief in seinem Inneren war Alex dankbar, dass sein Vater wenigstens versucht hatte, diese Dinge vor ihm zu verbergen.

Alex musterte noch einmal die Gesichter, die ihn nun beim Verlassen des Raumes ansahen. Einige gingen unbeholfen an ihm vorbei, ohne ein Wort zu sagen. Andere bedachten ihn mit irgendeiner bedeutungslosen körperlichen Geste. Ein Klaps auf die Schulter, eine sanfte Umarmung oder ein offenkundig pflichtbewusster Händedruck. Einige der Leute kannte er. Bei anderen konnte er nur erraten, woher sie kamen. Einige Männer und Frauen trugen eine Uniform aus der Zeit, als sein Vater im Vietnamkrieg Hubschrauber geflogen hatte. Andere waren schon seit Jahren Freunde der Familie.

Außerdem war ein Mann unter ihnen, den Alex definitiv nicht erkannte. Es war ein älterer Mann, der einen teuren Anzug trug und sich die Zeit damit vertrieb, auf seine Uhr zu schauen und zu Alex aufzublicken, als würde er auf eine Einladung zum Gespräch warten. Als der Mann schließlich akzeptierte, dass Alex ihn nicht einladen würde, kam er von sich aus auf ihn zu.

Der Mann reichte ihm die Hand. „Ihr Verlust tut mir leid, Mr. Goodson."

Alex nahm sie und sah in die hellgrauen Augen des Fremden. Es gab keine Anzeichen von Traurigkeit, wie bei den anderen Gästen. Alex fragte: „Waren Sie für den Tod meines Vaters verantwortlich?"

„Nein. Meine Güte, nein. Natürlich nicht!" Der Fremde war erschrocken über die absurde Frage. „Wovon reden Sie? Mir wurde gesagt, dass er im Schlaf einen Herzinfarkt hatte!"

Alex nickte zur Bestätigung. Er hatte keinen Zweifel daran, dass es sich um ein falsches Spiel handelte. „Dann brauchen Sie sich nicht zu entschuldigen. Es war nicht Ihre Schuld." Alex hielt inne, er war unsicher, wie er den Fremden ansprechen sollte. „Herr ..."

„Whipple. Abel Whipple."

Alex nickte. Er hatte den Namen noch nie gehört, was gleichzeitig bedeutete, dass er diesem Mann noch nie begegnet war. Trotz seines oft unbeholfenen Verhaltens hatte Alex ein eidetisches Gedächtnis. „Woher haben Sie meinen Vater gekannt?"

„Ich fürchte, das habe ich nicht. Nicht wirklich. Ich wusste von ihm, aber das ist etwas ganz anderes, als eine Person zu kennen, nicht wahr?"

Alex nickte erneut. Da er nicht wirklich verstand, was der Mann meinte, blieb er stumm.

„Ich bin Anwalt, wissen Sie", fuhr Abel fort. „Wenn es nicht zu viel verlangt ist, bei all dem Ärger, den Sie durchmachen müssen, könnte ich einen Termin für Sie vereinbaren, um in mein Büro zu kommen?"

„Warum?"

„Es tut mir leid, dass ich bei unserem ersten Treffen nicht offener war. Ich bin nicht wirklich wegen Ihres Vaters hier. Ich bin hier, um Sie zu treffen."

„Mich?" Alex lächelte und ließ den Schwung seiner Lippen echt erscheinen. Er war dabei so geübt wie jeder professionelle Schauspieler. „Was wollen Sie von mir?"

„Sie sind der Begünstigte eines bestimmten Testaments. Als Testamentsvollstrecker hatte ich gehofft, mich um diese Angelegenheit kümmern zu können, sobald es Ihnen einigermaßen möglich ist."

Der Vollstrecker des Testaments meines Vaters. Deshalb ist er also hier.

„Wie wäre es mit jetzt gleich?" fragte Alex.

Abels buschige Augenbrauen zogen sich zusammen. „Jetzt?"

„Sicher. Warum nicht?"

„Mr. Goodman, wollen Sie nicht an der Totenwache teilnehmen?"

„Nein." Alex' blonde Augenbrauen zogen sich nach unten, als er in die verzweifelten, traurigen und etwas verwirrten Gesichter derer starrte, die seinen Vater wahrscheinlich besser kannten als er es je getan hatte. „Das ist nichts für mich."

Abel sah zu ihm auf, sein Lächeln war unterwürfig. „Ok, Sir. Jetzt wäre ein perfekter Zeitpunkt."

Alex war verwirrt von dieser Art der Anrede und auch von der ihm unbekannten Haltung und Mimik und verstand nicht, was sie bedeuteten. Nur eines schien klar: Der Mann musste ein sehr teurer Anwalt sein.

Kapitel Zwei

Das gelbe Taxi hielt vor einem großen Gebäude an der Ecke der Fifth Avenue und der East Street in New York City. Alex folgte dem Anwalt durch die Drehtüren, vorbei an der glitzernden Lobby und in einen privaten Aufzug mit einem wartenden Bediensteten. Der Anwalt, zufrieden damit, dass er sein Ziel, Alex in sein eigenes Büro zu treiben, erreicht hatte, schwieg während der gesamten Fahrt. Die meisten Menschen hätten sich dabei unwohl gefühlt, aber Alex fand die Zurückhaltung des Anwalts beruhigend.

Er fuhr mit dem Aufzug in den obersten Stock, wo der Anwalt ausstieg. Das gesamte Büro glich eher einem luxuriösen Penthouse als einer Anwaltskanzlei. Es war vom Boden bis zur Decke in alle Richtungen verglast und bot einen weiten Blick auf den Central Park. Ein großes Schild mit goldener Schrift wies die Kanzlei als *Whipple und Easley aus.* Alex merkte sich den Namen der angesehenen Anwaltskanzlei und fragte sich, was zum Teufel sein Vater mit einem solchen Ort zu tun haben könnte. Eine Frau in den Mittvierzigern kam auf ihn zu. Sie trug einen tadellosen Maßanzug und sprach mit der kultivierten Autorität einer Person, die an einer Eliteuniversität studiert hatte.

Sie lächelte höflich und warf ihm einen Blick zu, den sie sofort erkannte. „Guten Tag, Mr. Goodson. Mein Beileid zu Ihrem Verlust. Mein Name ist Rebecca Thompson. Ich werde mich Mr. Whipple anschließen, um den letzten Willen des verstorbenen Mr. Goodson zu vollstrecken."

Alex begegnete ihrer professionellen Herzlichkeit mit einem geübten Lächeln. „Guten Tag."

„Darf ich Ihnen einen Drink oder eine Erfrischung bringen lassen?", fragte sie.

„Nein, danke." Alex ließ sich in einem Büro das im Stile eines Sitzungssaals eingerichtet war, auf einen Stuhl fallen. Er saß jetzt am Rande eines Tisches, an dem mindestens zwanzig Personen hätten Platz finden können. Ihm gegenüber nahmen die beiden Anwälte Platz. Er schaute sich im Raum um. Alles an ihm war extrem luxuriös - angefangen von einem schweren Mahagoni-Tisch bis hin zu einem üppigen Teppich und dem Blick auf den Central Park.

„Ich bin sicher, ihr beide habt dringendere Angelegenheiten. Ich bin hier, um zu sehen, welche Bitte mein verstorbener Vater an mich gerichtet hat, die er mir nicht persönlich vortragen konnte, und dann bin ich weg.

Whipple lächelte. Es erschein erstaunlich freundlich. Seine frühere salbungsvolle Fassade wich und hinterließ einen Ausdruck echten Unglaubens. „Mr. Goodson, was glauben Sie, warum ich Sie heute hierher gebeten habe?“

„Um den letzten Willen und das Testament meines verstorbenen Vaters zu erfüllen. Obwohl es mir um ehrlich zu sein, ein Rätsel ist, wie er es geschafft hat, sich Ihre Dienste zu leisten.

„Es tut mir leid, haben Sie erwartet, dass Sie aufgrund des Vermächtnisses Ihres verstorbenen Vaters hier sind?“

„Ja“, sagte Alex und studierte ihre Gesichter, ohne dabei ihre Mimik lesen zu können.

Abel Whipple nahm einen tiefen Atemzug und atmete langsam aus. Er sprach mit uneingeschränkter Sympathie. „Ihr Großvater, Mr. William Goodson, war unser Klient. Leider hatte ich nie das Privileg, Ihren Vater persönlich kennenzulernen, als er noch lebte.“

Bei der Erwähnung seines Großvaters fühlte Alex, wie sein Herz schneller schlug. „Mein Großvater ist vor fast zehn Jahren gestorben. Warum melden Sie sich erst jetzt bei mir?“

„Herr William Goodson hat unsere Dienste in den letzten vierzig Jahren seines Lebens in Anspruch genommen. Aber erst im Jahr vor seinem Tod hat er uns ganz konkret um unsere Hilfe gebeten.“ Whipple machte eine große Show, indem er tief einatmete und seufzte. „Er wollte nämlich, dass Sie einige Gegenstände erhalten, die ihm besonders wichtig waren.“

Alex war ungläubig. In seiner logischen Welt machte das alles keinen Sinn. „Warum jetzt und nicht vor zehn Jahren?“

Whipple zuckte mit den Schultern, als ob es nicht seine Aufgabe wäre, sich über solche Dinge Gedanken zu machen. „Ihr Großvater hat das sehr deutlich gemacht. Sie sollten die fraglichen Gegenstände erst nach dem Tod Ihres eigenen Vaters erhalten - natürlich bin ich mir sicher, dass er nicht damit gerechnet hat, dass sein Tod so bald eintreten würde.“

Alex hatte seinen Großvater gut gekannt. In vielerlei Hinsicht kannte er den älteren Mann viel besser als seinen Vater. Während sein Vater angesichts seiner Unfähigkeit, sich in der Gesellschaft zurechtzufinden, oft genervt war, akzeptierte sein Großvater ihn einfach so, wie er war. „Wissen Sie, was er hinterlassen hat?“

„Ich fürchte nicht. Ihr Großvater hat ausdrücklich verfügt, dass der Inhalt dieses Schließfachs unter keinen Umständen von deinem Vater entdeckt werden darf - und schon gar nicht von mir.“ Der Anwalt senkte den Kopf und zwinkerte. „Sie wissen ja, wie das sein kann.“

Alex nickte ihm geübt und beruhigend zu, obwohl er keine Ahnung hatte, was der verdammte Anwalt meinte. „Sicher. In Ordnung. Was soll ich unterschreiben?"

Die beiden Anwälte reichten ihm mehrere Papiere, die er freudig unterschrieb, ohne sie zu lesen. Sein Großvater hatte diesem Mann etwas anvertraut, das ihm sehr am Herzen lag, und der Mann hatte dieses Geheimnis fast drei Jahrzehnte lang bewahrt. Er war froh, dass er ihm vertrauen konnte, auch wenn er ein Anwalt war.

Whipple und Thompson unterschrieben neben seiner Unterschrift und prüften, ob alles in Ordnung war. Dann erhoben sich beide von ihren Plätzen und gingen. Nur Whipple kehrte zurück und trug einen einzelnen Manila-Umschlag bei sich. Er reichte ihn Alex. „Ich hoffe, Sie interessieren sich, für was auch immer Mr. Goodson für Sie aufbewahrte."

„Sicher", sagte Alex. „Auch wenn ich mir nicht vorstellen kann, was das sein soll." Er riss den Umschlag auf und fand ein einzelnes Stück Papier mit einer Reihe von Zahlen, gefolgt von einem Messingschlüssel. Er blickte zum Anwalt auf. „Worum geht es hier?"

Whipple lächelte herablassend. „Tut mir leid, Sie haben doch nicht geglaubt, dass ich es all die Jahre bei uns aufbewahrt habe, oder?"

„Wenn es nicht hier ist, wo ist es dann?"

„In einem Bankschließfach, Wells Fargo Bank, 363 Broadway."

Kapitel Drei

Alex nahm die U-Bahn nach Lower Manhattan. Dann lief er drei Blocks zu Fuß, um die Adresse zu erreichen, die Whipple ihm gegeben hatte. Sein Gesicht war hart und teilnahmslos und verbarg seinen inneren Aufruhr. Seit dem Treffen mit dem Anwalt war er ruhig und zurückhaltend gewesen. Das alles ergab überhaupt keinen Sinn für ihn. Sein Großvater war seit fast einem Jahrzehnt tot und sein Vater seit weniger als einer Woche. Warum sollte er sich über seinen Großvater so aufregen?

Er kannte die Antwort natürlich - sein Großvater hatte sich die Zeit genommen, ihn zu besuchen, und war dagegen gewesen, ihn im Alter von fünf Jahren auf ein Militärinternat zu schicken.

Er blieb stehen und blickte zu dem großen rot-gelben Wells-Fargo-Schild über dem Eingang hinauf. Messing umgab die Glaswände und -türen, die eine Mischung aus altmodischem und modernem Bankwesen zeigten. Alex trat ein.

Sauber. Üppig. Seriös. Wenn es so etwas wie den Geruch von Geld gab - dieser Ort hatte ihn. Ein Blick in den Raum, und er fühlte sich fehl am Platz.

Alex wartete in einer kurzen Schlange, um einen Kassierer zu sehen.

Als er an der Reihe war, trat er vor, begrüßte die Kassiererin und gab ihr die Nummer seines Schließfachs. Sie bat ihn, auf einem der Ledersofas Platz zu nehmen, und sagte ihm, dass er in Kürze mit jemandem sprechen würde.

Alex bedankte sich bei ihr und nahm Platz.

Fünf Minuten später ließ der Manager - ein kleiner, korpulenter Mann mit einem Schnauzbart, der ihn an den Bankier aus dem Brettspiel Monopoly erinnerte - seinen Blick über Alex schweifen. Auf dem Gesicht des Mannes war ein leichter Anflug von Anerkennung zu erkennen, gefolgt von einem breiten Lächeln.

Alex stand auf. „Ich glaube, Sie suchen nach mir."

„Mr. Goodson!" Der Bankdirektor umarmte seine Hand herzlich und verhielt sich dabei wie ein alter Freund. „Mein Name ist Peter Doran. Es tut mir sehr leid, vom Verlust Ihres verstorbenen Vaters zu hören."

„Sie kannten meinen Vater?" fragte Alex.

„Nein. Ich fürchte, ich kannte ihn nicht. Aber ich hatte eine enge Arbeitsbeziehung zu Ihrem Großvater. Er hat mir sehr deutlich gesagt, dass er Ihnen etwas hinterlassen möchte und dass es nach dem Tod deines Vaters sein sollte. Ich war mir nicht ganz sicher, ob ich Sie jemals kennenlernen würde, denn ich gehe nächste Woche in den Ruhestand."

„Glückwunsch." Alex zeigte seine weißen Zähne, während seine Lippen das Lächeln formten, von dem er dachte, dass es für die Situation angemessen erschien. „Was werden Sie in Ihrem Ruhestand anfangen?", fragte er, da er gelernt hatte, dass es höflich war, dies zu tun.

„Ich möchte mir die Zeit nehmen, um einige der Dinge zu tun, die ich in den letzten 40 Jahren meines Lebens hätte tun sollen. Die Bücher lesen, die ich mag, mir Zeit für meine Enkelkinder nehmen, vielleicht sogar mit meiner Frau einen Urlaub in Europa machen." Der Bankdirektor begegnete Alex' Blick mit einem höflichen Lächeln. „Haben Sie Kinder?"

„Nein."

„Wenn Sie einmal welche haben, möchte ich Ihnen einen Rat geben: Nehmen Sie sich die Zeit, um mit ihnen zusammen zu sein. Sie werden es nie bereuen, egal wie wichtig Sie Ihre Arbeit finden."

„Okay, ich werde es mir merken", antwortete Alex mit einem geübten Schwung seiner Lippen. „Wenn ich Kinder habe."

Auf keinen Fall werde ich jemals Kinder haben. Ich mag diese schmutzigen, ekligen kleinen Kreaturen nicht ...

„Tut mir leid, ich schweife ab", entschuldigte sich der Bankdirektor. „Jetzt sind Sie sicher neugierig, worum es hier geht?"

Er lächelte geduldig. „Ja. Um ehrlich zu sein, war das heute das erste Mal, dass ich von diesem Vermächtnis gehört habe."

„Natürlich, natürlich, Sie haben recht." Der Bankier öffnete ihm die Türen eines Privataufzugs. „Vielleicht fühlen Sie sich durch das Vermächtnis Ihres Großvaters etwas vom Tod Ihres Vaters abgelenkt. Außerdem bedeutet die Übergabe des Gegenstands, dass die Wünsche Ihres Großvaters genauso befolgt wurden, wie er es beabsichtigt hatte."

Alex ging hinter dem Bankangestellten her und betrat einen Aufzug. Der Bankangestellte erklärte ihm den Ablauf, während der Aufzug mehrere Stockwerke nach unten fuhr. Dort unten würde er im privaten Depot auf sich allein gestellt sein und ein Schlüssel ihm Zugang zum Schließfach seines Großvaters gewähren. Jedes Schließfach funktionierte nach einem digital verwalteten, rotierenden System. Nur Alex' Schließfach würde zugänglich sein, obwohl der Tresorraum vermutlich Hunderte identischer Schließfächer enthielt.

Der Bankier hielt die Türen auf und wartete darauf, dass er aus dem Aufzug trat. „Wenn Sie hier fertig sind, Mr. Goodson, drücken Sie einfach den Aufwärtsknopf. Dann komme ich zurück und zeige Ihnen den Fonds, den Ihr Großvater Ihnen hinterlassen hat."

„Mein Großvater hat mir einen Fonds hinterlassen?" Alex war

skeptisch gegenüber einem solchen Geschenk.

„Ja." Der alte Bankier lächelte. „Und soweit ich weiß, ist er so groß, dass Sie ihn im Laufe Ihres Lebens kaum aufbrauchen könnten."

Alex starrte den Bankier an. „Er hat mir eine riesige Menge Geld hinterlassen?"

„Viel mehr, als ich in meinen 45 Jahren bei der Bank je verdient habe."

„Mein Großvater hatte kaum einen Cent, er starb in einer Mietwohnung in der Bronx. Das muss sich doch irgendwie um eine Verwechslung handeln, oder?"

„Sie sind der richtige Empfänger, Mr. Goodson, das kann ich Ihnen versichern. Und was die Armut Ihres Großvaters angeht, so irren Sie sich gewaltig."

Alex gab auf. Was auch immer sein Großvater ihm hinterlassen hatte oder nicht, er würde es zu gegebener Zeit herausfinden. Mit dem freundlichen alten Bankier zu reden, brachte ihn nicht weiter.

Er seufzte schwer. „Na gut. Ich schaue mir besser an, was mein Großvater mir hinterlassen hat."

Der Bankier betrat den Aufzug und nickte. „Natürlich, natürlich. Denken Sie daran, drücken Sie einfach diesen Knopf, wenn Sie fertig sind."

Alex sah zu, wie sich die Stahltüren des Aufzugs schlossen. Der gesamte Aufzug war in den Tresorraum eingebaut, sodass die Plattform bei der Aufwärtsfahrt in der Decke verschwand, sodass es offensichtlich war, dass niemand von der Bank zurückbleiben konnte, um ihn auszuspionieren. Alex war zynisch genug, um trotzdem zu vermuten, dass es ohnehin heimlich versteckte Kameras gab, um die Interessen der Bank zu überwachen.

Er trat näher an den Aufzug heran und schaute nach oben. Der dunkle Schacht ragte hoch in die Stockwerke des Hauptgebäudes. Als der Aufzug schließlich mindestens zwanzig Stockwerke höher zum Stehen kam, schob sich eine große Metalltür über die Decke und schloss ihn im Tresorraum der Bank ein.

Alex' Lippen verzogen sich zum ersten echten Lächeln des Tages, als er sich in dem metallischen Raum umsah. Der gesamte Raum wirkte so steril wie ein Operationssaal. Der Raum roch sogar nach Desinfektionsmittel, fast wie in einem Krankenhaus. Es war, als wollten die Leute, die hier ihre wertvollsten Besitztümer aufbewahrten, ihre Fingerabdrücke und ihre DNS wegwischen - und damit alle Beweise für ihre Anwesenheit auslöschen. Eigentlich gar nicht so weit hergeholt, stellte seine zynische Seite fest.

Alex holte einen einzigen Messingschlüssel aus der Tasche und starrte ihn an. Das Ding sah in diesem modernen Bankgebäude fehl am Platz aus. Er gehörte zum Schloss einer Piratenschatztruhe.

Woran warst du beteiligt, Großvater?

Alex grinste zum zweiten Mal heute.

Die Menschen, die hier ein Schließfach hatten, bewahrten nicht nur ihre wertvollsten Besitztümer auf. Sie lagerten auch Geheimnisse.

Er entdeckte die Fassade eines einzelnen verschlossenen Kastens - der Einzige, der im gesamten Tresorraum sichtbar anders war. Darauf befand sich ein elektronisches Tastenfeld und daneben noch ein einziges Schlüsselloch.

Alex las die folgende Notiz:

SCHLIESSFACHNUMMER EINGEBEN UND SCHLÜSSEL EINSTECKEN.

NUR EIN VERSUCH. BEI FALSCHER NUMMER WIRD DER GEGENSTAND DAUERHAFT GESPERRT.

Alex bestätigte die Nummer des Schließfachs, steckte den Messingschlüssel ein, den er erhalten hatte, und drehte den Schlüssel. Trotz des äußerlich alten Aussehens des Schlüssels waren die Schließfächer futuristisch und fortschrittlich. Die Fassade verschwand in der dunklen Nische hinter dem Tresorraum. Ungefähr dreißig Sekunden später wurde das ursprüngliche Schließfach durch eine neue Fassade ersetzt.

Dieser wurde einfach durch die Nummer identifiziert, die Alex eingegeben hatte.

Er legte seine Hand auf den kleinen Metallgriff und zog. Der Tresor blieb starr fixiert. Einen Moment später leuchtete das Fach rot auf und der gesamte Raum wurde von einer Art Laser abgetastet. Alex blickte sich in der Kammer um, als mehr als tausend Laserstrahlen den Tresorraum kreuzten. Es schien, als ob der Laser die Anzahl der Personen im Raum und ihren Standort überprüfen wollte. Scheinbar zufrieden mit den Ergebnissen gab der Computer die Schublade frei, die mühelos nach außen glitt.

Welche Geheimnisse hattest du, Großvater??

Alex schaute in die Schachtel.

Ein einzelnes ledergebundenes Journal stand in der Mitte. Er schlug es auf. Auf der ersten Seite stand eine handschriftliche Nachricht, die an ihn adressiert war.

Lieber Alex,

Ich bedaure den Verlust deines Vaters. Trotz eurer Differenzen hat er dich sehr geliebt. Dieses Tagebuch erklärt alles. Lese es bitte sorgfältig durch. Ich bin sicher, dass du weißt, was getan werden muss, und dass du das erreichen wirst, was ich zu Lebzeiten nicht geschafft habe. Viel Glück!

Dein liebender Großvater, Wilhelm Gutwein.

Kapitel Vier

Das Pentagon, Virginia

Sam Reilly war nie ein großer Fan der Gegend um Washington D. C. gewesen, aber das machte nichts, denn sein Vater hasste diesen Ort. Seit Sam in das Familienunternehmen eingetreten war, zwang ihn sein Vater, alle Besorgungen für die Firma in D. C. zu erledigen. Er war ein Mann, der von Geld und Macht besessen war, und dennoch war Sams Vater praktisch paranoid, wenn er sich in die Nähe dieses Ortes begab.

Was nicht heißen soll, dass Sam die Gegend besonders gut kannte. Er kannte den Straßenstreifen zwischen dem Ronald-Reagan-Flughafen und dem Pentagon und ein paar ähnliche Orte sehr gut - aber das war es auch schon.

Einer der Pentagon-Fahrer hatte ihn abgeholt und kaum gesprochen, als er sich vergewissert hatte, dass er den richtigen Fahrgast hatte. Sam war daran gewöhnt. Viele Leute hier taten so, als wäre ein „Guten Morgen" gleichbedeutend mit der Preisgabe von Staatsgeheimnissen.

Trotz des starken Verkehrsaufkommens dauerte es nicht lange, bis er sein Ziel erreicht hatte. Das Gebäude, in dessen Lobby Hunderte von Menschen bequem Platz fanden, war riesig. Sam wurde durch eine Sicherheitskontrolle geschleust und dann zum Büro der Verteidigungsministerin begleitet, einem großen Raum mit blauem Teppich, einem großen Schreibtisch und zwei kleinen Tischen für Besprechungen mit je vier Plätzen. Es war nicht der richtige Ort für eine große, offene Sitzung. Nur ein paar Generäle und vielleicht ein oder zwei Staatsoberhäupter. In diesem unprätentiösen, unverfänglichen Raum wurden Tag und Nacht Geheimnisse ausgetauscht.

Die Tür wurde von einem Helfer geschlossen. Sie waren allein. Die unauffällige, aber dennoch luftdichte Versiegelung des Zimmers ließ Sams Ohren knacken.

Die Verteidigungsministerin begrüßte Sam mit einem festen Händedruck. Sie war eine schlanke, aber muskulöse Frau mit hochrotem Haar. Intelligent, souverän und oft einschüchternd, trug sie ihren dunklen Geschäftsanzug und ihren ständigen finsteren Blick mit gleicher Strenge.

„Danke, dass Sie so kurzfristig gekommen sind, Sam." Sobald sie seine Hand losließ, fügte sie hinzu: „Was wissen Sie über das deutsche Atomwaffenprojekt im Zweiten Weltkrieg?"

Sam blinzelte. „Nicht viel, Ma'am, außer dass in den frühen 1930er-Jahren ein Wissenschaftler namens Werner Heisenberg den Nobelpreis für die Erfindung der Quantenmechanik erhielt. Er ebnete den Weg für die Atombombe. Soweit ich weiß, gab es in Deutschland ein Atomwaffenprojekt, das aber nicht zu einem fertigen Prototyp führte."

Sie nickte. „Ganz genau. Uns wurde mitgeteilt, dass sie nicht genug D2O, also schweres Wasser, hatten. Schweres Wasser hat die gleiche chemische Formel wie herkömmliches Wasser, nämlich H2O, nur dass eines oder beide Wasserstoffatome das Deuterium-Isotop des Wasserstoffs haben und nicht das normale Protium-Isotop."

Sam lachte. „Ich bin ein bisschen eingerostet in Chemie, aber wenn Sie meinen, Ma'am."

Sie ignorierte seine Bemerkung. „Norsk Hydro baute die erste kommerzielle Schwerwasseranlage in Vermork, Tinn, ebenfalls in den frühen Dreißigerjahren. Da Norwegen während des Krieges unter deutscher Kontrolle stand, war Norsk Hydro verpflichtet, das deutsche Kernwaffenprojekt mit dem benötigten schweren Wasser zu versorgen."

„Aber das Wasser hat nicht ausgereicht?"

„Am 27. Februar 1943 gelang es der von den Briten geführten Operation Gunnerside, die Schwerwasseranlage zu zerstören."

„Und das hat die Welt im Zweiten Weltkrieg vor einem Deutschland als Atommacht bewahrt?"

Die Verteidigungsministerin zog eine Augenbraue hoch. „Sie haben keine Ahnung, wie nahe diese Aussage an der Wahrheit ist. Seit der Entdeckung der Kernspaltung Ende 1938 wird Deuteriumoxid - auch bekannt als schweres Wasser - als Neutronenmoderator verwendet, der Neutronen einfängt."

Sam starrte sie an. „Und das ist nützlich, um eine Atombombe zu bauen, weil?"

Die Verteidigungsministerin schaute finster drein. „Setzen Sie sich. Wir sollten es uns lieber bequem machen."

Sam zog einen Stuhl für sie heran. Sobald sie Platz genommen hatte, ließ er sich in den bequemen Ledersessel neben ihr fallen.

„Es gibt zwei Möglichkeiten, eine Atomwaffe herzustellen. Durch Isotopentrennung von U-235 aus natürlichem Uran kann man waffenfähiges Uran gewinnen, das dann für den Bau einer Atombombe verwendet werden kann. Alternativ, und bei Weitem der schnellste und billigste Weg, ist die Züchtung und Gewinnung von Plutonium." Die Verteidigungsministerin runzelte die Stirn über Sams verwirrten Blick und seufzte. „Schweres Wasser verlangsamt Neutronen. Ein schnelles Neutron kann nicht von einem Uran-235-Kern eingefangen werden. Daher müssen die Neutronen verlangsamt werden, um ihre Einfangwahrscheinlichkeit zu erhöhen, ohne dass es zur Spaltung kommt."

„Und, so wird waffenfähiges Plutonium hergestellt?"

„Genau."

Sam schüttete Eiswasser aus einem Krug in einen Becher. Er hob fragend eine Augenbraue, aber die Sekretärin schüttelte nur den Kopf. „Ohne Zugang zu schwerem Wasser war das deutsche Atomwaffenprojekt also zum Scheitern verurteilt."

Sie nickte. „Ganz genau. „Das Uranprojekt, wie es genannt wurde, kam erst 1939 richtig in Gang. Dann wurde es 1942 in reduzierter Form an den Reichsforschungsrat übergeben, weil es nicht genug Ergebnisse geliefert hatte, um den Führer zufriedenzustellen."

„Keine Ergebnisse, was?" Sam trank die Hälfte des Glases aus und stellte den Becher auf dem feinen, tiefbraunen Tisch ab. Offensichtlich machte sich niemand Gedanken darüber, die Politur zu beschädigen. „Es hat sich herausgestellt, dass, wenn man alle jüdischen Wissenschaftler in Konzentrationslager schickt, die Forschung verlangsamt wird."

Sie schenkte ihm ein steifes Lächeln als Anerkennung. „Im Frühjahr 1945 stürmten amerikanische Truppen das Gebiet, in welches das Programm verlegt worden war. Dort erbeuteten oder zerstörten sie eine Menge Papierkram, Ausrüstung und den Prototyp eines Kernreaktors - all das brachten sie zurück nach Oak Ridge. Bis August hatte das Manhattan-Projekt die Technologie entwickelt, die für die Herstellung von *Little Boy*, der Bombe, mit der wir Hiroshima bombardierten, und *Fat Boy*, der Bombe, die wir auf Nagasaki abwarfen, benötigt wurde. Wissen Sie etwas über *die Koloratursoubrette*?"

„Nein Ma'am, noch nie davon gehört."

Die Sekretärin richtete sich auf und begann, auf dem blauen Teppich auf und ab zu gehen. Dieser Teil des Raumes war im Laufe der Jahre viele Male in Sorge betreten worden. Dann fuhr sie fort: „Am 22. April 1945 kommandierte Oberst Boris Pash die Alsos-Mission - ein alliiertes Team aus Militär, Wissenschaft und Geheimdienst, welches die wissenschaftlichen Entwicklungen des Gegners im Zweiten Weltkrieg und insbesondere den Fortschritt des deutschen Atomprojekts ermitteln sollte. Nachdem es sich mit dem 1269. Engineer Combat Battalion in Freudenstadt getroffen hatte, überquerte es die intakte Brücke am Necker in Horb und nahm die deutsche Kleinstadt Haigerloch ins Visier."

„Ich habe von Haigerloch gehört. Hat man dort nicht die Überreste eines experimentellen Atomreaktors in einer alten Scheune gefunden?"

„Er war im Bierkeller eines Schlosses in der süddeutschen Kleinstadt Haigerloch versteckt, um genau zu sein", korrigierte ihn die

Verteidigungsministerin. „Wie Sie sich denken können, hat das Team die Maschine zerlegt und nach Oak Ridge gebracht, wo die Wissenschaftler des Manhattan-Projekts einige ihrer Spezifikationen nachgebaut haben, um ihre eigenen Barrieren zu überwinden."

Sam nickte. „Ich bin sicher, dass ich vor Jahren einmal irgendetwas darüber gelesen habe."

„Was Sie aber wahrscheinlich nicht gelesen haben, ist, dass Oberst Boris Pasch, als er Werner Heisenberg am 3. Mai 1945 in seinem Refugium in Urfeld gefangen nahm, Pläne für eine voll funktionsfähige Atomwaffe entdeckte."

„Deutschland hat eine funktionierende Atombombe gebaut?"

„Ja, sie waren uns bei der Entwicklung um fast sechs Monate voraus. Hätten sie nicht das Glück gehabt, dass ein Brand in Haigerloch ihre Schwerwasserreserven zerstörte, wären die Deutschen in der Lage gewesen, mehrere Atomwaffen herzustellen. Stellen Sie sich nur vor, was das für die Alliierten im Zweiten Weltkrieg bedeutet hätte. Wir würden heute vielleicht in einer ganz anderen Welt leben."

„Ein entsetzlicher Gedanke." Sam schüttelte den Kopf. „Warum erzählen Sie mir das alles, Ma'am?"

Die Verteidigungsministerin antwortete, ohne zu zögern: „Es gibt einen jungen Mann namens Alex Goodson".

„Diesen Namen kenne ich auch nicht, Ma'am."

Ihre Lippen formten ein schroffes Lächeln. „An einem Tag ist er niemand Besonderes - ein Computerfreak, der gerne Videospiele spielt, ein junger Mann, der am hochfunktionalen Ende des Autismus-Spektrums angesiedelt ist. Er ist aufgeweckt, unsozial, aber kein Überflieger."

„Fahren Sie fort."

„Am nächsten Tag stirbt sein Vater, und er wird nach Manhattan gerufen - in diesem Fall ein ungünstiger und ziemlich unheilvoller Name - als alleiniger Erbe eines Testaments. Nicht das Testament seines Vaters, sondern das seines Großvaters. Sein Großvater war ein deutscher Einwanderer, der ursprünglich Wilhelm Gutwein hieß und seinen Namen in William Goodson änderte, als er während des Zweiten Weltkriegs mit gefälschten Papieren hierher kam."

Sam hob ungläubig die Augenbraue. „Auf der Flucht vor den Nazis?"

„Nein, ganz und gar nicht. Er kam mit einem Flugzeug hier an, einer Focke-Wulf 200S Condor."

„Moment mal, ich habe von der Condor gehört." Sam schloss die Augen und versuchte sich daran zu erinnern, was er über dieses einzigartige Flugzeug gelesen hatte, das ihm so vertraut vorkam. „Stimmt, war das nicht ein großes Flugzeug, das vor dem Krieg für Transatlantikflüge eingesetzt wurde? Die Deutschen haben sie zu Bombern umgebaut."

Die Ministerin antwortete: „Das ist richtig, Sam. Er wurde von den Deutschen am 12. Januar 1945 hierher geschickt, um Washington D. C. zu bombardieren. Seine Fracht war eine einzigartige Waffe, die noch nie zuvor benutzt worden war.

„Das soll wohl ein Scherz sein!" Sam schluckte. „Wollen Sie mir sagen, dass die Deutschen schon vor dem Ende des Zweiten Weltkriegs Atombomben hatten?"

„Sie hatte eine einzelne Bombe." Die Verteidigungsministerin hörte auf, auf- und abzugehen und starrte Sam mit großen Augen an. „Das ist genau das, was ich sagen will, Sam. Alex Goodson hat gerade durch das Testament seines Großvaters erfahren, dass sein Vorfahre ein deutscher Pilot war, der versuchte, die Vereinigten Staaten mit einer experimentellen Atombombe anzugreifen."

Sam schüttelte den Kopf. „Ich kann es nicht glauben."

„Es wird noch schlimmer."

„Fahren Sie fort."

„Nach unseren jüngsten Erkenntnissen ist die Bombe im Land angekommen, aber offensichtlich nicht explodiert."

Sams Haut wurde kalt. „Sie befindet sich also immer noch irgendwo da draußen?"

Die Sekretärin fuhr sich kurz mit der Hand über das Gesicht und seufzte. „Vor ein paar Tagen hat Alex Goodson eine topografische Karte online gestellt, die er im Tagebuch seines Großvaters gefunden hatte. Auf dem Bild war die Stelle, an der das Wrack lag, mit einer kleinen Notiz versehen, die besagte, dass hier 1945 ein deutsches Bombenflugzeug abgestürzt war. Daneben postete er eine einfache Frage: *„Weiß jemand, wo sich diese Stelle befindet?* Innerhalb weniger Stunden machten sich die ersten Schatzsucher auf die Suche. Am nächsten Tag waren es bereits Hunderte, die in der Region nach dem verschollenen Flugzeug suchten.

„Haben wir eine Operation vor Ort?"

„Ja. Ein Spezialistenteam des 832. Ordnance Battalion des US Marine Corps aus Fort Lee, Virginia, ist gerade dort. Alle Schatzsucher und Anwohner wurden aus dem Areal entfernt."

„Haben sie etwas gefunden?"

„Ein Wrack der Condor, das tief in der Maryland-Goldmine in der Nähe der Great Falls of the Potomac vergraben ist."

„Und", Sam hielt inne und räusperte sich plötzlich. „Haben sie die

Bombe gefunden?"

„Noch nicht. Sie durchsuchen noch das Wrack."

Das Telefon auf ihrem Schreibtisch begann zu klingeln. Sie ging hinüber und nahm den Hörer ab. „Was haben Sie gefunden?" Die Frage kam so hart und schnell wie Maschinengewehrfeuer.

Nach einem kurzen, einseitigen Gespräch sagte sie: „Ich verstehe", und legte den Hörer auf.

Sam stand auf. „Was ist los? Haben sie die Bombe geortet?"

„Nein. Sie war bereits bewegt worden. Das Wrack wurde gefunden, einschließlich eines leeren Bombenschachtes."

„Die Bombe wurde also abgeworfen - Gott weiß wo -, ist dabei nicht explodiert und befindet sich seitdem in einem alten Gebäude, auf einem Schrottplatz oder im Hinterhof einer Privatperson?"

„Nein. Ihre Halterung wurde sorgfältig von Hand demontiert. Dann wurde die Bombe professionell abtransportiert. Wir haben die Absturzstelle abgesucht. Es wurden keine Anzeichen von Strahlung entdeckt."

„Was war es dann? Eine andere Art von Waffe?"

„Ich habe mich falsch ausgedrückt", sagte die Ministerin. „Es wurden keine Anzeichen für die physischen Komponenten der Bombe gefunden. Geigerzähler-Tests zeigen, dass die Bombe zu einem bestimmten Zeitpunkt dort war. Sie hat Strahlung abgegeben."

Sam schüttelte erneut den Kopf. „Was wollen Sie mir damit sagen?"

„Ich sage Ihnen, dass uns jemand bei der Bombe zuvorgekommen ist, Sam. Und derjenige ist kein zufälliger Wanderer, sondern ein Profi." Die Verteidigungsministerin seufzte schwer. „Und jetzt haben wir einen *Broken Arrow* hier in der Nähe von Washington D. C.".

Kapitel Fünf

Ein *Broken Arrow* war ein unerwartetes Ereignis, das Kernwaffen oder nukleare Komponenten betraf und zu einem versehentlichen Abschuss, einer Zündung, einer Detonation, einem Diebstahl oder einem Verlust führte. Bis heute hat das US-Verteidigungsministerium zweiunddreißig Broken-Arrow-Ereignisse offiziell anerkannt, mit der Enthüllung dieses jüngsten Ereignisses sind es dreiunddreißig.

Sam spürte, wie ihm die Galle hochkam.

Zusätzlich zu den siebenhunderttausend ständigen Einwohnern der Hauptstadt tagte gerade der Kongress. Wenn eine terroristische Organisation im Besitz einer funktionsfähigen Atomwaffe war, gab es für ihn kaum Zweifel über das beabsichtigte Ziel.

Nach den unglaublichen Abenteuern, die Sam in den letzten Jahren überlebt hatte, hätte er eigentlich mit dieser Idee umgehen können. Doch wie der Rest der Welt war auch er mit der Angst vor nuklearer Zerstörung aufgewachsen. Diese Angst hatte ihn in seiner Kindheit buchstäblich in Albträumen verfolgt, und er fand, dass sie ihn noch mehr abschreckte als andere Bedrohungen, denen er ausgesetzt war.

Sam starrte auf den Krug mit Wasser und überlegte, ob er sich noch einen Schluck einschenken sollte.

„Möchten Sie etwas Stärkeres?“, fragte die Verteidigungsministerin, welche die Angst in seinem Blicks bemerkte.

Er schüttelte den Kopf. „Wie lange wissen Sie es schon?“

Die Ministerin kehrte an ihren Platz zurück. „Weniger als drei Stunden.“

Er schenkte sich ein weiteres Glas Wasser ein, trank es aber nicht. Plötzlich kam es ihm vor, als würde er in einem Sturm auf einem kleinen Boot fahren, das von den Wellen hin und her geworfen wurde. Er stellte seinen Becher ab und stand auf. Jetzt war er an der Reihe, durch den Raum zu gehen.

Seine Gedanken rasten. „Was haben Sie bis jetzt gemacht?“, fragte er.

„Sobald Sie angekommen sind, haben wir die wichtigsten Straßen, Autobahnen, Tunnel und Flughäfen gesperrt. Alles innerhalb der Umgehungsstraße, die U-Bahn, den Wasserverkehr auf dem Potomac und dem Anacostia ...“

Er pfiff. „Wo genau war die Absturzstelle?“

„Tief vergraben in einer alten, stillgelegten Goldmine an den Great

Falls of the Potomac in Maryland".

„Eine Goldmine?" Sam zog eine ungläubige Augenbraue hoch. „Wie konnte sie so lange verborgen bleiben?"

„Zu Beginn des Zweiten Weltkriegs wurde der Goldabbau landesweit von der Regierung verboten, da man der Meinung war, dass die Arbeitskräfte für den Betrieb einer Mine besser für die Kriegsanstrengungen eingesetzt werden könnten. Ursprünglich war geplant, die Mine nach dem Krieg wieder zu eröffnen, doch dazu kam es nie.

„Sie sagen, dass ein fehlgeleiteter deutscher Bomber mit dem Ziel Washington D. C., direkt in einen dieser verlassenen Minenschächte stürzte?"

„Ja." Die Verteidigungsministerin öffnete eine Karte der Region von Ende 1939. Sam kam an ihre Seite, beugte sich vor und warf einen Blick auf die auf dem Tisch platzierte Karte.

„Wie Sie hier sehen können", sagte sie, „war das ganze Gebiet mit offenen Minenschächten durchsetzt. Im Januar 1945 gab es einen gewaltigen Schneesturm im Osten. Das Ereignis führte zu einem totalen Whiteout. Wir glauben, dass dies der Tag war, an dem die deutsche FW Condor ihren Bombenangriff durchführte.

„Wenn das so ist, macht es Sinn", sagte Sam. „Dem Piloten muss der Treibstoff ausgegangen sein und er ist in einem scheinbar allmählich abfallenden weißen Feld gelandet."

„Richtig", bestätigte sie. „Und dann fiel die Nase der FW Condor unerwartet durch den verbretterten Eingang des Minenschachtes. Daraufhin flüchtete der Pilot, und als er merkte, was passiert war, versteckte er die Tragflächen des Flugzeugs - die aus einem Verbundstoff aus Metall und Stoff bestanden - ebenfalls in der Mine, um seine abgebrochene Mission und ihre Ladung zu verbergen. Dann stieg er wieder durch den Eingang ein, wo das Flugzeug und die Atombombe bis vor Kurzem versteckt geblieben sein müssen."

„Die Strahlung, auch wenn sie nur gering ist, könnte die Pflanzenwelt in der Nähe geschädigt haben", überlegte Sam. „Aber es wurde doch abgeriegelt?"

„Vollkommen."

„Und wie lange werden Sie D. C. hinter Schloss und Riegel halten können?"

Die Sekretärin zog eine Grimasse. „Eine halbe Stunde nach Ihrer Ankunft gibt es bereits einen Aufruhr. Das ist nicht Ihre Angelegenheit. Wir werden schon damit fertig."

Das Gebiet um Washington D. C. wäre bei einem wie auch immer gearteten Einschluss besonders anfällig für größere Probleme - viele der Menschen, die in diesem Gebiet arbeiteten, lebten anderswo. Darunter auch die Mitglieder des Kongresses, der gerade tagte. Sam beneidete die Ministerin nicht um die Aufgabe, gerade *diese* Gruppe unter Kontrolle halten zu müssen.

Er schob den Gedanken beiseite. „Was soll ich für Sie tun?"

Er hatte eine ungefähre Vorstellung davon, was sie von ihm brauchen könnte, aber er ahnte, dass es wahrscheinlich darum gehen würde, eine Reihe von Gesetzen zu brechen. Wenn dem so war, musste sie sich absolut klar darüber sein, was sie brauchte.

Sie kaute an der Innenseite ihrer Wange. „Wir haben einige sehr diskrete, sehr intelligente Leute, die daran arbeiten, was mit der Bombe passiert sein könnte und welche Möglichkeiten es gibt, so etwas unbemerkt durch das Land zu transportieren."

„Aber sie wissen doch schon, wie es gemacht wurde", sagte Sam.

„Ich habe einen Verdacht."

„Und?"

„Wie würden Sie eine Nuklearwaffe in die Gegend von D. C. bringen, Sam?"

Sams schiefes Grinsen war kein glückliches Grinsen. „Du *weißt,* wie ich es machen würde. Ich würde direkt den Potomac River entlang fahren."

Kapitel Sechs

Officer John Dwyer war einer der vier Polizeibeamten aus Virginia, die ausgewählt worden waren, um auf der Kettenbrücke über dem Potomac River Wache zu halten. Die Autos waren an der Kreuzung von North Glebe Road und Chain Bridge Road geparkt worden. Auf dem George Washington Memorial Parkway, der entlang des Flusses verlief und über die North Glebe Road führte, herrschte dichter Verkehr. Auf der North Glebe und der Chain Bridge Road herrschte reger Verkehr, aber nichts, was die vier nicht bewältigen konnten - noch nicht. Wenn die Situation noch länger andauerte, würde es für sie definitiv bald ungemütlich werden.

Ein paar Minuten zuvor hatte er im grünen Wald unterhalb der Brücke Bewegung entdeckt. Mehrere Lauf- und Wanderwege verliefen durch die nahe gelegenen Bäume. Ihr Befehl lautete, das Virginia-Ende der Brücke abzusperren und niemanden daran zu hindern, sich auf den Wanderwegen fortzubewegen, aber er hielt es trotzdem für besser, einen genaueren Blick darauf zu werfen. Nachdem er den anderen berichtet hatte, was er gesehen hatte, ging er zurück zur Brücke und suchte das felsige Flussufer nach einem Schwimmer oder einem Boot ab. Irgendetwas Kleines. Vielleicht ein Kanu.

Er entdeckte niemanden, aber er beschloss, dass es keine schlechte Idee wäre, einen seiner Männer einen Spaziergang über die Brücke machen zu lassen, um von jetzt an alle paar Minuten nachzusehen.

Er drehte sich um, um zu den anderen zurückzukehren, und erstarrte.

Einer der Polizisten rief ihm zu: „Was ist das? Sehen Sie etwas?"

Officer Dwyer war der Mund offen gestanden. Das kann doch wohl nicht wahr sein ...

„Verdammt noch mal", sagte er.

„Was ist es?"

„Ein Hai."

„Hast du den Verstand verloren?", fragte der andere Beamte.

Aber da war sie, eine dunkle Flosse, die durch die Wasseroberfläche glitt und sich stromabwärts in Richtung Brücke bewegte.

Officer Dwyer blinzelte, als einer der anderen Beamten zu fluchen begann. Er hörte stampfende Schritte, die auf ihn zukamen.

Nein, kein Hai - die Spitze einer Haifischflosse war nicht so kantig. Was immer da unten war, war von Menschenhand gemacht. Zum Glück bewegte es sich nicht allzu schnell und hinterließ eine Spur, die kaum zu übersehen war.

Er packte Officer Jackson an der Schulter, der sich neben ihn gestellt hatte.

„Melde das, Jackson."

„Ich? Du bist derjenige, der es bemerkt hat. Versuch *du* es zu erklären."

Officer Dwyer sagte: „Der Parkway ist bis zur Francis-Scott-Key-Brücke in Jackson verstopft."

„Und?"

„Also werde ich dem Ding auf dem Fußweg folgen. Es sei denn, *du willst deinen* Arsch da runterschleppen und ihm hinterherlaufen?"

Jackson, der wie ein Panzer gebaut war und schon schnaufte, als käme er gerade von der Joggingstrecke, schüttelte den Kopf. Officer Dwyer schickte ein gedankliches „Danke" an seinen Vater, der ihn als Kind immer zum Joggen mitgenommen hatte. Erfreut, sich in der kühlen Morgenluft etwas aufzuwärmen, rannte er zum Ende der Brücke, winkte den Autos zu, die sich auf der Überführung stauten, und rannte los.

Ein paar Minuten später klingelte sein Handy.

„Ja, Ma'am", bestätigte er keinem Geringeren als der Verteidigungsministerin. „Ich habe das Mini-U-Boot immer noch im Visier ..."

Kapitel Sieben

Die Verteidigungsministerin antworte ihm, ohne dabei eine besondere Anspannung erkennen zu lassen: „Danke Officer Dwyer. Bitte behalten Sie es, wenn möglich, immer in Sichtweite. Wir haben mehrere Drohnen als Verstärkung ausgesandt. Sie sollten sie bald sehen."

Sie hielt inne.

„Verstanden. Vielen Dank, Ma'am."

Sie legte den Hörer auf. Ihre Hand zitterte leicht. *Das ist neu*. Dann stieß sie einen explosiven Atemzug aus.

„Was ist es?" fragte Sam.

„Einer der Beamten an der Kettenbrücke meldete, dass ein anderer Beamter einen Hai im Potomac gesehen habe."

Sam blinzelte. „Einen Hai?" Ein Blitz der Erkenntnis traf ihn. „Ein Zwergen-U-Boot! So bringen sie die Bombe nach D. C.!"

„Es sieht so aus", sagte die Ministerin und klang dabei ungewöhnlich zögerlich und unsicher. „Wir haben keine Zeit, ein Team zusammenzustellen oder sonst irgendetwas zu tun, um zu verhindern, dass sie die ganze Gegend zerstören. Die Bombe ist bereits in Position, obwohl sie wahrscheinlich noch mehr Schaden anrichten könnte, wenn es noch ein wenig weiter nach Süden gelangen würde."

„Bringen Sie mich zu einem Hubschrauber!" sagte Sam aufgeregt, mit lauter Stimme, die fast einem Schrei gleich.

„Sam, es ist zu spät. Wir müssen uns stattdessen auf die Evakuierung konzentrieren."

„Bringen Sie mich einfach da raus. Ich habe eine Idee."

Die Sekretärin nahm den Hörer ab, warf ihn dann auf einen Stuhl und trat aus der Bürotür. „Henriks! Verbinden Sie mich *sofort mit* einem Hubschrauberpiloten!"

Sam kannte seinen Weg und rannte bereits mit voller Geschwindigkeit durch die Flure.

Kapitel Acht

In wenigen Augenblicken näherte sich Sam dem Hubschrauberlandeplatz des Pentagons. Ein VH-60N Black Hawk , der für den VIP-Einsatz umgerüstet wurden war, wartete auf dem Hubschrauberlandeplatz, der Motor lief, die Rotoren drehten sich langsam.

Sam entdeckte eine eingliedrige Stahlkette, die den Weg zwischen der Bude und dem Gehweg kreuzte, der zu ihr hinaufführte, und hakte sie schnell auf beiden Seiten aus. Insgesamt waren es etwa fünf Meter Kette. *Es könnte gerade lange genug sein.*

Menschen, die darauf warteten, VIPs zu empfangen, die den Gefahrenbereich per Hubschrauber verließen, mussten das Risiko eingehen, den Maschinen zu nahe zu kommen. Für diese Kette hatte er einen Plan. Er wickelte sie um seine Brust - kalte, schwere Glieder. Das Gewicht beruhigte ihn.

Die Verteidigungsminister holte ihn ein, als er auf dem Weg zum Black Hawk war.

„Sam Reilly, was haben Sie damit vor?“, rief sie.

„Sie werden schon sehen.“

Gebückt joggten die beiden zum Hubschrauber hinauf. Auch Sam begann, hineinzuklettern.

Ein Flieger kam ihnen in die Quere und stellte sich Sam in den Weg. „Halt! Was machen Sie da?“

Die Ministerin winkte den Piloten ab. „Wir beschlagnahmen diesen Hubschrauber! Er ist von nationaler Bedeutung!“

Der Pilot schüttelte bereits den Kopf. „Das geht nicht, Ma'am. Jeder der sechsundzwanzig Hubschrauber der 12th ist auf dem Weg zum Kapitol, um im Rahmen des Kontinuitätsplans der Regierung bestimmte Staatsbedienstete abzuholen. Ich bin mir ziemlich sicher, dass dieser Mann nicht auf der Liste steht.“

„Sie verstehen nicht“, begann die Sekretärin zu sagen.

Sam unterbrach den Streit. „Kein Problem, Captain. Ich brauche nur eine Mitfahrgelegenheit zum Potomac. Sie können mich auf dem Weg zum Capitol Hill absetzen.“

Kapitel Neun

Ein paar knappe Worte über das Headset des Piloten, und schon waren sie auf dem Weg. Es hörte sich so an, als wäre dieser Pilot beauftragt worden, bei der Evakuierung des Weißen Hauses zu helfen. Was auch immer für eine wichtige Funktion geopfert oder verzögert wurde, um Sams Plan auszuführen, er fragte nicht danach.

Innerhalb von zwei Minuten waren sie über dem Potomac River und flogen flussaufwärts.

„Wissen Sie, wo das U-Boot jetzt ist?“ fragte Sam den Sekretär über seine Kopfhörer. Der Black Hawk war schnell, aber auch sehr laut.

„Der Offizier, der es zu Fuß verfolgte, verlor es in der Nähe von Bear Island in der Potomac-Schlucht aus den Augen. Er gab an, dass es an dieser Stelle vollständig unter Wasser getaucht war.“

Sam schüttelte den Kopf. Irgendetwas an der Situation war nicht in Ordnung. Die beiden lehnten sich über die Seiten des Hubschraubers und suchten nach Anzeichen von Bewegung.

Sie fragte: „Sehen Sie etwas?“

Es war ein heller und sonniger Tag. Sam spähte in das klare Wasser zum braunen Flussbett. „Noch nicht.“

Sie passierten die Francis Scott Key Bridge. Der Verkehr war bereits ein Albtraum.

„Sam!“

Schnell wechselte er auf die Seite der Sekretärin und blickte in das tiefblaue Wasser. Die Wellen funkelten ihn an. Ein Rinnsal aus hellerem Wasser im Fluss fiel ihm ins Auge. An ihrer Spitze eine dunkle Gestalt.

Da ist das Zwergen-U-Boot.

„Holt mich so tief wie möglich runter“, rief er über das Headset und riss es sich dann vom Kopf.

Der Pilot senkte die Nase und brachte den Black Hawk in einen Schwebeflug knapp über das Wasser. Sam wickelte die schwere Kette um seine Brust ab und formte sie zu einem kreisförmigen Glied, das er gerade noch halten konnte. Es war die beste Position, in die Sam sich bringen konnte - genau vor der Nase des U-Boots.

Sam schob die Tür auf und kämpfte gegen einen Windstoß an.

Er hielt sich an einem Stützgriff fest und untersuchte ein letztes Mal die Lage des Zwerg-U-Boots. Es war etwa 3 Meter unter Wasser und somit konnte er sich nicht einfach so darauf stürzen, ohne es zu verfehlen.

Der Pilot rief etwas.

Sam konnte gerade noch hören, wie die Ministerin antwortete: „Das Einzige, was er tun kann. Er opfert sich, um den Rest von uns zu retten."

Sam grinste, denn er hatte einen Plan. Heute würde niemand geopfert werden, schon gar nicht er selbst! Sie näherten sich den Three Sisters, den drei felsigen Inseln westlich der Key Bridge. Der Zeitpunkt war so gut wie jeder andere.

Er holte tief Luft und sprang ins Wasser.

Die Oberfläche zerbrach um ihn herum, und kaltes Wasser rauschte über seinen Kopf. Das U-Boot bewegte sich jetzt schneller, da es das tiefere Wasser um die Three Sisters erreicht hatte. Er würde sich beeilen müssen. Er stieß sich nach oben und schwamm mit Mühe. Die Kette versuchte, ihn auf den felsigen Grund des Flusses zu ziehen.

Er ließs sie so schnell wie möglich abrollen.

Das Zwerg-U-Boot, das wie ein japanisches Ko-Hyoteki des Typs A aussah - von dem während des Zweiten Weltkriegs nur fünfzig Stück gebaut worden waren - wurde von einem einzigen Propeller angetrieben. Es steuerte seine Tiefe, indem es seine Flossen wie ein Torpedo verstellte und nicht wie ein normales U-Boot seinen Auftrieb regulierte. Doch damit die Flossen nützlich waren, musste sich der Propeller des Ko-Hyoteki drehen.

Würde man den Propeller anhalten, würde das U-Boot sinken.

Er ließ die glatte dunkle Seite des U-Boots unter sich vorbeiziehen. Das Gewicht der Kette schien entschlossen, ihn unter Wasser zu ziehen. Er musste einen Großteil seiner Kraft darauf verwenden, mit den Beinen zu strampeln, nur um seinen Kopf über Wasser zu halten.

Das hintere Ende des U-Boots näherte sich. Sam wuchtete die Kette über das hintere Ende des Rumpfes, Metall knirschte gegen Metall. Das Gewicht drückte das Heck nach unten und richtete das vordere Ende nach oben. Die Wasserströmung über dem U-Boot-Rumpf ließ die Kette nach hinten zum Propeller gleiten.

Sam hielt das verbleibende Ende der Kette mit einer Hand fest. Nun führte er sie in die Flügel des Propellers ein. Zunächst geschah nichts, und Sam begann zu fluchen. *Habe ich es vermasselt?*

Er hielt den Atem an und ließ sich in die Tiefe des Mini-U-Bootes sinken, als er einen Ruck an der Kette spürte. Zwangsläufig griffen die Klingen nach den Gliedern und begannen, sie um den Schacht zu ziehen.

Sam wartete.

Die Kette verfing sich an einem der Propellerblätter und schlängelte sich um die Welle. Dann kam der Propeller zum Stillstand. Die Welle windete sich mühsam und begann, dunkles Öl ins Wasser auszustoßen ...

Sam strampelte mit den Beinen und schwamm vom U-Boot weg. Einen Moment später sah er, wie das Boot zu sinken begann. Ohne den nötigen Vorwärtsdrang würde es bald auf dem Grund des tiefsten Teils des Potomac Rivers liegen, der an dieser Stelle etwa 25 Meter tief war. Nachdem er einige Male schnell und tief durchgeatmet hatte, tauchte er unter, wobei er das U-Boot im Auge behielt, bis es schließlich den schlammigen Grund des Potomac erreicht hatte.

Die Klappe blieb geschlossen.

Er wartete so lange, wie es seinen Lunge zuließen, und schwamm dann wieder an die Oberfläche. Er blieb nicht in der Mitte des Flusses stehen. Stattdessen bewegte er sich schnell in Richtung des Ufers.

Hypothetisch gesehen sollte tiefes Wasser in der Lage sein, das bewohnte Gebiet um sie herum vor Strahlung zu schützen, wenn die Bombe explodiert, auch wenn die Schockwelle der Waffe trotzdem tödlich sein würde.

Kapitel Zehn

Sam saß am Rande des östlichen Flussufers und schnaufte heiser.

Ein schwarzer Hubschrauber schwebte direkt über der Stelle, an der das U-Boot im Potomac gesunken war. Seine Seitentüren schwangen auf. Sieben Navy SEAL-Taucher stiegen von den Kufen, ließen sich in den Fluss fallen und verschwanden im Wasser darunter.

Sam beobachtete, wie alle bis auf einen der Elitetaucher der Navy in das nun trübe Wasser sanken, während einer der Männer an der Oberfläche zu ihm hinüberschwamm.

Der Navy-Taucher kam grinsend aus dem Wasser. „Mein Name ist Leutnant Worly. Ich bin hier, um mich zu vergewissern, dass es Ihnen gut geht! Ihre verrückte Aktion, mit der Sie das U-Boot daran hindern wollten, weiter den Potomac hinaufzufahren? Das war genial! Wir haben das U-Boot immobilisiert auf dem Grund des Flusses gesichtet."

Sams Wangen kräuselten sich vor Belustigung. „Hey, es hat doch funktioniert, oder?"

Worlys Lächeln verschwand. „Das werden wir bald herausfinden."

„Ja, das werden wir." Sam bot seine rechte Hand an. „Ich bin übrigens Sam Reilly."

Worly schüttelte seine Hand mit festem Griff und sah ihm in die Augen. „Es ist mir ein Vergnügen, Sie kennenzulernen, Sam Reilly. Keine Verletzungen?"

„Nein. Danke, mir gehts gut."

„Ich habe schon viel von Ihnen gehört."

„Nur Gutes, hoffe ich."

Der Taucher schüttelte den Kopf und ließ Sams Hand los. „Nicht nur Gutes."

Sam zuckte gleichgültig mit den Schultern. Es war nicht das erste Mal, dass er beschimpft worden war. „Was denken Sie? Werden Sie es entschärfen können?"

„Eine Atombombe aus den 1940er-Jahren?" Der Taucher zog eine Augenbraue hoch. „Hoffentlich. Wir werden es nicht mit Sicherheit wissen, bis wir das Mini-U-Boot öffnen und herausfinden, welche Art von Zünder sie benutzt haben."

„Sie wissen es nicht?" fragte Sam, der nach seinem Tauchgang immer noch nicht zu Atem gekommen war.

„Das weiß niemand. Wie sollten wir auch? Bis vor ein paar Stunden hatte noch niemand davon gehört, dass Deutschland im Zweiten

Weltkrieg erfolgreich eine Atomwaffe hergestellt hat." Der Taucher seufzte. „Wir hoffen, dass der Zünder auf einer ähnlichen Technologie basiert, wie die Zünder die das Manhattan-Projekt damals entwickelt hat - aber dabei handelt es sich um reine Spekulation. In Wirklichkeit besteht die Möglichkeit, dass die Deutschen eine andere Lösung für die Detonation gefunden hatten."

Sam schien noch immer verunsichert: „Ich war besorgt, dass sie durch die plötzliche Änderung der Tiefe des U-Boots beim Versenken versehentlich ausgelöst werden könnte. Offenbar nicht."

Der SEAL schüttelte den Kopf. „Während herkömmliche Bomben durch jede plötzliche Veränderung der Bewegung aktiviert werden können, erfordert die Aktivierung von Atomwaffen einen außerordentlichen Aufwand."

„Eine Explosion in der Nähe wird die Reaktion nicht auslösen?" fragte Sam.

„Auf keinen Fall. Wissen Sie, wie eine Atomexplosion funktioniert?"

Sam schüttelte den Kopf. „Nicht die geringste Ahnung. Ich muss an dem Tag, an dem das in der Schule gelehrt wurde, nicht im Unterricht gewesen sein."

Der Taucher schenkte ihm ein dünnlippiges Lächeln. „Im Grunde genommen funktioniert die Explosion, indem sie das spaltbare Material - entweder angereichertes Uran 238 oder Plutonium 239 - auf seine kritische Masse komprimiert wird."

„Die Waffe funktioniert durch eine Implosion?"

„Ganz genau. Später entwickelten sie einen sogenannten Neutronenauslöser - auch bekannt als modulierter Neutroneninitiator -, der bei Aktivierung einen Neutronenstoß erzeugt, der die Kettenreaktion der Kernspaltung in Gang setzt."

„Aber noch nicht im Jahr 1945?"

„Nein." Der Taucher fuhr fort: „Ich kann nicht mit Sicherheit sagen, was die Deutschen entwickelt haben, aber in Oak Ridge wurde im Rahmen des Manhattan-Projekts ein Explosionsbrücken-Draht - auch EBW genannt - gebaut. Es handelte sich um einen Präzisionszeitzünder. Mit ihm wird die Explosion durch einen elektrischen Strom ausgelöst, ähnlich wie bei einer Sprengkapsel, der den Plutoniumkern der Bombe präzise zusammendrückt und die Reaktion auslöst."

„Wie haben sie das gemacht?"

„EBW-Sprengkapseln bestehen in der Regel aus Gold, Platin oder einer Legierung aus beiden Materialien und werden durch einen starken elektrischen Strom - etwa 1000 Ampere pro Mikrosekunde - aktiviert, der in der Regel von einem Marx-Generator stammt. Dieser starke Strom erhitzt das Metall so schnell und auf einer so kleinen Fläche, dass es als Flüssigkeit verdampft. Wenige Nanosekunden später explodiert der Draht, erzeugt eine Schockwelle und setzt die enthaltene Wärmeenergie frei, die den Rest der Reaktion in Gang setzt."

„Interessant." Sam warf einen Blick auf seine Uhr. Es waren fast fünf Minuten vergangen, seit der Rest des SEAL-Teams unter der Wasseroberfläche des Potomac verschwunden war. „Da ich fit und gesund bin, warum sind Sie noch hier?"

„Ich passe auf, dass du nicht aus reiner Neugierde eintauchst." Dann lächelte Worly reumütig. „Außerdem hat meine Frau gerade ein kleines Mädchen zur Welt gebracht. Das *könnte* der Grund dafür sein, dass man mich ausgewählt hat, um dich aus dem Ärger herauszuhalten."

„Herzlichen Glückwunsch", sagte Sam und schenkte ihm ein aufrichtiges Lächeln. „Dein erstes?"

„Ja, und das macht mir doppelt Sorgen."

Sam runzelte die Stirn. Er wusste nicht viel über Atomwaffen, aber er wusste genug, um zu erkennen, dass sie sich innerhalb des Explosionsradius befanden. „Ich glaube nicht, dass das Ufer des Potomac weit genug entfernt ist, um uns beide aus den größten Schwierigkeiten herauszuhalten ..."

Der Taucher zuckte philosophisch mit den Schultern. „Dann müssen meine Männer dafür sorgen, dass die Bombe nicht explodiert."

Sie warteten. Mit jeder Minute, die verging, klappte Sams Kiefer fester zu.

Schließlich tauchte ein Kopf aus dem Fluss auf und schwamm zu den beiden hinüber. „Worly", rief der andere Mann. „Wir brauchen hier unten Ihre Hilfe, und wir könnten auch Ihre Hilfe gebrauchen, Mr. Reilly. Das Mini-U-Boot muss bewegt werden, damit wir es betreten können, und wir haben nicht genug Leute, um das allein zu schaffen. Wir könnten entweder auf einen Lastwagen mit einer Winde warten, der hierher kommt ... der ich könnte mit dir abtauchen und wir sehen, ob wir es mit mehr Personal selbst schaffen", sagte Sam. „Na gut, dann machen wir das."

„Na gut, dann machen wir das eben", antworte Worly. "Du kannst als Kumpel mit meinem Atemregler atmen."

„Danke."

Sam tauchte zusammen mit Worly auf den Grund.

Der Potomac war durch den Aufprall am Grund verschlammt, und die Strömung schob ihn stetig flussabwärts. Sam tauchte im freien Fall nach unten. Das Zwerg-U-Boot war ein dunkler Schatten auf dem Flussbett, er hätte es fast für einen Felsen halten können.

Der Eingang zum U-Boot war eine Luke an der Vorderseite des flossenartigen Turms und stieß an einen massiven Felsbrocken. Worly reichte Sam seinen Atemregler, und er atmete ein paar Mal durch, während er die Situation betrachtete. Die Taucher versuchten, das U-Boot von dem Felsen zu rollen. Es zu drehen, würde wahrscheinlich besser funktionieren.

Sam schwamm zum hinteren Ende des Zwerg-U-Boots und begann, die Kette vom Propeller wegzuziehen. Er hatte nicht die Absicht, sie zu lösen, sondern nur das Gewicht ein wenig zu verlagern. Er ließ die Kette in den Schlick am Boden des Flussbettes fallen und winkte die anderen Männer herbei.

Nach einer kurzen, abwinkenden Besprechung spannten sich die vier Männer an und zogen an der Kette. Der Steuerknüppel blieb am Felsen hängen, und während das hintere Ende des Zwerg-U-Boots in die eine Richtung schwang, schwang das vordere Ende in die andere. Wenige Sekunden später war die Luke ein paar Zentimeter vom Felsen entfernt und bot gerade noch genug Platz für einen Taucher, um zu manövrieren.

Sam und Worly sahen zu, wie sich die anderen Taucher auf den Einstieg vorbereiteten.

Bald wurde die Luke geöffnet, und zwei der Taucher schlüpften hinein. Für ein paar Minuten hatte Sam fast vergessen, dass ihr Leben auf dem Spiel stand.

Jetzt erinnerte er sich.

Bald war einer der Taucher aufgetaucht. Er schwamm zu den beiden hinüber und winkte sie in Richtung der Luke. Sam nahm noch einen Atemzug aus dem Atemregler und schwamm dann hinein.

Das U-Boot war beengt, aber leer. Hier drinnen befand sich kein Pilot.

Und vor allem keine Atombombe.

Der erste Taucher winkte Sam zu und zeigte dann auf eine der Innenwände. Darauf waren mit Taucherkreide einige Wörter geschrieben:

Herr Reilly,

wie schön, dass Sie zu uns gekommen sind. Jetzt, wo Sie hier sind, kann das Spiel beginnen ...

Die Nachricht war nicht unterzeichnet.

Kapitel Elf

Sam tauchte zusammen mit den anderen Tauchern auf, diesmal allerdings auf der Westseite des Flusses. Die Verteidigungsministerin wartete dort auf ihn, ihr Hubschrauber stand in der Nähe.

„Und?", fragte sie.

„Keine Bombe", sagte Sam. „Das U-Boot ist leer."

Sie schloss ihre Augen und atmete tief ein. Als sie sie wieder öffnete, fragte sie: „Gar nichts? Nicht einmal ein Pilot?"

Sam nickte. „Nichts außer einer Notiz."

„Eine Notiz?"

„Ja, sie war speziell an mich gerichtet. Der Verfasser schrieb: *Schön, dass Sie sich uns anschließen. Jetzt, wo Sie hier sind, kann das Spiel beginnen ...*"

Ihr Kinn krampfte sich vor Verärgerung zusammen. „Jemand spielt ein Spiel mit Ihnen?

„Es scheint so, Ma'am." Sam schnitt eine Grimasse. „Aber auch wenn der Zettel an mich adressiert war, wird das Spiel mit allen gespielt - ob man nun will oder nicht."

„Mein Gott. Wer weiß, wie viele mächtige Leute Sie und Ihre Familie im Laufe der Jahre verärgert haben?" Sie wandte sich an einen Helfer und sagte: „Ich brauche einen Handschriftenanalysten, ein Unterwasserforensikteam und einen Terrorismus-Profiler. Das klingt nicht nach der üblichen Sorte. Es geht nicht um Religion oder Politik. Wir müssen das U-Boot aus dem Wasser ziehen, aber dafür habe ich jetzt keine Zeit. Was für ein Terrorist will ausgerechnet mit *Ihnen* ein Spiel spielen, Reilly? Das wird ein absoluter Shitstorm werden."

„Da muss ich zustimmen, Ma'am." Es war ein sonniger Tag, aber trotzdem warf ihm jemand nachdenklich eine Decke über die Schultern. „Ich habe keine Ahnung, wer meine Aufmerksamkeit erregen will, aber ich werde es herausfinden."

„Wie?"

Er zuckte die Achseln. „Ein bisschen Detektivarbeit. Ich denke, ich fange mit dem Jungen an, der die Karte zur Bombe geerbt hat."

Die Ministerin schüttelte den Kopf. „Ich habe ihn bereits überprüfen lassen. Er ist ein Niemand, Sam. Weißt du, was er macht, seit er sein Erbe bekommen hat? Er gibt es in Manhattan aus. Genauer gesagt hat er ein Wohnhaus gekauft und scheint es jetzt als eine Art Computerspiele-Oase einzurichten. Schalldichte Wände, Energydrinks und Computerspiele. Es gibt keine Möglichkeit, dass er die Bombe herausgeholt hat. Wir lassen ihn überwachen."

Sam fragte: „Haben Sie bei der Flugsicherung nachgefragt, ob es in der letzten Woche Flüge zwischen Maryland und den Great Falls of the Potomac gegeben hat?"

„Natürlich. Wir haben keine Aufzeichnungen über Hubschrauber oder andere Flugzeuge, die in den letzten drei Monaten in der Nähe der Absturzstelle geflogen sind. Nichts."

Sam beobachtete das Wasser. Die anderen Taucher waren aufgetaucht. Es war unmöglich, das Mini-U-Boot aus dem Fluss zu ziehen, bevor die Abriegelung von D. C. beendet war. Es gab keine Möglichkeit, ein Fahrzeug in das Gebiet zu bringen, um das U-Boot herauszuziehen oder es wegzuschleppen. Wie immer bei einem Notfall versuchte jeder, eine Ausnahme zu machen, und jede Straße war bis zum Anschlag mit Autos vollgestopft. Die örtliche Polizei, die ohnehin schon überfordert war, hatte alle Hände voll zu tun, um die Schaulustigen vom Flussufer fernzuhalten.

Hier gibt es nichts zu sehen. Nur ein U-Boot, das vielleicht eine Atombombe an Bord hatte ...

„Woran denken Sie?", fragte die Sekretärin.

„Irgendetwas ist an der ganzen Sache faul."

„Das sehe ich auch so, aber worauf beziehen Sie sich konkret? Etwas Bestimmtes? Oder ist es nur eine allgemeine Vermutung?"

„Etwas Bestimmtes beschäftigt mich." Während er sprach, setzte sich ein ungutes Gefühl in seinem Kopf fest. „Wie viel muss diese Bombe wiegen? Mehrere Tausend Kilogramm?"

Die Ministerin schüttelte den Kopf. „Meine Leute sagen mir, dass sie wahrscheinlich etwa 4000 Kilogramm gewogen hätte. Warum?"

„Es scheint so gut wie unmöglich zu sein, eine so schwere Bombe zu Fuß aus einem dicht bewaldeten Gebiet herauszubringen. Oder war da eine Straße in die Bäume geschnitten?

„Nein, nichts dergleichen. Ich habe Drohnenaufnahmen gesehen."

Er grinste. „Und wie haben sie das dann gemacht?"

„Wir haben keine Ahnung."

„Vielleicht ist die Frage nicht wie, sondern *wann*. Die Bombe ist *jetzt* nicht hier im Fluss. Das bedeutet, dass sie schon früher verlegt worden sein könnte. Da wir wissen, dass der Junge es nicht war, hängt es nicht einmal davon ab, dass er das Vermächtnis seines Großvaters mit der Karte erhalten hat. Jeder hätte sie finden und entfernen können."

„Gutes Argument. Ich werde die Suche in den Unterlagen

ausweiten."

Sam schaute zwischen D. C. und der Virginia-Seite des Flusses hin und her. Der Verkehr staute sich, so weit das Auge reichte. „Ich brauche eine Mitfahrgelegenheit nach Manhattan. Ich könnte Tom anrufen, damit er mich abholt, aber ich glaube nicht, dass die Luftwaffe darüber erfreut wäre. Über dem ganzen Gebiet muss eine Flugverbotszone errichtet worden sein."

„Ich kann Sie zum Ronald Reagan Airport bringen. Sie können ein Verkehrsflugzeug nach JFK nehmen."

„Klingt gut. Danach werde ich dem Jungen einen Besuch abstatten und sehen, was ich über seinen Großvater erfahren kann - und über jeden anderen, dem er seine Geheimnisse verraten haben könnte."

„Glauben Sie immer noch, dass er daran beteiligt war?", fragte die Verteidigungsministerin.

Er zuckte mit den Schultern. „Er ist die einzige Spur, die wir haben."

Sam ging mit der Verteidigungsministerin an Bord des VH-60N Black Hawk, der ins Pentagon zurückkehren musste, um den Präsidenten und den Befehlshaber der Stabschefs, die sich jetzt unter dem Weißen Haus befanden, auf den neuesten Stand zu bringen.

Sam nahm neben ihr Platz, setzte sein Headset auf und schnallte sich an, als der Black Hawk abhob. Er flog direkt in Richtung Südosten, überquerte den Potomac River und flog dann auf direktem Weg zum Pentagon.

Hinter ihnen brachte ein zweiter VIP-Hubschrauber die ersten Kongressabgeordneten aus dem Kapitol.

Sam lehnte sich in seinem Stuhl zurück und atmete tief ein. In den letzten dreißig Minuten war so viel passiert, dass es schwer war, dass alles zu verarbeiten. Er schloss kurz die Augen, dann öffnete er sie wieder.

Sie hatten den Potomac River schon fast überquert.

Ein Blitz kam von der östlichen Seite des Flusses - von außerhalb der Hauptstadt - auf sie zu.

Er fluchte und einen Augenblick später machte der Pilot eine scharfe Kurve nach links.

Die Boden-Luft-Rakete der FIM-92 Stinger raste an ihnen vorbei, hinterließ eine Feuerspur und erfasste das Heck des zweiten Hubschraubers.

Sam versteifte sich. Er riss den Kopf herum und verfolgte mit den Augen die tödliche Flugbahn der Rakete, die in das Heck des zweiten Hubschraubers einschlug.

Das Heck ging in einem Flammenball auf, und eine Sekunde lang schwebte der Hubschrauber, während der Pilot versuchte, die Kontrolle zu behalten. Aus dem Gleichgewicht gebracht und unfähig, das extreme Drehmoment des Hauptrotors auszugleichen, zog der Hubschrauber immer größere Kreise, bevor er in ein unkontrollierbares Trudeln geriet.

Der Pilot drosselte das Gas und brachte den Helikopter in die Autorotation.

Sam beobachtete, wie der Hubschrauber auf die Oberfläche des Potomac zuraste, bevor er sich einen Augenblick vor dem Aufprall auf die Oberfläche des Flusses allmählich abflachte. Das Hauptrotorblatt drehte sich weiter und zerschnitt die Wellen, bevor der Hubschrauber sank und in den trüben Gewässern verschwand.

Kapitel Zwölf

Sam spürte, wie sein Bauchgefühl nachließ, als der Pilot des Black Hawks des Ministers an Geschwindigkeit und Höhe gewann. Eine hitzige Minute lang raste der Hubschrauber über den Potomac, bevor er auf dem sicheren Hubschrauberlandeplatz auf dem Dach des Pentagons landete.

Als die Rotorblätter dumpf aufheulten, löste die Verteidigungsministerin ihr Gurtzeug und beugte sich zum Piloten. Ihre Stimme war laut und selbstbewusst, als sie sprach: „Henriks! Was wissen wir?"

Der Flieger blickte über seine Schulter zu ihr zurück. „Nicht viel, fürchte ich, Ma'am. Jemand, der auf der Ostseite des Potomac stationiert ist, hat eine Stinger-Boden-Luft-Rakete abgefeuert. Sie hat uns nur knapp verfehlt und unseren Verfolgungshubschrauber vom 12. Aviation Battalion abgeschossen."

„Gibt es Überlebende?"

„Berichten zufolge ja. Mehrere Insassen sind aufgetaucht und an Bord einer ausgelegten Rettungsinsel geklettert."

Ihr Kiefer wurde steif. „Und der Schütze oder die Schützen?"

„Im Moment glauben wir, dass es nur einen gibt. Während wir sprechen, sind Teams vor Ort und versuchen, ihn zu lokalisieren."

Sam stand auf und starrte aus den Seitenfenstern auf den Potomac River. Von seinem Aussichtspunkt auf dem Dach des Pentagons aus ließ er seinen Blick über den Fluss schweifen und erkannte die kleine gelbe Form eines Rettungsbootes. Dann paddelten sie langsam zum westlichen Ufer.

Der Pilot schaltete das Triebwerk ab, dessen Rotorblätter sich leise drehten.

Die Stille wurde durch das Echo von lauten Schüssen unterbrochen, die in einem schnellen Stakkato abgefeuert wurden. Sam blinzelte und richtete seine Augen auf die Überlebenden. Die Geräusche schienen von dort zu kommen.

Die Kugeln schlugen direkt vor dem Rettungsboot auf die Oberfläche des Flusses.

Die Kongressabgeordneten und Soldaten sprangen zurück ins Wasser.

Die Schüsse hörten auf.

Warum hatte der Scharfschütze aufgehört zu schießen?

Einer der Abgeordneten begann sofort, zur westlichen Seite des Flusses zu schwimmen. Er schaffte es fast fünf Meter weit, bevor der

Schütze erneut sein Gewehr abfeuerte.

Sam nahm schnell das Fernglas in die Hand, das an der Innenseite des Hubschraubers hing und normalerweise für die Besichtigungsflüge von VIPs über dem Kapitol verwendet wurden. Er stellte das Instrument auf die richtige Sichtweite ein und betrachtete den Fluss.

„Allmächtiger Gott!“ fluchte Sam. „Ich verstehe jetzt was der Schütze will. Er will sicherstellen, dass niemand das Kapitol verlässt.“

„Das soll wohl ein Scherz sein!“ Die Verteidigungsministerin starrte mit ihren smaragdfarbenen Augen auf den Fluss, als sich die Szene abspielte. „Warum gehen sie dann nicht auf die Ostseite, um Himmels willen?“

Eine weitere Kugel schlug im Wasser ein und verfehlte einen Mann im Anzug nur um wenige Zentimeter. Damit war die Sache für die Überlebenden erledigt. Sie drehten sich um und begannen, zur Ostseite zu schwimmen. Die Schüsse hörten sofort auf.

„Da sind sie“, sagte Sam.

„Sicher. Aber jetzt ist es offensichtlich, dass der Terrorist sie auf dieser Seite des Flusses halten will.“

Sams ironische Stimme klang heiter: „Ja, aber zumindest wissen wir, dass er niemanden absichtlich töten will. Jedenfalls noch nicht.“

In der Stille begann ein Handy zu klingeln.

Der Pilot blickte wieder zu Sam. „Hey, ich glaube, das ist dein Telefon.“

Die Verteidigungsministerin gab ihm sein Handy zurück.

Er ging ran. „Hallo?“

„Sam Reilly?“ Die Stimme war durch einen Stimmverzerrer verstümmelt worden.

„Am Apparat“, antwortete Sam, schaltete sein Handy auf den Lautsprechermodus und gab der Verteidigungsministerin eine Geste, um zuzuhören. „Was kann ich für Sie tun?“

„Im Moment möchte ich nur, dass Sie der gut aussehenden Rothaarigen neben Ihnen eine Nachricht übermitteln.“

Sams Puls schlug schneller, als er die Umgebung abtastete. Der Terrorist, wer auch immer er oder sie war, hatte ihn im Visier und war nahe genug, um genau zu wissen, mit wem er zusammen war. „Okay. Wie lautet die Nachricht?“

„Niemand außer Ihnen kommt in die Hauptstadt hinein oder aus ihr heraus. Die deutsche Atombombe ist in der Hauptstadt versteckt. Wenn ihr das Spiel richtig spielt, können alle nach Hause gehen. Wenn ihr eine der Regeln brecht, ist das Spiel vorbei und ich zünde die Bombe.“

„Wie lauten die Regeln?“ fragte Sam.

„Niemand vom Kongress verlässt die Hauptstadt. Meine Teams haben die Stadt, den Potomac River und den Anacostia River umzingelt. Wenn ich sehe, dass Spezialeinheiten der Polizei oder des Militärs in diese Positionen eindringen, werden viele Menschen sterben. Kein Flugverkehr in der Stadt.“

„Okay. Ich werde die Nachricht weiterleiten.“ Sam bemerkte ein leichtes Flackern des Sonnenlichts, das vom Rand des Potomac Rivers kam, und fragte sich, ob es ihr Angreifer war. „Was wollen Sie von mir?“

„Ihre Teilnahme“.

„An was?“

„Einem Spiel. Einem Wettbewerb. Der Gewinner bekommt die Welt.“

Sam blinzelte, um zu sehen, ob er den Mann besser sehen konnte. „Okay. Sicher. Wie spiele ich?“

„Sie sind dabei, Ihren ersten Schritt zu machen.“ Eine Reihe von Bomben explodierte entlang der K Street NW, der 11th Street NW und der Rhode Island Avenue NW und teilte die Hauptstadt in zwei Hälften. „So. Ich habe das Spielfeld verkleinert. Ich interessiere mich nur für den Bereich der sich südlich dieser Linie befindet. Ich fürchte, ich werde jetzt eine Weile beschäftigt sein, aber ich sage Ihnen Bescheid, wenn es Zeit ist, Ihren nächsten Zug zu machen.“

Sam starrte auf die Serie von Bränden, die die Hauptstadt in zwei Hälften teilten. Er wandte sich der Verteidigungsministerin zu. „Was werden Sie tun?“

Als sie den Hubschrauber verließ, nahm sie ihr gesichertes Satellitentelefon in die Hand. Sam und der Pilot folgten ihrem Beispiel. „Als Erstes werde ich einen Anruf tätigen, um sicherzustellen, dass die Polizei und die Spezialeinheiten sich von der Stadtgrenze, dem Rand des Potomac und des Anacostia Rivers zurückhalten. Außerdem werde ich den Flugverkehr stoppen.“

Die Sekretärin tätigte ihre Anrufe im Gehen.

Die beiden gingen in einen Aufzug. „Ich werde jetzt den Präsidenten über unsere Situation informieren. Er hat Berater, die über die nächsten Schritte nachdenken werden.“ Ihre stechenden grünen Augen fixierten ihn. „Die Frage ist, Mr. Reilly, warum zum Teufel will dieser Terrorist ein Spiel mit Ihnen spielen? Und was noch wichtiger ist: Was werden Sie dagegen unternehmen?“

Sam zuckte mit den Schultern. „Ich habe keine Ahnung, warum er mich ausgewählt hat. Aber jetzt werde ich erst einmal einen Flug nach New York nehmen, um den Jungen zu treffen. Ich werde meine Leute bitten, alles über seinen Großvater herauszufinden, was sie können. Wir werden eine Verbindung finden."

„Ist das jetzt wirklich das Klügste, was man unternehmen kann?" Ihre Augenbrauen zogen sich zusammen. „Ich meine, wenn man bedenkt, dass dieser Extremist gerade mit Ihnen dieses Spiel spielen will?"

„Er hat nicht gesagt, dass wir nirgendwo hingehen sollen. Außerdem sagte er, dass er eine Weile beschäftigt sein würde."

„In diesem Fall organisiere ich besser einen Militärjet, der Sie nach New York bringt. Auf diese Weise sind Sie nicht mehr als eine Stunde entfernt. Ich möchte, dass Sie in der Nähe sind, nur für den Fall, dass der Mann mit dem Finger auf dem Knopf Sie wieder kontaktieren will."

Kapitel Dreizehn

Manhattan, New York

Alex Goodson kam Sam vor wie ein Typ, der viel theoretisches Wissen hat, dem es aber an sozialem Gespür oder einer allgemeinen Cleverness mangelte. Allerdings war er in dieser Hinsicht auch nicht gerade als dumm zu bezeichnen. Stattdessen bemerkte Sam, dass der junge Mann versuchte, etwas zu sein, was er nicht war. Wenn er sich umschaute, schien es eher so zu sein, dass Goodson nicht in der Lage war, seine Intelligenz mit etwas Nützlichem zu verbinden.

Das Gebäude, das Goodson in Manhattan gekauft hatte, ein vierstöckiges Backsteingebäude mit einem Mobiltelefonhändler und einem Internetdienstleister auf dem untersten Stockwerk. Er war gerade dabei, eine 24-stündige Spieleparty zu veranstalten, als Sam das Haus erreichte.

Als er sich vorstellte, zuckte Goodson mit den Schultern. „Es ist nicht meine Schuld, dass diese Schatzsucher so viel Ärger gemacht haben, okay? Ich hatte nichts damit zu tun."

Sam konnte sich nicht verkneifen, den Jungen anzustarren. Natürlich war Goodson und niemand sonst dafür verantwortlich, dass die Karte ins Internet gestellt worden war. Das hatte natürlich sofort zu dem Schwarm an Schatzjägern geführt, der gleich danach in die Gegend geströmt war.

Die Reaktion des Jungen zeigte einen derartigen Mangel an Einsicht in die Situation, dass Sam gedanklich einen Schritt zurücktreten und von vorne beginnen musste.

„Hallo", sagte er. „Mein Name ist Sam Reilly. Ich bin vom Verteidigungsministerium geschickt worden, um die Informationen zu sichten, die Ihr Großvater Ihnen hinterlassen hat. Wir müssen herausfinden, wer die Bombe aus dem Flugzeug entwendet haben könnte."

„Sie haben sie nicht gefunden?" fragte Alex und öffnete einen Bierkühlschrank voller Energy Drinks und Softdrinks. „Oh je. Das ist nicht gut." Er öffnete seine Limonade, eine Dose Dr. Pepper. „Wollen Sie eine?"

Sam verkniff sich eine Grimasse. „Nein, danke. Kann ich den Zettel sehen, den Ihr Großvater Ihnen hinterlassen hat?" Das FBI und die CIA hatten Kopien gemacht und bereits alles in der Wohnung des Jungen durchsucht. Es schien ihn nicht gestört zu haben.

Alex sagte: „Warten Sie mal kurz." Er ließ Sam auf dem Treppenabsatz des zweiten Stocks zurück. Abgesehen von den

Gewerberäumen im Erdgeschoss schienen die anderen Mieter aus dem Gebäude vertrieben worden zu sein - oder wahrscheinlich eher bestochen worden zu sein freiwillig das Haus zu verlassen. Arbeiter trugen ihr Hab und Gut aus dem Haus: Matratzen, Regale, Haustierboxen, Kisten, die beim Tragen klirrten. Die dröhnende Musik hörte plötzlich auf. In einem der oberen Stockwerke arbeitete jemand mit einer Bohrmaschine.

„Das Zeug, das die Regierungsleute durchwühlt haben, ist im vierten Stock", rief Alex von irgendwoher aus dem Wohnhaus. „Gehen Sie schon mal hoch. Ich komme gleich nach."

Sam stieg zwei Stockwerke hinauf. Von dem, was er auf den Treppenabsätzen sehen konnte, wurden die Wohnungen gerade ausgeräumt und in Serverräume umgewandelt.

Einen Moment später betrat der Junge den Raum mit einem Bier in der Hand. „Hier, ich dachte, du könntest das brauchen. Du siehst aus, als hättest du einen ziemlich beschissenen Tag gehabt."

Sam schüttelte den Kopf. „Danke. Aber ich brauche im Moment meinen Verstand. Ich glaube, ein Bier würde mich jetzt einfach einschlafen lassen. Mit einem Kaffee oder einem Energydrink wäre ich besser dran."

„Kann ich dir besorgen."

„Haben Sie Kaffee?" fragte Sam.

„Nein. Aber ich habe einen Kühlschrank voller Energydrinks."

„Nein danke." Sam bemühte sich wieder darum keine Grimasse zu ziehen. Sein Blick schweifte über die vielen Glasfaserkabel, die im Treppenhaus verlegt waren. „Was bauen Sie hier auf?"

„Oh, einfach ein Paradies für Gamer." Alex grinste. „Ich und ein paar Freunde von mir haben das schon seit Jahren auf unserer Wunschliste, falls ich mal im Lotto gewinne. High-End-Systeme, alle miteinander vernetzt, Spiele bereits installiert, technischer Support vor Ort. Wir werden ein Turnier veranstalten, sobald ich hier alles eingerichtet habe. Das wird der Wahnsinn!"

Alex war groß, dünn, blass, und sein Gesicht war von Akne gezeichnet. Er war ein typischer Kellerbewohner und schien eine Mischung aus klug und dumm zu sein, mit zwei linken Füßen. Er war relativ freundlich und gehörte zu der Sorte von Typen, die wahrscheinlich noch nie ein Date hatten. Die Art von Kerl, die in einer Welt voller Erwachsener auf der Strecke bleibt. Aber da war noch etwas anderes. Sam blinzelte.

Hinter seinem unbeholfenen Äußeren waren die blassgrauen Augen des Jungen scharf und voller Intelligenz, dessen war sich Sam sicher.

War das alles nur eine Show? Konnte Alex wirklich intelligent genug sein, um das alles vorzutäuschen?

Sam klopfte ihm auf die Schulter. „Ich bin sicher, es wird viel Spaß machen. Wo kann ich die Sachen Ihres Großvaters finden?“

Sam beobachtete ihn, aber Alex zuckte weder mit den Schultern, noch schien er negativ auf die paternalistische Geste zu reagieren.

„Oh, sicher. Folgen Sie mir.“

Alex führte ihn in die hinterste Wohnung, die mehr oder weniger intakt geblieben war. Eine winzige Küche im Stil einer Kombüse, ein Badezimmer mit etwa sechs Quadratzentimetern freier Fläche, in der man stehen konnte, ein Schlafzimmer mit einem bescheidenen Bett in voller Größe. Das Sofa war schäbig, aber der Fernseher war so aufgerüstet worden, dass er ihn an die militärischen Kommando-Wandbildschirme erinnerte, die man in einigen Militäreinrichtungen fand, in denen er gewesen war.

Alex ließ Sam mit einer Archivschachtel voller Papierkram am Küchentisch im Café zurück.

„Das sind alles Opas Sachen“, sagte er, ging ins Wohnzimmer und schaltete den Fernseher ein. Einige Augenblicke später setzte er seine Kopfhörer auf und startete eine Art Videospiel. Er schien der unbesorgteste Mensch der Welt zu sein.

Die Tatsache, dass durch seine Unachtsamkeit heute Millionen von Menschen hätten sterben können, schien ihm völlig entgangen zu sein.

Sam schüttelte den Kopf und begann, die Kiste zu durchsuchen, in der wahrscheinlich schon fünfzig Regierungsbeamte zuvor herumgestöbert hatten.

Kapitel Vierzehn

Sam las ein paar Stunden lang in den alten Papieren und Zeitschriften.

Dann erfuhr er, dass William Goodson eine interessante Persönlichkeit gewesen war, die weitaus zielstrebiger und entschlossener war als sein Enkel. Anhand der Lektüre der Zeitungsausschnitte schien der Mann ein typischer amerikanischer Held gewesen zu sein. Er hatte im Koreakrieg Bombenflugzeuge geflogen, einige Jahre für Lockheed-Martin gearbeitet und war dann als Pilot von Verkehrsflugzeugen für American Airlines tätig geworden. Er führte Buch über seine Spenden an verschiedene Wohltätigkeitsorganisationen und seine Kirche. Einige Jahre vor seinem Tod, vor fast einem Jahrzehnt, hatte er sich aus dem Beirat zurückgezogen und genau die Wohnung gemietet, in der Sam jetzt saß. Das beunruhigte Sam ein wenig, aber er konnte nicht genau sagen, warum.

Die meisten Aufzeichnungen in der Kiste wiesen auf ein normales, alltägliches Leben hin. Das Leben eines gewöhnlichen Mannes, der Deutschland in den 1940er-Jahren nach dem Zweiten Weltkrieg verlassen hatte, verheiratet war, einen Sohn hatte, seine Frau 1995 verlor und das Privileg genoss, seinen Enkel aufwachsen zu sehen. Dann war er gestorben. Mehr als ein Jahrzehnt später, als sein eigener Sohn gestorben war, hinterließ er seinem Enkel Millionen.

Woher stammte die großzügige Spende?

Hatten sich Opa Goodson und Alex' Vater gestritten oder gab es einen anderen Grund? Warum hat der Mann sein riesiges Vermögen nicht einfach an seinen eigenen Sohn vererbt? Warum wartete er, bis sein Sohn gestorben war, um seinen Reichtum an seinen Enkel zu vererben?

Die Verteidigungsministerin hätte durchaus recht haben können. Es hatte den Anschein, dass Alex Goodson nichts mit der terroristischen Bedrohung in Washington D. C. zu tun hatte. Dennoch gab es für Sam keinen Zweifel daran, dass alles, was Alex und sein Erbe betraf, mehr Fragen als Antworten aufwarf.

Er nahm ein altes Foto von William Goodson in die Hand. Eine familiäre Verbindung kam nicht infrage. Die beiden Männer könnten ein und dieselbe Person sein, obwohl sie etwa siebzig Jahre voneinander getrennt waren. Er stellte sich Alex in einer alten Pilotenuniform der American Airlines vor.

Sams ozeanblaue Augen blickten auf William Goodsons graue Augen, seine kräftige Kieferpartie und seinen starren Gesichtsausdruck.

Wer waren Sie wirklich?

Der Mann hatte sich als deutscher Bomberpilot aus dem Zweiten Weltkrieg entpuppt, der einen gefälschten Pass bei sich hatte und abgestürzt war. Unfähig, seine Mission zu erfüllen, hatte sich William Goodman nahtlos in das Land eingefügt, das er zerstören wollte.

Es war fast so, als hätte er einen Sinneswandel gehabt.

Er hatte sich in Amerika niedergelassen und Wurzeln geschlagen, nachdem er sich in ein einheimisches Mädchen verliebt hatte. Margery Pull hatte ein süßes, freundliches Gesicht und arbeitete bis zu ihrer Heirat als Lehrerin.

Sam schaute sich noch einmal im Wohnbereich um. Es war weder verschwenderisch noch geizig, es war weder die Wohnung eines Multimillionärs noch die eines Geizhalses. Das gelbe Emaille-Waschbecken war abgenutzt und abgeplatzt, aber es war sauber.

Er stand auf und streckte sich.

Der Junge schaute zu ihm hinüber, unterbrach sein Videospiel und zog seine Kopfhörer ab.

„Haben Sie etwas gefunden, das sie interessiert?"

„Alex, wenn es nicht zu persönlich ist - ich sehe hier nichts, was erklärt, wie dein Großvater Millionär wurde."

„Ich weiß, nicht wahr?" Alex grinste. „Ich hatte keine Ahnung. Ich glaube, Dad auch nicht. Opa hat sich immer darüber beschwert, dass ich keinen Job bekomme, weil sich niemand um mich kümmern würde, wenn er nicht mehr da ist."

„Was glaubst du, woher das Geld kommt?"

„Deutsche Verwandte. Er hat das Geld in den Vierzigerjahren geerbt. Ich glaube, Deutschland war damals ziemlich in Aufruhr, und er hatte Glück, überhaupt etwas zu bekommen. Aber das Geld lag auf Schweizer Bankkonten, sodass die Deutschen es nicht anrühren konnten. Das vermute ich jedenfalls. Das Geld liegt seit fast acht Jahrzehnten auf einer lokalen Bank."

Sam seufzte. Geld traf manche Menschen auf seltsame Weise. Er war sein ganzes Leben lang damit aufgewachsen und neigte dazu, nicht darüber nachzudenken - aber manche Menschen wurden regelrecht davon besessen. William Goodson schien nicht in diese Kategorie zu fallen. Wenn überhaupt, dann sah es so aus, als hätte der Mann das Geld einfach auf einer Bank aufbewahrt und lebte von dem normalen Lohn, den er verdient hatte.

Nichts davon ergab einen Sinn, selbst wenn Sam die Geschichte über reiche, tote deutsche Verwandte glaubte. Dennoch war es höchstwahrscheinlich Bargeld, das das Reich auf ein Konto für seinen Großvater eingezahlt hatte, als eine Art Anreiz, D. C. in die Luft zu jagen.

Aber das musste man dem seltsamen, zurückgebliebenen Jungen nicht sagen. Soll er doch seinen Spaß haben.

Sam hinterließ seine Handynummer bei Alex. „Wenn Ihnen irgendetwas einfällt, das helfen könnte, rufen Sie mich an."

„Sicher."

Dreißig Sekunden später saß der Junge wieder vor dem 100-Zoll-Fernseher und hatte seine Kopfhörer auf.

Sam schüttelte den Kopf und sah sich das Spiel ein paar Minuten lang an. Es sah aus wie eines dieser Echtzeit-Strategiespiele, das in einer Art städtischem Kriegsgebiet spielt. Es wurde aus der Perspektive der Figuren auf dem Boden gespielt. Er konnte nicht viel von der umliegenden Stadt sehen, aber das Spiel könnte in jeder modernen Zivilisation der Welt spielen - vielleicht sogar in den USA.

Er beobachtete, wie Alex verschiedene Soldaten mit schwarzen Sturmhauben auswählte und sie mit der Bewachung oder Sicherung verschiedener Orte beauftragte. Der Ort kam ihm bekannt vor, aber er konnte ihn nicht genau einordnen. Im Hintergrund war ein Heißluftballon zu sehen. Es war an einem Seil über einem Gebäude befestigt und trug eine große Werbung für eine örtliche Anwaltskanzlei.

Alex bemerkte plötzlich Sams Interesse. Er pausierte das Spiel erneut. „Hey, wollen Sie eine Runde mitspielen?"

„Was?" Sam dachte, er hätte den Jungen falsch verstanden.

„Wollen Sie mitspielen?"

„Nein, danke." Sams Lippen verzogen sich zu einem ungläubigen Grinsen, das ein kleines Grübchen auf seiner Wange enthüllte. „Ähm ... vielleicht ein anderes Mal. Ich bin im Moment etwas beschäftigt."

„Ach ja, womit denn?" fragte Alex.

Sam schüttelte den Kopf. *Hatte der Junge echt keine Ahnung?* „Es gibt einen Terroranschlag auf die Hauptstadt unseres Landes."

Alex stand auf und grinste, wobei er einen schlechten Versuch unternahm, Verlegenheit vorzutäuschen. „Ach ja, natürlich. Hatte ich vergessen. Vergessen Sie nicht, dass ich Ihnen angeboten habe, stattdessen mein Spiel zu spielen. Ich glaube, es würde Ihnen mehr Spaß machen."

Sam wollte den Jungen schlagen, aber es war offensichtlich, dass das nicht helfen würde. So klug der Mann auch sein mochte, seine Synapsen funktionierten nicht so, wie sie es bei normalen Menschen tun sollten.

Vielleicht war es besser, wenn Alex sich in einem Spielzimmer einsperrte, weit weg vom Rest der Welt.

Er stand auf, um zu gehen.

„Denken Sie daran, was ich gesagt habe: Wenn Ihnen etwas über Ihren Großvater einfällt, das Ihnen helfen könnte, rufen Sie mich bitte an."

Alex nickte. „Wird gemacht. Viel Glück bei Ihrem Spiel."

Sam hielt inne. „Was haben Sie gesagt?"

„Viel Glück bei Ihrem Spiel."

„Ich spiele hier kein dummes Computerspiel. Verstehen Sie denn nicht, das ist die Wirklichkeit? Ich versuche, einen Verrückten mit einer Atombombe daran zu hindern, unsere Hauptstadt und alles Gute, für das die Demokratie steht, zu zerstören."

Alex schien von den Vorwürfen unbeeindruckt zu sein. Er setzte ein scheinbar echtes Lächeln auf. Trotz der kleinen Narben in seinem einst pockennarbigen Gesicht hätte man den Jungen für gut aussehend halten können. „Ich weiß."

„Gut."

Ein schiefes Lächeln und ein verschmitzter Blick bildeten sich auf Alex' Gesicht. „Ich hoffe, Sie gewinnen, Mr. Reilly."

Kapitel Fünfzehn

Sam trat aus der Eingangstür von Alex' Wohnung. Er warf einen Blick auf seinen Wagen und den uniformierten Beamten, der darauf wartete, ihn zum JFK-Flughafen zurückzubringen. Mit zwei Schritten auf einmal erreichte er die dritte Treppenstufe, als sein Mobiltelefon klingelte.

Er nahm nach dem ersten Klingeln ab. „Sam, am Apparat."

„Sie hatten Recht", war das erste, was die Verteidigungsministerin sagte.

Es war ungewöhnlich für sie, einen Zentimeter nachzugeben. Auf seinem Gesicht bildete sich ein kleines Lächelns. „Danke. Das dachte ich mir schon, aber von was genau reden Sie?"

„Die Bombe wurde nicht in der letzten Woche oder gar im letzten Monat aus dem Waldgebiet entfernt."

„Wie weit mussten Sie zurückgehen?" fragte Sam.

„Fünf Jahre."

Mit anderen Worten, nach dem Tod von Großvater William Goodson - aber lange vor dem Tod von Alex Goodsons Vater. „Das muss von den Satellitenaufzeichnungen sein, oder? Das war schnell."

„Wir haben einige sehr geduldige Leute, die für uns arbeiten, und einige sehr gute Computeralgorithmen.

„Und?", fragte er.

„Die leere Hülle für die Bombe lag bereits außerhalb des abgestürzten Flugzeugs." Die Ministerin seufzte schwer. „Eigentlich nicht nur außerhalb des Flugzeugs, sondern auch außerhalb des Minenschachtes. Sie liegt gleich in der Nähe an der Erdoberfläche, vermischt mit dem Rest einer verfallenden Bergbauausrüstung aus den späten 1930er Jahren."

„Warte - das haben Sie vorher nicht erwähnt."

„Ja. Die äußere Hülle der Bombe wurde aus dem Flugzeug entfernt und vor dem Eingang des Minenschachts abgelegt. Sie befand sich jedoch noch innerhalb der Zäune des National Park Service, die vor mehr als zwanzig Jahren errichtet wurden, um die verlassene Goldmine der historischen Maryland Mine Company zu schützen."

„Kann die Stätte von Touristen besichtigt werden?" fragte Sam.

„Klar, es gibt einen eigenen Goldminen-Rundweg durch die historischen Maryland-Minenruinen, warum?"

„Warum hat dann noch nie jemand das Bombengehäuse bemerkt?"

„Pech für uns, denke ich. Die Leute wussten einfach nicht, was sie da sahen. Das ist nicht verwunderlich, denn auf dem umzäunten Gelände befanden sich die verfallenen Überreste eines alten Wassertanks, einer Schmiede und überwucherte, versiegelte Schachteingänge."

„In Ordnung", sagte Sam und schüttelte den Kopf. „Wann wurde die Bombe aus dem Flugzeug entfernt?"

Die Ministerin wiederholte sich: „Die leere Hülle befand sich bereits vor fünf Jahren außerhalb des Flugzeugs".

„Haben Sie vorher etwas gefunden?"

„Noch nicht. Wir sind noch auf der Suche."

„Dann könnte die Bombe schon vorher entwendet worden sein. Zum Beispiel schon zu Lebzeiten von William Goodson. Er könnte sie in den vierziger Jahren entfernt haben. Soweit wir wissen, könnte es sich um eine Verschwörung von Goodson nach seinem Tod handeln, um D.C. zu zerstören."

„Genau." Das schien die Erinnerung der Verteidigungsministerin zu wecken. „Was ist mit Ihnen, Sam? Haben Sie etwas von Alex Goodson gefunden?"

Sam sagte: „Ich weiß es nicht. Du hast recht, Alex hat wahrscheinlich nichts damit zu tun -"

„Aber?"

„Aber er ist auch nicht der, der er vorgibt zu sein", sagte Sam. „Deshalb frage ich mich: Warum?"

„In Ordnung, wir werden ihn weiter überwachen", sagte die Ministerin. „Wenn er versucht, seine Wohnung zu verlassen, werden wir es bemerken."

Sam fragte: „Wie weit sind Sie mit der Situation in D.C., Ma'am?"

„Wir haben mehr als ein Dutzend Teams des FBI, der CIA und des Militärs, die sich um das Gelände herum gearbeitet haben. Im Moment leitet ein Major Kyle Ortega und sein Team vom 832. Ordnance Battalion aus Fort Lee die Mission, die Atombombe zu bergen und zu entschärfen - sobald sie gefunden ist."

„Werden sie in die Hauptstadt eindringen?" fragte Sam.

„Noch nicht. Unsere Aufklärung zeigt, dass der Terrorist mindestens dreihundert Bodentruppen befehligt, die die Umgebung bewachen. Sie sind in dunkle Militärkleidung und Sturmhauben gehüllt, aber mit modernsten Militärwaffen ausgerüstet, darunter mehrere schultergestützte Stingers, mit denen sie zuvor den Hubschrauber ausgeschaltet haben."

„Dreihundert klingt nach einer ziemlich kleinen Zahl, um die Kontrolle über die Umgebung von Washington D. C., zu behalten", sagte

Sam. „Sicherlich können unsere taktischen Teams ohne allzu große Probleme in die Stadt eindringen?"

„Natürlich können sie das, aber das ändert nichts an der Tatsache, dass unser Verrückter immer noch bereit sein könnte, eine Atombombe zu zünden."

Sam schluckte schwer und sein Rücken erschauderte unwillkürlich. „Was soll ich für Sie tun, Ma'am?"

„Spielen Sie das dumme Spiel des Terroristen", befahl die Ministerin. „Lenken Sie ihn ab, bis wir die Bombe gefunden haben und die Sache beenden können."

„Verstanden."

„Und, Mr. Reilly."

„Ja, Ma'am."

„Um Gottes willen, verärgern Sie unseren Terroristen nicht noch mehr, als Sie es ohnehin schon getan haben."

Kapitel Sechzehn

Sam kletterte in den Ford Taurus AWD Interceptor, und der Beamte der NY Highway Patrol, der seine Rückreise beschleunigen sollte, fuhr ihn zum Flughafen JFK.

Er blätterte in seinem Mobiltelefon und wählte eine Nummer. Der Hörer wurde schon beim ersten Klingeln abgehoben. Normalerweise ist die Nutzung eines offenen, unsicheren drahtlosen Netzwerks mit Risiken verbunden, aber seine Leute hatten alles unternommen, um sein Telefon zu schützen. Noch besser war, dass die Frau, die er anrufen wollte, noch strenger auf die Sicherheit achtete.

„Elise“, sagte Sam, als der große Ford Taurus durch den New Yorker Stadtverkehr raste. „Ich brauche deine Hilfe.“

„Aber natürlich“, sagte sie. „Was brauchst du diesmal?“

„Wo bist du?“, fragte er.

„Spielt das eine Rolle? In Reichweite von mehr Rechenleistung, als die US-Regierung zugeben will, dass sie außerhalb ihrer eigenen Serverbanken existiert.“

Sam schüttelte den Kopf. Elise war ein brillanter junger Computerfreak, der als eine Art geheime Hackerwaffe für die CIA aufgezogen worden war, nur um sich dann von dieser Position abzuwenden. Sie war scharfsinnig genug, um damit durchzukommen.

„Gut, du wirst es brauchen.“

Er erläuterte kurz die Situation und sprach über die Bombe, die Absturzstelle, den Tod von Alex Goodsons Vater und das unerwartete Erbe seines Großvaters. Er beschrieb die Entsendung der Karte, die Schatzsucher, das Mini-U-Boot, die darin enthaltene Botschaft und seinen jüngsten Besuch in Alex Goodsons Spielerparadies.

„Und?“, sagte sie schließlich. „Du willst, dass ich mich in die Server von Alex Goodson hacke und sehe, welche Spiele er spielt?“

„Ja, aber du musst auch herausfinden, ob es eine Verbindung zwischen William Goodson und meiner Familie gibt.“

„Glaubst du, dein Vater könnte in etwas verwickelt sein?“

Sam zog eine leichte Grimasse. Sein Vater, Senator James Reilly, war klug und doch zielstrebig in seinen Spielen. Seiner Meinung nach war es das Wichtigste im Leben, mehr Punkte als alle anderen zu sammeln - in diesem Fall bedeuteten die Punkte vor allem angehäuften Reichtum. „Das klingt doch irgendwie nach einer Sache, in die er verwickelt sein könnte, oder?“

„Kein Kommentar. Ich werde bei der Familie Goodson nachfragen."

„Und ich werde meinen Vater anrufen."

Er beendete das Gespräch und suchte im Telefonbuch seines Handys nach der Nummer seines Vaters. Als er sie einen Moment später fand, drückte er die Anruftaste.

„Mein Sohn", sagte James Reilly in einem warmen, anerkennenden Ton. „Was ist denn hier los? D. C. ist abgeriegelt und Tom Bower sagt, dass du vor ein paar Stunden blitzartig zum Reagan National Airport geflogen bist."

„Dad", sagte Sam, „ich habe keine Zeit für Erklärungen".

„Und?"

„Und ich muss wissen, ob du in etwas verwickelt bist, bevor ich selbst darüber stolpere."

Sam hörte ein leises *Hmm* über das Telefon. „Du fängst an, wie ein Politiker zu denken, Sam. Ich bin stolz auf dich."

Sam war sich nicht sicher, ob er das als Kompliment auffassen wollte. „Das ist mir egal. Was weißt du über William Goodson?"

„Über wen?"

„Zweiter Weltkrieg, deutscher Bomberpilot, ursprünglich Wilhelm Gutwein".

„Nichts."

„Und du hast nichts mit einer Atombombe zu tun, die in einer alten Goldmine an den Great Falls of the Potomac gefunden wurde?"

„Sie haben eine Atombombe im Maryland National Park gefunden?" James schnappte ungläubig nach Luft. Der schockierte Ton in der Stimme seines Vaters sagte ihm alles, was er wissen musste.

„Danke Dad. Ich rufe dich bald mit mehr Informationen zurück. Tschüss."

Er steckte sein Telefon in die Tasche und kicherte. Es kam nicht jeden Tag vor, dass er seinen alten Herrn überraschen konnte.

Kapitel Siebzehn

Elise rief ein paar Minuten später zurück. „Da ist nichts. Zumindest nichts, was jemals irgendwo dokumentiert wurde.“

Sam fluchte leise vor sich hin. „Bist du dir sicher?“

„Viele Informationen, aber nichts, was die Goodsons mit dem Reilly-Clan in Verbindung bringt.“

„Zum Beispiel?“

„Die Familie Gutwein stammte aus Kassel, im Westen Mitteldeutschlands. Dort gibt es viele Industriestandorte. Sie stellten Panzer, Flugzeuge und Lokomotiven her. Deshalb wurde der Ort drei Jahre lang bombardiert.“

„Rede weiter.“

„Bis auf Wilhelm Gutwein wurde die gesamte Familie bei einem britischen Bombenangriff im Oktober 1943 getötet. Alle verbrannten in einem Feuersturm aus explodierendem Treibstoff.“

„Seine Familie zu verlieren, ist ein verdammt starkes Motiv. Das erklärt sicherlich, warum Goodson zugestimmt hat, D. C. zu bombardieren.“

„Stimmt, aber der ursprüngliche Angriff war nicht nur eine Racheaktion. Es war Deutschlands letzte Chance, den Krieg zu gewinnen - oder ihn zumindest nicht zu verlieren.“

„Sicher. Trotzdem erklärt das nicht, warum er es auf mich abgesehen hat.“

„Nö. Es sei denn, es hat nichts mit der Familie Goodson/Gutwein zu tun und eine der vielen, vielen anderen Personen, die du im Laufe der Jahre verärgert hast, steckt dahinter.“

„Ich weiß nicht, Elise. Das klang irgendwie persönlich.“

Sie seufzte. „Ähm ... In Ordnung, ich bleibe dran.“

Der Wagen der Highway Patrol fuhr in das private Terminal am JFK ein. Der Platz wurde von wohlhabenden Geschäftsleuten genutzt, deren Privatjets auf ihre Ankunft warteten. In diesem Fall wartete ein Militärflugzeug darauf, Sam zurück zum Ronald Reagan Flughafen zu bringen.

Sam bedankte sich bei dem Beamten und schloss die Tür.

Unmittelbar danach begann sein Handy zu klingeln. Er warf einen Blick auf das Display - es war eine ungelistete Nummer.

Er entschloss sich ranzugehen.

„Sam Reilly“, antwortete er, während er die Hochhäuser von

Manhattan in der Ferne musterte. „Wer ist da?"

„Jemand, der gerne ein kleines Spiel mit Ihnen spielen würde."

Vom ersten Wort an wusste Sam, wer es war - zumindest theoretisch. Die Stimme war von einem Stimmverzerrer verstümmelt worden.

Der Bösewicht - falls es tatsächlich ein Mann war - war im Begriff, einen weiteren Versuch zu unternehmen.

Elise hatte sein Telefon schon vor Jahren mit einer Reihe von Hightech-Tricks ausgestattet. Sam tippte nun den Code ein, der einen Sprachrekorder aktivierte und Elises Systeme veranlasste, den Anruf zu verfolgen.

„In Ordnung", sagte Sam. „Ich bin bereit zu spielen."

Kapitel Achtzehn

„Gut“, antwortete die verzerrte Stimme. „Aber Sie müssen es mir beweisen.“

Sam sah sich um. Sein Flugzeug wartete bereits auf der Rollbahn. „In Ordnung. Wie?“

„Ihr Handy, Mr. Reilly. Es muss weg.“

„Okay. Ich werfe es in einen Mülleimer.“

„Nein. Ich schaue zu. Halten Sie es direkt vor sich.“

Sam sah sich um, dann tat er mit steifem Arm, was man ihm sagte.

Mit einem zischenden Geräusch raste ein Fahrradkurier vorbei - und riss Sam das Telefon aus der rechten Hand.

Sam machte einen Sprung nach vorne und rannte dem Mann hinterher. Auf der Rückseite des Hemdes des Boten stand *VELO COURIERS*. In weniger als einer Minute war der Mann um einer Ecke verschwunden. Sam wich sowohl den Fußgängern auf dem Bürgersteig als auch dem Verkehr so gut aus, wie er konnte.

Doch als er die Ecke erreichte, war der Kurier längst weg.

Raffiniert.

Sam drehte sich um und stieß mit einem Mann zusammen, der ein rotes Poloshirt und einen dazu passenden roten Hut trug.

„Sam Reilly?“, fragte der Fremde.

„Ja.“

„Ihre Bestellung.“ Eine Plastiktüte wurde Sam in die Hand gedrückt. Der Mann drehte sich um und schlängelte sich über den Bürgersteig zum Eingang eines Sandwich-Ladens.

Carl's Hoagies .

Als Sam in die Tasche schaute, fand er darin ein gut verpacktes langes Brötchen mit Hähnchen, Käse und Salat - und ein Telefon in einem Gefrierbeutel. Das Brötchen war noch warm.

Er holte das Handy heraus, während er sich durch die Menschenmassen in Richtung des Sandwich-Shops drängte.

Als er den Laden betrat, erstarrte er.

Die Mitarbeiter hier trugen keine roten Hemden und Mützen. Sie trugen grüne Hemden mit der Aufschrift *„Carl's Hoagies“* auf den Mützen.

„Hat ein Typ mit rotem Hemd und Hut hier gerade ein Sandwich gekauft?“

„Ja“, sagte die Frau mittleren Alters am Schalter.

„Haben Sie zufällig seinen Namen erfahren?“

„Nein.“

„Haben Sie eine Aufzeichnung seiner Kartentransaktion?“ fragte Sam und schöpfte Hoffnung.

„Er hat bar bezahlt.“ Die Kassiererin runzelte die Stirn. „Worum geht es hier?“

„Oh, er hat sein Sandwich fallen lassen und sein Handy in der Tasche vergessen“, sagte Sam.

Die Frau blinzelte ihn an. Sam hielt die durchsichtige Tüte mit dem Telefon hoch.

„Das ist seltsam.“

„Hier ist meine Nummer, für den Fall, dass er auftaucht.“ Sam gab ihr die Nummer von Elise. Er rechnete zwar nicht mit einem Anruf, aber es war besser, sich alle Möglichkeiten offen zu halten.

Auf dem Weg aus dem Geschäft klingelte Sams neu erworbenes Telefon. Er nahm ab. „Hallo?“

Die verzerrte Stimme sprach wieder. „Bemühen Sie sich nicht - sie wissen nichts. Und selbst wenn Sie den Kerl finden würden, würde er nicht reden. Er weiß sowieso nicht, was vor sich geht. Er weiß nur, dass er kein Geld bekommt, wenn er jemandem von dem Auftrag erzählt.“

Sam sagte: „Sie haben etwas von einem Spiel erwähnt?“

„Das ist richtig. Stellen Sie es sich so vor, es ist eine Schatzsuche mit einer schönen fetten Belohnung am Ende. Nur müssen Sie sich beeilen. Denn wenn Sie die Atombombe nicht innerhalb der nächsten vierundzwanzig Stunden finden, wird sie explodieren. Und das wäre dann das Ende von Washington D. C.“

Die Stimme hielt inne und ließ Sam viel zu viel Zeit, um Hiroshima-ähnliche Bilder von Amerikas Hauptstadt heraufzubeschwören.

„Niemand außer Ihnen, Sam Reilly, darf den Beltway von jetzt an überqueren“, befahl die verschlüsselte Stimme. „Keiner kommt rein und keiner geht raus. Sobald Sie den Beltway überquert haben, schicke ich Ihnen eine SMS mit Ihren nächsten Anweisungen. Es ist Ihnen nicht erlaubt, irgendjemanden zu kontaktieren. Es steht Ihnen nicht frei, die Hilfe von anderen anzunehmen. Ist das klar?“

„Ja.“

„Dann fangen Sie an. Denn wer nicht spielt, kann auch nicht gewinnen - und es geht um das Leben von etwa einer Million Menschen. Sie sollten sich besser beeilen.“

Kapitel Neunzehn

Die Schlagzeile war überall in den Nachrichten zu lesen - *Terroranschlag auf Washington D. C.* - die von der Verteidigungsministerin verhängte Abriegelung wurde auf ein weiteres Gebiet ausgedehnt und noch weiter verschärft. Jetzt waren sogar das Militär, die Polizei und die Notfalltransporte stillgelegt worden.

Sam würde Hilfe benötigen, um von Manhattan nach D. C. zu kommen, egal was der Bösewicht sagte. Den ganzen Weg zu Fuß zu gehen, war keine Option. Er brauchte ein Transportmittel.

Sam nahm einen Militärflug vom Flughafen JFK zum Ronald-Reagan-Flughafen außerhalb des Beltways und versuchte dann, eine Cessna 152 zu mieten, um selbst nach Washington zu fliegen.

Der Pilot starrte ihn mit großen Augen an. „Sie können nicht nach D. C. fliegen. Es ist abgeriegelt. Wissen Sie nicht von dem Terroranschlag? Jeder, der das Gebiet betritt oder verlässt, löst die Detonation der Atombombe aus."

Sam begann zu erklären, kam aber nicht sehr weit, bevor er durch das Klingeln des Telefons des Mannes unterbrochen wurde.

„Warten Sie, ich muss rangehen. Es ist meine Frau."

Als er ans Telefon ging, traten ihm fast die Augen aus dem Kopf. Er drehte sich zu Sam um und es ihm fiel die Kinnlade herunter.

„Ja, Sir", sagte er, während die Farbe aus seinem Gesicht wich. „Ja, Sir."

Er beendete das Gespräch und steckte das Telefon automatisch zurück in die Tasche seines Overalls. „Das war der Terrorist, Mr. Reilly", sagte er atemlos. „Er hat auf dem Telefon meiner Frau angerufen! Ich muss Sie genau dorthin fliegen, wohin Sie wollen, oder er wird meiner Frau etwas antun!"

„Beruhigen Sie sich. Ihrer Frau wird es gut gehen", sagte Sam und fasste dem aufgeregten Mann an die Schulter. „Was hat er noch gesagt?"

„Sie haben seine Erlaubnis, direkt nach D. C. zu fliegen", sagte er, und seine Stimme beruhigte sich. „Ich soll Sie hinbringen. Und Mr. Reilly ... er sagt, ich solle auf der National Mall landen!"

Kapitel Zwanzig

Das kleine Flugzeug war kaum vom Boden abgehoben, als der Pilot die Nase abtauchte und den Steigwinkel auf gerade und waagerecht einstellte. Das würde ein verdammt kurzer Flug werden. Das einzelne Triebwerk änderte seine Neigung, und der Pilot begann mit dem Sinkflug.

Die lange, grasbewachsene National Mall beherbergt das Lincoln Memorial und das Washington Monument. Am östlichen Ende befindet sich die Kuppel des US-Kapitols. Das Weiße Haus liegt im Norden. Sie wird außerdem vom Smithsonian-Museen flankiert.

Normalerweise sind die Rasenflächen und Wege der National Mall mit Schulklassen, Softballteams und Joggern bevölkert. Sam bezweifelte, dass sich heute irgendjemand auf der zukünftigen Landebahn vergnügen würde.

Die Cessna 152 flog über die Stelle des Potomac River, an der sich dieser mit dem Anacostia River vereinigte.

Sam ließ seinen Blick über die Landschaft unter ihm schweifen. Bewaffnete Männer - Soldaten, Söldner und Terroristen - säumten den Fluss und den Stadtrand. Trümmer und schwelende Überreste im Norden markierten die Stelle, an der eine Reihe von Bomben entlang der K Street NW, der 11th Street NW und der Rhode Island Avenue NW explodiert waren und die Hauptstadt praktisch in zwei Teile zerschnitten. An der Außenseite der Stadtgrenze nahm ein großer Konvoi von Kampfpanzern, gepanzerten Mannschaftstransportern und Bodentruppen entlang von Brücken und Straßenblöcken ihre Positionen ein, um die Erstürmung der Hauptstadt vorzubereiten.

Der Hauptstadt Amerikas.

Der Anblick raubte ihm den Atem. Sein Blick richtete sich auf die Kuppel des Kapitols und die getarnten Söldner, die es jetzt bewohnten. Seine Reaktion war unwillkürlich. Ein Zeichen der Demokratie wurde jetzt von Krieg und Terrorismus verwüstet.

Das Triebwerk verstummte fast, als der Pilot die Drehzahl in Vorbereitung auf die Landung zurückdrehte. „Ich beginne mit dem Sinkflug."

Sam zog sich von seiner emotionalen Reaktion zurück und konzentrierte sich stattdessen auf die anstehende Aufgabe. „Verstanden."

Der Terrorist muss die Flugsicherung kontaktiert haben, denn besorgte Stimmen wiesen dem Piloten der Cessna den Weg zum Kapitol. Direkt über dem Kapitol begannen sie ihren Sinkflug und flogen im Tiefflug nur wenige Meter über die Autos, die die Straßen verstopften.

Sie landeten direkt auf dem Grasstreifen in der Mitte des Einkaufszentrums. Das Heck des Flugzeugs schwankte beim Aufprall und rutschte über das nasse Gras. Hinter ihnen hatten sie einen langen Streifen im Gras hinterlassen, mit dunklen Flecken, an denen die Grasnarbe herausgerissen worden war.

Als das Flugzeug zum Stehen kam, schaltete der Pilot den Motor ab. „Ich schäme mich nicht zu sagen, dass ich wie Espenlaub zittere", sagte er.

Sams Handy surrte, es war das Signal, dass er gerade eine Textnachricht erhalten hatte. Die Nachricht führte zur „Space Race"-Ausstellung im National Air and Space Museum.

Das war gleich hinter den Kirschbäumen zu seiner Linken.

Für Sam war klar, dass der Drahtzieher dieses „Spiels" alles bis auf den letzten Zentimeter geplant hatte. Mit einem Seufzer kletterte er aus dem Flugzeug.

„Hey, warte", rief der Pilot.

„Ja?"

„Was soll ich jetzt tun?"

Sam gab ihm die Nummer von Tom Bower. „Rufen Sie diese Nummer an und sagen Sie Tom, dass Sie einen Platz brauchen, um das Chaos in D. C. zu überstehen."

„Danke."

Sams Telefon summte erneut. Diesmal stand in der SMS: *„Mach dich nicht lächerlich. Ich beobachte dich.*

„Passen Sie auf sich auf", murmelte Sam leise.

Im Luft- und Raumfahrtmuseum angekommen, schaute sich Sam um. Das Museum war mehr oder weniger verlassen, zumindest im Moment. Wenn die Leute lange genug in D. C. festsaßen, würden sie wahrscheinlich den Ort überschwemmen und etwas zu tun suchen - oder einen Platz, um die Nacht zu verbringen. Die Hotels innerhalb des Beltway waren teuer und oft überfüllt. Zweifellos hatten sie die Preise für die kommende Nacht bereits weiter erhöht.

Was nun?

Zweifellos hatte der Extremist seinen nächsten Schritt in diesem bizarren Spiel bereits vorbereitet.

Sam wurde an den Türen des Museums von zwei Wachen empfangen und ins Innere begleitet. Ein schlaksiger, weißhaariger Mann in einem schwarzen Anzug mit gestreifter Krawatte und einem verschmitzten Lächeln kam ihm in gemäßigtem Schritt entgegen. Ihm folgte eine Frau mittleren Alters in einem braunen Hosenanzug mit einem freundlichen, runden Gesicht. Um ihren Hals war ein fröhlicher goldener Schal gebunden, der im Kontrast zu ihrem dunklen, brünetten Haar stand.

Der Händedruck des Mannes war fest und nachdrücklich. „Roger Nelson, Direktor des National Air and Space Museum. Das ist Marge Toben, meine Assistentin."

„Sam Reilly".

Seine Assistentin schenkte Sam ein schwaches, unsicheres Lächeln, sagte aber nichts, als sie ihm sanft die Hand schüttelte.

In der Haupthalle waren zahlreiche Exponate sowohl auf dem Boden als auch über Ihrem Kopf ausgestellt. *Die Spirit of St. Louis*, geflogen von Charles Lindbergh, hing neben der orangefarbenen „Glamorous Glennis" Bell X-1, dem ersten Flugzeug, das die Schallmauer durchbrochen hatte. Die übrigen Exponate im Raum waren kaum weniger beeindruckend. Der strahlend blaue Himmel über der Ausstellung schien die Flugzeuge zum Spielen aufzufordern.

Nelson blinzelte. „Ich habe deinen Großvater ein oder zwei Mal getroffen, damals."

Normalerweise wäre die Bemerkung des Direktors für Sam von Interesse gewesen. Heute konnte er kaum registrieren, was der Mann sagte. Er sollte sich auf eine „Schatzsuche" begeben, aber er hatte keine Ahnung, wonach genau er suchte oder wo er anfangen sollte.

„Mr. Nelson, ich möchte nicht so direkt sein, aber haben Sie eine Ahnung, was ich hier eigentlich tun soll?"

„Nicht im Geringsten." Die Idee schien Nelson nicht sonderlich zu beunruhigen. Und doch hatte Sam nicht das Gefühl, dass der Mann ein geistiges Leichtgewicht war.

„Haben Sie keine Angst, dass Sie bombardiert werden?"

Nelson zog eine komische Grimasse. „Ich lebe schon länger mit der Gefahr, dass alle möglichen Bomben um mich herum hochgehen, als du und dein Vater am Leben sind. Natürlich bin ich besorgt. Aber Angst? Nein. Meine Enkel und Urenkel leben alle am anderen Ende des Landes. Ihnen wird nichts passieren, das ist das Wichtigste für mich."

Hinter ihm machte Marge Toben einen gequälten Gesichtsausdruck. Sie rollte mit den Augen und schüttelte den Kopf. Sam beschloss, die Sache auf sich beruhen zu lassen und sich wichtigeren Dingen zuzuwenden.

Um handeln zu können, musste Sam mehr Informationen sammeln. Er musste den Terroristen besänftigen, indem er so tat, als würde er die Schatzsuche mitmachen - aber er musste auch einen Weg finden, die Pläne des Drahtziehers zu durchkreuzen, und das konnte er nicht, indem er einfach nur mitspielte.

Er schaute noch einmal auf sein Handy, in der Hoffnung, dass er eine weitere SMS verpasst hatte, aber das war nicht der Fall.

„Welches Exponat wurde zuletzt verändert?“, fragte er. Sam hatte das Gefühl, dass der Verrückte mindestens die letzten fünf Jahre lang Pläne geschmiedet hatte, sodass alle Hinweise, die er hinterlassen hatte, Gefahr liefen, entdeckt zu werden, wenn er zu lange wartete.

„Unsere letzte große Überholung fand in *diesem* Raum statt, Mr. Reilly. Wir haben die Flugzeuge abgebaut und ...“

„Es tut mir leid, Herr Direktor, aber das ist zwei Jahre her“, unterbrach ihn Frau Toben. „Die jüngste Ausstellung befindet sich in der Galerie der Sonderausstellungen, die regelmäßig aktualisiert wird. Sie deckt die Anfänge des Atomzeitalters ab, von Soddy und Rutherford im Jahr 1901 bis zum Manhattan-Projekt, dem Kalten Krieg und ...“. Ihre fragenden braunen Augen trafen die seinen.

„Heisenberg“, vervollständigte Sam den Satz.

„Ja natürlich“, sagte Frau Toben. „Wir erwähnen den Uranklub, die Alsos-Mission und noch viel mehr.“

„Bringen Sie mich hin, schnell. Jetzt sofort!“

Frau Toben erhielt von Direktor Nelson ein zustimmendes Nicken. Dann schlüpfte sie aus ihren hochhackigen Schuhen und begann, mit Sam im Schlepptau den Flur hinunterzulaufen.

Kapitel Einundzwanzig

Das Exponat war eine Nachbildung von *Fat Man*, einer Mark-III-Atombombe. Das schwarz-gelbe Ungetüm war mannshoch und wirkte gerade jetzt extrem beunruhigend. Der Grund für die schwarze Färbung der eigentlich gelben Bombe war der flüssige Asphalt, der über die Nähte des Bombengehäuses gesprüht worden war. In der Nähe befand sich eine grün-gelbe Mark-36-Bombenhülle aus den 1950er-Jahren. Außerdem waren Werbematerialien für *Atomic Energy and You*, Papierpuppen in einem Fallout-Bunker aus Papier, ein Abzeichen, eine Maske des *Atomic Chiefs* und viele weitere historische Artefakte im Raum ausgestellt.

„Es ist etwas in diesem Raum", sagte Sam.

Frau Toben drehte sich langsam im Kreis und blies einen angespannten Atemzug aus ihren rosa Wangen. „Ich habe mir alles in diesem Raum so oft angesehen, dass es für mich mehr nach Inneneinrichtung als nach Geschichte aussieht."

Eines der Ausstellungsstücke stach ihm besonders ins Auge: ein Modell eines frühen Atommeilers, umgeben von Miniaturfiguren der Wissenschaftler, die daran gearbeitet hatten. Irgendetwas daran sprach ihn an. Er ging darauf zu, während er die Hände tief in seine Hosentaschen gesteckt hatte.

„Was um alles in der Welt?" Frau Toben schritt an ihm vorbei und erreichte die Ausstellung vor ihm. Das Exponat stand auf einem breiten, offenen Tisch, der von einem brusthohen Acrylschild abgedeckt war. Ohne zu zögern kletterte sie auf die Tischkante und trat über das Acrylschild.

„Pass auf, dass du nichts kaputt machst. Es könnte wichtig sein."

„Das werde ich nicht."

„Dies ist ein Modell des Chicago Pile-One, des ersten funktionierenden Kernreaktor-Meilers", sagte Frau Toben und hockte sich über das Display. „Was in aller Welt macht dieser Mann hier?"

Sie zog ein aus Schaumstoff gedrucktes Schwarz-Weiß-Modell eines Mannes vom Boden der Auslage und blinzelte es an.

Sam erkannte die Gesichtszüge des Mannes. Helle Augen, die vor Humor funkelten, eine lange Nase, eine hohe Stirn, schmale Lippen.

Werner Heisenberg.

„Oh!" Frau Toben schien ihn im selben Moment zu erkennen.

Unter Bezugnahme auf Heisenbergs Unschärferelation, die besagt, dass die Position und die Geschwindigkeit eines Objekts nicht gleichzeitig mit absoluter Genauigkeit gemessen werden können, sagte sie trocken: „Es scheint, dass wir nicht mehr in der Lage sind, Herrn Heisenbergs Standort in diesem Museum zu bestimmen. Er sollte nicht einmal eine Figur in dieser Ausstellung haben."

Zu seiner eigenen Überraschung lachte Sam über ihren Scherz. „Was glauben Sie, woher das kommt?"

„Ich habe keine Ahnung. Wir müssen die Überwachungsbänder einsehen."

Sam half Frau Toben wieder aus dem Ausstellungsstück zu klettern, und hielt ihr dann die Hand für die Figur hin.

„Es sieht aus wie eines der bekanntesten Fotos des Mannes. Ich frage mich, ob sich noch etwas anderes in der Ausstellung verändert hat."

„Darf ich bitte mal sehen?", fragte er.

„Klar", sagte sie und reichte ihm das Modell.

Sam betrachtete die kleine Plastikfigur sorgfältig. Trotz ihrer Ähnlichkeit mit Werner Heisenberg hätte es ein Kinderspielzeug sein können. Ihr Gewicht deutete darauf hin, dass sie ganz aus Plastik war - es gab keine elektronischen oder mechanischen Teile, die irgendeine Art von verstecktem Code oder Nachricht enthalten könnten. Sam steckte das Spielzeug ein und sah sich die Ausstellung weiter an.

Direktor Nelson traf ein und schloss sich der Suche an. Er umrundete den Raum und untersuchte jeden Abschnitt des Bildschirms genau. Sam ertappte sich dabei, wie er auf den Text eines kurzen Artikels starrte. Er befand sich an der Wand unter einem Foto, das wie ein weiterer Atommeiler des gescheiterten deutschen Atomprojekts „Uranklub" aussah.

1943 wurde in Haigerloch die erste funktionsfähige Kernspaltungsbombe hergestellt, die scherzhaft nach einer Klasse von Opernsopranen als „Die Koloratursoubrette" getauft wurde. Die Bombe wurde nie eingesetzt und auch nicht getestet. Sie ging während der Operation BIG im Jahr 1945 verloren, bei der amerikanische Teams einen Großteil der Informationen über das deutsche Kernspaltungsprogramm, das erklärtermaßen friedlichen Zwecken diente, erbeuteten oder zerstörten.

„Der Haigerlocher Forschungsreaktor wurde also tatsächlich für den Bau einer Bombe verwendet", sagte Sam und las den Text. „Das habe ich nicht gewusst. Aber es klingt als ob ..."

Frau Tober und der Direktor, die sich über den Artikel auf der Tafel stritten, traten neben ihn. Der Direktor schien die Angelegenheit persönlich zu nehmen.

„Ich weiß nicht, wie man etwas so Ungenaues so lange stehen lassen kann", sagte er anklagend. „Dieser Artikel steht schon seit mindestens einer Woche hier, Frau Tober!"

„Was ist los?" fragte Sam.

Direktor Nelsons Augen verengten sich. „Das ist *nicht* der autorisierte Text."

In der Hoffnung, eine diplomatische Kernschmelze zu verhindern, sagte Sam: „Vielleicht ist es ein Hinweis".

„Was?" fragte Frau Tober.

Als er die Schrifttafel studierte, begann er sich für die Idee zu erwärmen. „Die Schaumstoffplatte, auf der die Informationen gedruckt sind, sieht etwas anders aus als die anderen", sagte er. „Ich meine, ich habe nicht das Auge eines Künstlers oder so, aber ..."

„Aber die Schriftarten und der rechte Blocksatz haben einen etwas anderen Rand", sagte Frau Toben. „Ja, ich verstehe, was Sie meinen."

Die drei starrten auf die Tafel, auf die der Text gedruckt war.

„Was noch?" fragte sich Sam.

Frau Toben räusperte sich und blickte zu Nelson. „Da ist noch etwas, das wir entdeckt haben."

Sie führten ihn zu einer Ausstellung über die erste sowjetische Atombombe, *First Lightning* oder RDS-1. Auf den Fotos sah sie der Fat-Man-Bombe, die die USA entwickelt hatten, sehr ähnlich, nur dass sie einfarbig grau gestrichen war.

Auf dem Poster war ein kleiner Fleck zu sehen. Sam strich mit dem Finger darüber und entdeckte die Reste eines klebrigen Flecks von doppelseitigem Klebeband. Etwas, das früher hier gewesen sein musste, fehlte jetzt.

Sie führten ihn zur Hauptausstellung des Chicago Pile-One und zeigten auf eine der Figuren. Diese trug einen Schlabberanzug, wie er bei sowjetischen Wissenschaftlern üblich ist, und eine sowjetische Flagge.

„Das ist Andrei Sakharov ," sagte Frau Toben. „Der Chefingenieur, der damals das sowjetische Atomprogramm überwachte."

Sam fuhr mit den Fingern über das Display und entdeckte die Klebebandmarkierung, an der Werner Heisenberg auf dem Tisch festgeschnallt worden war - direkt neben Sacharow.

„Kannten sich die beiden Männer?" fragte Sam. „Sacharow und Heisenberg?"

„Nein, sie sind sich nie begegnet", versicherte ihm Frau Toben mit der Gewissheit einer belesenen Historikerin, die zweifellos einen Doktortitel besitzt.

Direktor Nelson räusperte sich. Sie drehten sich beide in seine Richtung.

„Ich habe gehört ...", er schüttelte den Kopf. „Ich habe gehört, dass die Operation BIG mehr als nur ein paar Geheimnisse vergraben hat. Wir können die Möglichkeit nicht ausschließen, dass die Informationen, die wir hier finden, der Wahrheit entsprechen."

„Das ist lächerlich!" rief Frau Toben aus.

„Es wäre nicht das erste Mal, dass wir auf eine Geschichte stoßen, die uns zutiefst erschüttert", sagte Nelson sanft. Er streckte die Hand aus und tätschelte die zitternde Hand von Frau Toben.

„Aber mit einer Atomexplosion zu drohen, wenn diese Geschichte nicht aufgedeckt wird? Was für ein Psychopath könnte so etwas tun? Sicherlich nicht ein Historiker!"

„Na na", sagte Nelson und tätschelte immer noch ihre Hand. Er hörte sich an, als hätte er gelegentlich Erfahrungen mit Militärexperten gemacht, die sich nicht besonders rational verhielten.

Sam schüttelte den Kopf. Wenn er den Andeutungen des Terroristen folgte, dann war das deutsche Atomprogramm viel weiter fortgeschritten, als die Militärhistoriker es dargestellt hatten. Es schien möglich und sogar wahrscheinlich, dass sowohl die Sowjets als auch die Amerikaner den Deutschen weit mehr Forschungsergebnisse gestohlen hatten, als sie zugegeben hatten.

Irgendwie musste Heisenberg an beiden Programmen beteiligt gewesen sein.

War Heisenberg ein Verräter an den Nazis gewesen? Hatte er so gehandelt, damit weder die USA noch die UdSSR ein atomares Monopol besaßen?

Kapitel Zweiundzwanzig

An Bord der *Maria Helena*, Chesapeake Bay.

Tom Bower kratzte sich am Kinn, als er den Hörer auflegte.

War das nicht ein Fall für die Akten? Der Mann, der angerufen hatte, war angeblich der Pilot einer Cessna, mit der Sam nach Washington geflogen war, um den Terroristen zur Strecke zu bringen, der sie alle mit einer deutschen Bombe aus dem Zweiten Weltkrieg, die eigentlich gar nicht existieren sollte, als Geiseln hielt.

Sam Reilly, worauf hast du dich denn diesmal wieder eingelassen? Dieses Szenario war selbst für ihn wirklich atemberaubend.

Der etwas hysterische Pilot erzählte ihm eine wilde Geschichte - nachdem er angerufen hatte, um sich zu vergewissern, dass es seiner Frau gut ging. Er hatte Tom gebeten, für ihn eine Unterkunft in der Nähe des Einkaufszentrums Capital Mall zu finden. Außerdem sollte er ihm helfen, einen Weg zu finden, um zu verhindern, dass die Polizei sein Flugzeug beschlagnahmt oder ihn verhaftet, weil er keinen Flugplan eingereicht hatte.

Tom musste dem Kerl sozusagen ein rundum sorglos Paket versorgen. Ein paar Anrufe später hatte er eine Unterkunft für den nervösen Flieger während des Lockdowns arrangiert, einen behelfsmäßigen Hangar, um sein Flugzeug vorübergehend zu lagern, und eine „Du kommst aus dem Gefängnis frei"-Karte des Verteidigungsministeriums organisiert.

Tom grinste. Nicht schlecht für nur einen Vormittag Arbeit.

In der Zwischenzeit hatte die *Maria Helena*, das Schiff von Deep Sea Expeditions, welches er und Sam Reilly normalerweise ihr Zuhause nannten, ihre Position eingenommen. Das Schiff lag nun vor der Chesapeake Bay, nahe der Mündung des Potomac, vor Anker.

Sam war in D. C. und er stellte sicher, dass Tom das wusste. Offensichtlich hatte der Terrorist Sam mitgeteilt, dass er mit niemandem kommunizieren dürfe, sonst hätte sein Freund schon angerufen.

Es war jetzt Toms Aufgabe, zu entscheiden, was in dieser

Hinsicht zu tun war.

Sams Handy war wiedergefunden worden - oder besser gesagt, es war per Kurier an einen Vertreter von Deep Sea Expeditions in Manhattan geliefert worden. Es lag kein Hinweis darauf vor, wer es geschickt haben könnte. Elise versuchte, den Lieferdienst bis zu seinem ursprünglichen Kunden zurückzuverfolgen.

Tom erwartete nicht viel von der Suche. Selbst eine Wundertäterin wie Elise konnte niemanden aufspüren, der schlau genug war, keine digitalen Fußspuren zu hinterlassen.

Er betrat den Raum, der Elise als ihr Bordcomputerlabor diente. „Haben Sie schon etwas über diesen Kurier herausgefunden?"

Die zierliche Frau trug Kopfhörer und einen säuerlichen Ausdruck in ihrem offenen, auffallend attraktiven Gesicht.

„Nein", sagte sie und schob den Kopfhörer von ihrem Ohr.

„Irgendetwas über Goodsons Vergangenheit?"

„Da gibt es in der Tat ein paar Dinge. Ich weiß, dass der Typ nicht in das Profil eines Terroristen passt. Vielleicht ist er eher ein Spion."

„Wie das?"

„Erinnern Sie sich an die KGB-Spionageschulen?" Auf seinen ausdruckslosen Blick hin fuhr sie fort: „In den 1950er-Jahren, während des Kalten Krieges, tauchten die Russen ihre Spione in das amerikanische Leben ein, bevor sie nach Amerika geschickt wurden, um sich dort anzupassen. Sie hatten Trainingslager mit speziell angelegten Städten, die das amerikanische Leben imitierten. Sie wissen schon, Ford und Chevrolet, die mit heruntergelassenen Fenstern in den Einfahrten parkten? Autokinos, Mädchen, die in ihrem örtlichen Diner Milchshakes schlürfen, während sie die Beach Boys in der Jukebox hören? Kommt Ihnen das bekannt vor?"

„Oh, ja. Das kommt es. Wahrscheinlich aus einer Fernsehdokumentation, die ich mal gesehen habe."

„Daran erinnert mich der Typ. Er behauptet, ein deutscher Einwanderer zu sein, der vor 1946 eingereist ist. Er hatte keine Unterlagen für sein Leben in der Zeit davor - auch wenn das nicht ungewöhnlich war. Er scheint die Art von Person zu sein, der man ohne ständigen Kontakt die Lücken in seiner Geschichte nicht anmerken würde. Man würde nie erraten, was für eine Vergangenheit er hatte. Früher hätten man zu einem Archiv gehen müssen und eine Gebühr zahlen müssen, um Unterlagen zu seiner Vergangenheit einzusehen.

„Aber jetzt?“

„Jetzt ist diese Art von Information nur eine Suchanfrage entfernt.

„Er war also ein Spion?“

„Das glaube ich nicht.“

„Nein? Die Deutschen haben ihn hergeschickt, um D. C. zu bombardieren, was bedeutet, dass er definitiv etwas Besonderes war.“

„Ich glaube, er war ein Soldat, ein deutscher Pilot - kein Terrorist. Nicht einmal die CIA verdächtigte ihn, ein Spion zu sein. Er hätte nach dem Krieg wieder Kontakt mit den Deutschen aufnehmen müssen, wenn er verdeckt Informationen übermittelt hätte. Aber es gibt keinen Hinweis darauf, dass er das getan hat.“

„Okay“, sagte Tom.

„Ich weiß, dass das nicht dasselbe ist wie der Beweis, dass er nicht spioniert hat“, fügte Elise hinzu, „aber ich kann *keine* Anzeichen für verdächtiges Verhalten oder besondere Verbindungen finden. Alles deutet darauf hin, dass er ein dankbarer Einwanderer war, der nur zufällig einen gefälschten Pass benutzte.

„Vielleicht mochte er die Nazis nicht?“

„Er war jedenfalls bereit, für sie zu bomben.“

„Manchmal ändern die Leute ihre Meinung, wenn sie mit echten Menschen konfrontiert werden und nicht mit politischer Propaganda. Es gibt auch eine andere Alternative.“

Elise lächelte schief. „Die da wäre?“

„Wilhelm Gutwein nutzte seinen Bombenflug zur Flucht aus Nazi-Deutschland. Seine Geschichte könnte eine märchenhafte Fluchtgeschichte sein, die sogar Sean Connery in Jagd auf Roter Oktober in den Schatten stellt.

Sie zog amüsiert eine Augenbraue hoch. „Sie glauben, Gutwein ist übergelaufen?“

Tom zuckte mit den Schultern. „Es ist eine Möglichkeit."

„Was ist dann mit der Bombe passiert? Wenn er sie der US-Regierung überlassen hat, kann so etwas nicht lange verborgen geblieben sein, oder?"

„Wenn er die Bombe tatsächlich 1945 dem US-Außenministerium übergeben hat, ist das genau die Art von Sache, die für immer vergraben bleiben *würde*."

Elise lehnte sich zurück und verschränkte die Arme vor der Brust. „Was sagst du da?"

„Was hätte die US-Regierung getan, wenn sie im Januar 1945 eine funktionierende Atombombe erhalten hätte?"

Elise schüttelte den Kopf. „Das wäre fast sechs Monate vor dem Zeitpunkt gewesen, an dem das Manhattan-Projekt seine erste Atombombe in Alamogordo, New Mexico, erfolgreich getestet hat."

Tom fluchte. „Du meinst, Werner Heisenberg war nicht nur für die Entwicklung der ersten deutschen Atomwaffe verantwortlich? Er war auch für die Atombomben verantwortlich, die wir am Ende des Zweiten Weltkriegs auf Japan abgeworfen haben?"

„Vielleicht. Vielleicht auch nicht." Elises Blick schweifte über den Himmel und folgte einer Reihe von Militärhubschraubern, die über der Chesapeake Bay kreisten. Sie schluckte schwer. „Die eigentliche Frage ist, wenn das der Fall ist, wer würde sich dann solche Mühe geben, die Wahrheit über unsere Geschichte zu enthüllen?"

„Vielleicht versuchen sie gar nicht, die Wahrheit zu enthüllen", sagte Tom. „Wir können nicht ausschließen, dass sich jemand große Mühe gibt, um sicherzustellen, dass die Vergangenheit begraben bleibt."

„Oder derjenige will damit nur viel Geld verdienen?"

Kapitel Dreiundzwanzig

Unter dem Kapitol, Washington D. C.

Der Kongressabgeordnete Peter Grzonkowski hielt inne, um Luft zu holen.

Mit seinen einundsechzig Jahren war er der jüngste der drei Senatoren in der Gruppe, aber in diesem Moment spürte er jedes Einzelne dieser Jahre. Sein Herz pochte in den Ohren und jeder Muskel in seinem Körper brannte vor Erschöpfung. Er und die beiden anderen Senatoren waren seit dem Angriff auf die Hauptstadt ständig in Bewegung gewesen. Er hatte das Gefühl, dass seine kleine Gruppe wie eine Viehherde getrieben wurde, während sie immer tiefer in den Tunnel hineinrannte.

„Herr Abgeordneter, wenn Sie mir bitte weiter folgen würden?" Der Mann im dunklen Anzug vom Sicherheitsdienst half einem der älteren Senatoren aufzustehen. „Wir sind fast da."

Die drei Senatoren folgten dem CIA-Agenten durch den Tunnel. Peter führte sie an, gefolgt von der Kongressabgeordneten Bledes und dem Kongressabgeordneten Carmichael. Ein zweiter Agent in einem schwarzem Anzug folgte hinter ihnen. Rohre und Leitungen führten sie vorwärts und einen langen, geschwungenen Tunnel hinunter, der das Labyrinth aus Geheimgängen und Tunneln unter dem Kapitol bildete. Ihre Reise hatte unter der Kongressbibliothek begonnen, aber die drei Senatoren hatten keine Ahnung mehr, wo sie sich eigentlich befanden.

Der leitende CIA-Agent lief schnell. Die Senatoren mussten sich anstrengen, um Schritt zu halten.

Nach einigen langen Minuten führte der leitende Beamte sie zu einer Stahltreppe, die in die Dunkelheit führte.

„Wo sind wir?", fragte die Abgeordnete Bledes.

Sie erhielt keine Antwort.

Die fünf stiegen die Treppe hinauf, während ihre Schritte ein unheilvolles Hallen erzeugten.

Schließlich erreichten sie das obere Ende, eine Stahltür, die mit zwei Riegeln verschlossen war, und einen kleinen Monitor, der neben der Tür angebracht war. Der Agent überprüfte die Kamera, dann seinen Ohrhörer. „Die Luft ist rein."

Die Riegel schnappten mit einer unheilvollen Endgültigkeit zu, als sie durch die Tür glitten, und klangen dabei wie gedämpfte Schüsse.

Die Tür öffnete sich. Alle drei Mitglieder des Kongresses streckten einen Arm aus, um das grelle Sonnenlicht, das auf ihre Gesichter schien, abzuhalten.

Der erste Agent zog seine dunkle Sonnenbrille herunter und kletterte hinaus. „Warten Sie hier, während ich das Gebiet absichere."

Peter sah zu, wie der Agent verschwand.

Die Abgeordnete Bledes wandte sich an den verbleibenden Agenten. „Wo bringen Sie uns hin?"

Diesmal erhielt sie eine Antwort. „Wir machen einen kurzen Spaziergang zum nächsten Tunnel, Frau Abgeordnete Bledes, wo Sie von anderen Agenten abgeholt und über den Beltway in Sicherheit gebracht werden."

„Gott sei Dank", sagte sie. „Und wissen wir, wer für diesen Anschlag verantwortlich ist?"

„Noch nicht. Aber im Moment arbeitet jede Behörde in Amerika, von der CIA bis zu jeder Ebene des Militärs, daran Antworten zu finden. Niemand kann sich sehr lange vor derart konzentrierten Bemühungen verstecken."

Der Kongressabgeordnete Grzonkowski sagte: „Wir wurden darüber informiert, dass es eine nukleare Bedrohung für die Hauptstadt gibt."

„Ja", lautete die einsilbige Antwort des Agenten.

„Wie zum Teufel hat jemand eine Atomwaffe nach Washington geschmuggelt?"

„Ich weiß es nicht, Herr Grzonkowski." Der Agent blieb am Fuß einer Leiter stehen. „Das ist im Moment nicht meine Sorge. Meine Aufgabe ist es, Sie drei in Sicherheit zu bringen, und das werde ich auch tun."

„Es dürfte nicht lange dauern", sagte der Agent. Es war eine beruhigende und doch zu gleich sehr vage Bemerkung. Die drei Mitglieder des Kongresses entspannten sich sichtlich.

Unten an der Treppe empfing ein Agent Informationen von einem anderen Agenten, der sich vor Ihnen befand: „Verstanden. Ich werde es ihm sagen.“ Dann drehte er sich um und zeigte auf den Abgeordneten Grzonkowski. „Sie gehen zuerst.“

„Nein. Nennen Sie mich altmodisch, aber ich würde mich besser fühlen, wenn wir zuerst die Kongressabgeordnete Bledes aus der Gefahrenzone bringen.“

Der Agent nickte. „Das ist mir recht. Ich habe nur den Auftrag, Sie alle drei zu beschützen.“

Die Abgeordnete Bledes lächelte. „Herr Abgeordneter Grzonkowski, auch wenn ich mich durch Ihre Ritterlichkeit geschmeichelt fühle, so wissen wir doch alle, dass ich fast zwanzig Jahre älter bin als Sie und dass ich ebenso wenig wie Sie oder irgendjemand anderes das Recht habe zu überleben. Sie gehen zuerst. Außerdem sind Sie auf freiem Feld schneller, als ich es je sein könnte.“

Grzonkowski schüttelte den Kopf. „Es ist kein Angebot, ich bestehe darauf. Es wäre mir unangenehm. Sie gehen zuerst. Ich würde gerne dafür sorgen, dass wir fünf da lebend rauskommen.“

„Okay“, räumte Bledes ein.

Der Kongressabgeordnete Peter Grzonkowski sah zu, wie sie die letzten paar Stufen hinaufstieg und in die Öffnung über ihr hinausging.

Ein paar Sekunden später folgte er ihnen, bis sie alle fünf im Tageslicht standen und auf eine Wohnstraße kamen, die voller Autos und Menschen war, die mit ihren Handys telefonierten, hin und her liefen und sich sowohl leise als auch lautstark stritten. In den Lücken zwischen den Autos spielten Kinder Basketball. Alles schien relativ normal zu sein.

Die Mitglieder des Kongresses blieben in einer Traube. Die beiden CIA-Agenten schienen mit den Fußgängern vor und hinter den Senatoren zu verschmelzen, ungesehen, aber dennoch präsent. Bäume wölbten sich über die Straße. Stadthäuser säumten beide Seiten der Straße.

Eine Reihe von Schüssen ertönte.

Die Kongressabgeordnete Bledes keuchte und ließ sich gegen

ihre beiden männlichen Kollegen zurückfallen.

„Sie wurde getroffen!" rief Peter, als er sie hochhielt.

Die Menge auf der Straße zerstreute sich sofort.

Peter duckte sich und fragte: „Wo kommt der Beschuss her?"

Niemand antwortete ihm - oder falls doch, konnte er es nicht hören.

Diesmal schienen alle das Geräusch des Schusses wahrzunehmen. Ein kurzes knackendes Geräusch. Etwas, das man kaum wahrnahm, weil es so weit weg war.

Diesmal fiel Peter auf den Boden. Er hatte nicht die Absicht zu fallen. Er hatte sich über Ms. Bledes gebeugt, als der Schmerz wie ein elektrischer Schlag durch ihn hindurchschoss. Er war in den Rücken getroffen worden.

Ein weiteres entferntes Knacken.

Der dritte Abgeordnete fiel zu Boden.

Die Agenten standen über den drei Kongressabgeordneten und riefen über ihre Ohrhörer um Hilfe.

Instinktiv drehte sich Peter um. Der Schmerz in seinem Rücken stach, aber er fühlte sich nicht so an, als würde er ihn umbringen. Er begegnete Carmichaels Blick. Der Mann nickte, als würde es auch ihm gut gehen. In diesem Moment spürte er eine Flüssigkeit auf dem Gras neben sich. Immer noch auf dem Boden liegend, fuhr er sich mit der Hand über den Rücken und hielt sie sich vor die Augen. Seine Hand war mit einer nassen, klebrigen, rosa Flüssigkeit bedeckt.

„Farbe?", sagte er ungläubig. „Jemand hat mit Farbpistolen auf uns geschossen!"

Neben ihm hörte er, wie einer der Agenten eilig in einen Hörer sprach. „Die zu schützenden Personen wurden ausgeschalten."

Ein Moment der Stille folgte.

„Nein, Sir. Sie sind nicht tot. Die Schützen haben nur Farbe benutzt."

Die nüchternen, professionellen Outfits der drei Kongressabgeordneten waren alle leuchtend rosa geschmückt.

„Wir müssen versuchen, auf eine andere Weise herauszukommen", sagte der Agent.

„In Ordnung. Wir kehren jetzt zurück.“

Peter schlurfte hinüber, um der Abgeordneten Bledes aufzuhelfen, aber sie rührte sich nicht.

Er drehte sie auf die Seite. Blut floss in Strömen aus ihrem Rücken. Während er und der Abgeordnete Carmichael mit Paintball-Gewehren beschossen worden waren, war ihre Wunden völlig echt.

Der Agent kam zu ihm rüber und sagte: „Wir müssen los! Warum braucht die Abgeordnete Bledes so lange?“

Peter seufzte schwer. „Sie ist tot.“

Kapitel Vierundzwanzig

Frau Zyla Needham ging durch das verschlossene Archiv. Es sollte ein *sehr* langer Tag werden. Ironischerweise war der Terrorist, der die Abriegelung der Stadt verursacht hatte, dabei die geringste ihrer Sorgen. Mehrere ihrer Assistenten hatten sich *„krank"* gemeldet, d. h. sie waren nicht in der Lage, auf dem üblichen Weg in die Stadt zu kommen.

Schlimmer noch, die Bibliothek war überfüllt mit besorgten Touristen und Pendlern, die wissen wollten, ob sie in diesem Gebäude bleiben sollten oder sie nach den nächstgelegenen Luftschutzbunkern fragten. Hinzu kam, dass eine große Anzahl von Kongressmitgliedern und -frauen intensive Nachforschungen anstellten. Es ging drunter und drüber. Jeder wollte alles über das Atomprogramm während des Zweiten Weltkriegs und danach wissen. *Wo* waren die Beweise für die Fähigkeit der deutschen Bomben zu bauen? Hatte jemand gewusst, dass sie eine Bombe hatten, die sie gegen die Vereinigten Staaten einsetzen konnten?

Kurz gesagt, sie gerieten in Panik.

Sie schüttelte den Kopf. Ihr Telefon surrte, aber sie ignorierte es. Sie hatte gerade Pause. Damals am College, als sie ihren Master of Library and Information Science machte, hatte sie sich das Rauchen abgewöhnt. Bibliothekare, die rauchten, waren ihrer Meinung nach eine Abscheulichkeit. Ein Bibliothekar sollte keine *Gerüche* in seine wertvollen Dokumente einbringen. Zyla Needham hatte auch Parfüms, duftende Lotionen und Pflegeprodukte aufgegeben, aber das Fehlen der Möglichkeit, zum Rauchen hinauszugehen, ging ihr auf die Nerven.

Deshalb gönnte sie sich einen Spaziergang durch ihre Lieblingsregale.

Als sie um die Ecke zum Heisenberg-Erbe bog, stand dort bereits ein Mann. Er trug einen dunklen Anzug und eine schwarze Sonnenbrille, sein Kopf drehte sich langsam zu ihr.

Sie hatte den plötzlichen Drang zu schreien und wegzulaufen, unterdrückte ihn aber.

„Hallo? Wer sind Sie? Sie haben keine Berechtigung, hier zu

sein."

Der Mann sagte: „Mein Name ist Smith. George Smith. Ich scheine mich verlaufen zu haben."

„Dann erlauben Sie mir, Sie zurück in die öffentlichen Bereiche zu begleiten."

Nachdem Sie den Mann hinaus begleitet hatte, ging sie zurück zu den Regalen und überprüfte die Titel an der Stelle, an der er gestanden hatte. Sie waren alle an ihrem richtigen Platz, nichts war durcheinandergebracht worden.

Trotzdem kam ihr das Ganze seltsam vor.

Sie holte die Mappe mit dem Heisenberg-Nachlass aus dem Regal. Die anderen Dokumente waren auch wertvoll, aber dieses war für sie persönlich die größte ethische Frage ihrer beruflichen Laufbahn.

Sie nahm den Koffer heraus und öffnete die Mappe.

Das Dokument war noch da. Sie begann, die Mappe zu schließen, hielt dann aber inne, um noch einmal nachzusehen.

Und sie zu lesen.

Ihre Augen weiteten sich vor Entsetzen.

Sie hatte diesen Brief in den Jahren ihrer Tätigkeit im öffentlichen Dienst buchstäblich Hunderte Male gelesen. Ob das nun klug war oder nicht, war im Moment nicht das Thema. Die Tatsache, dass sie jedes Wort auswendig kannte, schon.

Und die Worte, die in Druckschrift auf der Seite standen, waren verändert worden.

Sie schluckte schwer und stürmte zurück in die Lobby, wo sie Mr. George Smith vor wenigen Augenblicken verlassen hatte.

Natürlich war er bereits weg.

Kapitel Fünfundzwanzig

Sams neues Telefon klingelte. „Hallo?“

Die unkenntlich gemachte Stimme sagte: „Die CIA hat gerade versucht, drei Senatoren aus Washington zu schmuggeln. Wenn sie nicht lernen, Anweisungen zu befolgen, drücke ich den großen roten Knopf und mache Washington dem Erdboden gleich.

„Ich werde es weitergeben“, sagte Sam trocken.

„Viel Glück dabei, die CIA dazu zu bringen, sich zu benehmen.“

Frau Toben schrie.

Sam drehte sich zu ihr um und sah, dass sie eine Live-Nachrichtensendung im Fernsehen verfolgte. Das Video zeigte einen terroristischen Anschlag auf eine Kongressabgeordnete, die bei einem Fluchtversuch erschossen worden war.

„Was ist passiert?“ fragte Sam.

„Die Kongressabgeordnete Bledes wurde erschossen.“ Frau Tobens Gesicht war aschfahl und ihre Unterlippe zitterte. „Wir haben zusammen am College studiert. Ich war seit fast vierzig Jahren mit ihr befreundet. Sie hat ihr ganzes Leben dem Ziel gewidmet, das Leben der Bürger dieses Landes zu verbessern. Das ist schrecklich.“

In sein Handy sagte Sam: „Bist du jetzt glücklich?“

„Sie sollte nicht sterben“, antwortete die verzerrte Stimme.

„Aber Ihre Männer haben sie erschossen!“

„Das war jemand anderes, nicht meine Männer.“

„Wirklich?“ fragte Sam. „Wollen Sie damit sagen, dass Ihre Männer auf niemanden geschossen haben?“

„Sie haben Paintballs verschossen, und die meisten Schüsse waren absichtlich hoch gezielt.

„Woher wissen Sie, dass eine verirrte Kugel nicht abgeprallt ist und jemanden getötet hat?“

„Weil sie mit Platzpatronen geschossen haben. Das war der Sinn der Sache. Es war eine Warnung. Ich hoffe, sie haben aus ihren Fehlern gelernt. Ich habe Euch gesagt, dass ich den nächsten Senator, der versucht, die Hauptstadt zu verlassen, töten werde. Der nächste, der zu fliehen versucht, wird nicht von einem irren

Scharfschützen getroffen, sondern von einem gezielten Todesschuss."

Der Typ wollte also kein Mörder sein ...

„Woher wissen wir überhaupt, dass Sie die Bombe haben?" schnauzte Sam und machte seine Wut in seiner Stimme hörbar. „Woher wissen wir überhaupt, dass sie funktioniert hätte? Unser eigenes Militär könnte eine experimentelle deutsche Bombe aus dem Zweiten Weltkrieg nicht funktionstüchtig halten. Was sind *Ihre* Qualifikationen?"

Er hoffte, dass der Mann zurückschnappen und etwas verraten würde.

Er musste alle Möglichkeiten, die ihm zur Verfügung standen, ausnutzen.

„Sie glauben, ich bluffe?" Die Worte waren wieder zu einer Roboterstimme verstümmelt wurden, dennoch war sich Sam sicher, dass er immer noch die Belustigung dahinter hören konnte.

„Ich glaube, Sie stehen auf einem Gebäude mit einer Paintball-Pistole und einem Handy. Und das wars. Wenn sie eigentlich niemanden verletzen wollen, was wollen Sie dann ..."

„Ich wollte das nicht tun", unterbrach die Stimme. „Aber Sie lassen mir keine andere Wahl."

„Warten Sie ..."

Zu spät. Der Anruf wurde abgebrochen.

„Was ist passiert?" fragte Frau Toben.

„Ich weiß es nicht. Der Terrorist sagt, er habe Ihre Freundin nicht erschossen."

„Wenn er es nicht war, wer war es dann?"

„Er weiß es nicht. Er sagt, es muss ein abtrünniger Scharfschütze da draußen sein, der allein agiert." Sam fluchte leise vor sich hin. „Da ist auch noch etwas anderes."

„Was?"

Er sagt: „Wir müssen den Preis dafür zahlen."

Kapitel Sechsundzwanzig

Die Explosion erschütterte das Smithsonian Institute.

Staub und kleine Farbsplitter von den an der Decke angebrachten Bombenhülsen fielen auf den Boden. Sam ging unter einem Haufen Sandsäcke in Deckung, die den Luftschutzkeller eines Soldaten darstellten. Oben schaukelte eine der großen Bomben gefährlich in ihrem Kabelbaum.

Sam sah den Direktor an. „Was passiert, wenn eine dieser Bombenhüllen über unserem Kopf herunterfällt?"

„Es befindet sich natürlich kein explosives Material mehr in diesen Bomben", sagte der Direktor. „Allerdings würde ich mich nicht direkt unter eine von ihnen stellen."

In der Zwischenzeit klingelte wieder das Telefon von Frau Toben. „Ja? Nein, wir sind in Sicherheit. Was?"

Sie legte ihre Hand auf den Hörer und wandte sich an Direktor Nelson. „In ganz D. C. hat es eine Reihe von Explosionen gegeben, Direktor."

„Oh, mein Gott. Ist jemand verletzt worden?"

„Sie wissen es noch nicht."

Sam war erschüttert. Er hatte den Terroristen unterschätzt.

Das Telefon klingelte erneut.

„Ja?"

„Habe ich jetzt Ihre Aufmerksamkeit?"

„Das tun Sie."

„Gut. Wie ich bereits sagte, *möchte ich* niemanden verletzen müssen, aber ich werde es tun, wenn ich muss.

„Verstanden."

„Und jetzt sagen Sie mir. Was haben Sie gefunden?"

Sam stand auf und kletterte aus dem Scheinbunker. Sein Blick schweifte über die Decke, wo alles an seinem Platz zu sein schien. Er blickte sich um, zurück zu der Auslage, an der sie die Figur von Werner Heisenberg und Andrej Sacharow gefunden hatten.

„Ich weiß es noch nicht", gab Sam zu. „Ich versuche immer noch, mir einen Reim darauf zu machen."

„Sagen Sie mir nicht, dass Sie das Spiel schon verloren haben", antwortete die verzerrte Stimme. „Da habe ich Sie wohl überschätzt. Soll ich jetzt einfach den kleinen roten Knopf drücken und dann war es das?“

„Nein, nein! Warten Sie!“ rief Sam. „Wir haben zwei Figuren gefunden, die nicht in die Ausstellung über das Atomzeitalter gehören.“

„Fahren Sie fort.“

„Werner Heisenberg und Andrej Sacharow“.

„Gut und kennen Sie die Geschichte hinter Ihnen?“

„Werner Heisenberg erhielt den Nobelpreis für seine Theorie der Quantenmechanik, die später die Grundlage für die Entwicklung der Kernspaltung und der Atombombe darstellte. Während des Zweiten Weltkriegs wurde Heisenberg zum leitenden Wissenschaftler des *Uranprojekts* - des deutschen Kernwaffenprojekts.“

„Und Andrej Sacharow?“

„Er war der führende sowjetische Physiker und Konstrukteur hinter RDS-37, dem Codenamen für das sowjetische Programm zur Entwicklung thermonuklearer Waffen. Interessanterweise war er auch ein Aktivist für Abrüstung, Frieden und Menschenrechte. Seine Bemühungen um eine Reform der Bürgerrechte führten zu staatlicher Verfolgung und brachten ihm später den Friedensnobelpreis im Jahr 1975 ein.

„Ausgezeichnete Arbeit. Viele Leute sagten, Sie wären dazu bestimmt, intelligent zu sein. Vielleicht haben sie sich doch nicht so sehr geirrt.“

„Und was jetzt?“ fragte Sam.

„Finden Sie heraus, was die beiden Männer wirklich gemeinsam haben, und Ihr Verständnis über die Geschichte könnte sich schnell stark ändern.

Sam sagte: „Sie haben beide an der ersten Entwicklung einer Atomwaffe in ihrem jeweiligen Land gearbeitet.“

„Sicher. Das weiß jeder. Sogar die Geschichtsbücher stimmen Ihnen zu. Finden Sie heraus, was nicht veröffentlicht wurde - die Informationen, die viele Jahre lang absichtlich verschwiegen wurden - und wir kommen in diesem Spiel einen Schritt weiter. Bis dahin sind Sie für mich nicht besser als jeder andere."

Sam fühlte sein Herz rasen. „Okay."

„Okay, was?"

„Okay, ich kümmere mich darum."

„Gut. Um zu zeigen, dass ich Ihre Bemühungen bei der ersten Aufgabe zur Kenntnis nehme, habe ich Ihnen eine Belohnung dagelassen."

„Eine Belohnung?"

„Vor der Bleaker Street 1530 parkt ein Auto, ein 1979er Buick LeSabre, in dunkelgrün. Ich habe Ihnen die Schlüssel nicht dagelassen - Sie werden ihn nicht selbst fahren wollen. Das Material im Kofferraum sollte gut genug abgeschirmt sein, aber man weiß ja nie."

„Verstanden."

Kapitel Siebenundzwanzig

Der Direktor und Frau Toben tauschten erschrockene Blicke aus. Sam folgte ihrem Blick hinüber zu einem der gedruckten Schilder.

Sam wandte jetzt seinen Blick ab. Jetzt war nicht die Zeit, sich ablenken zu lassen. „Und was dann?“, fragte er seinen geheimnisvollen Anrufer.

„Habt ihr den nächsten Hinweis noch nicht gefunden?“

Sam hat nicht geantwortet.

„Sei in zwanzig Minuten dort. Oder das Spiel ist vorbei. Game over.“ Der Terrorist gab ein böses Glucksen von sich. Wenn man es durch das verwendete Funkgerät hörte, erschein es wie das einer bösartigen Zeichentrickfigur.

Beeilen Sie sich.

Sam nahm das Mobiltelefon vom Ohr. Wenn dieser Kerl erwartete, dass er in zwanzig Minuten oder weniger vor Ort war, dann war es ganz in der Nähe, wo immer es auch war das Ziel musste irgendwo im oder in der Nähe des Einkaufszentrums seins.

Schnell nahm er den Direktor zur Seite und erzählte ihm von dem Auto, das in der Bleaker Street geparkt war, wobei er zugab, dass er selbst vermutete, was es enthielt.

„Mr. Reilly!“

Sam wandte sich Frau Toben zu, die aufgeregt auf eine Schrift auf einer anderen Tafel deutete.

„Was ist das?“, fragte er.

Frau Toben begann, den Text laut vorzulesen. „Die erste Atombombe wurde am 16. Juli 1945 in der Wüste Jornada del Muerto in New Mexico gezündet. Sie trug den Codenamen JX234.A23 81st, 1st 1949 L“, sagte sie triumphierend.

„Tut mir leid, soll mir das etwas sagen?“ fragte Sam.

Sie lächelte. „Aber natürlich! Der Codename war: *Trinity*!“

„Noch ein Hinweis?“, fragte der Direktor.

„Das ist alles!“

„Aber wohin, meine Liebe, wohin?“

Frau Toben hörte auf, mit dem Finger auf den Text zu zeigen, und tippte sich ans Kinn.

„Entschuldigen Sie“, sagte Sam. „Sie waren beide sehr hilfreich, aber ich muss jetzt los. Ich habe den Befehl zu laufen.“

„Laufen? Wohin?“ fragte Frau Toben mit großen, alarmierten Augen.

„Zu einer Art Dokumentennummer“, sagte Sam. „Und ich meine mich zu erinnern, dass es hier in der Nähe eine große Bibliothek gibt. Wenn einer von Ihnen mir den Weg zur Library of Congress zeigen könnte ...“

Frau Toben schnappte nach Luft.

Direktor Nelson packte Sam an der Schulter, schob ihn aus dem Notausgang und führte ihn auf den Bürgersteig.

„Vorbei am Capitol. Ecke First und Independence.“

Sam holte tief Luft.

„Warten Sie!“

Frau Toben drückte ihm einen Zettel mit dem Code in die Hand.

Im nächsten Augenblick war er weg.

Kapitel Achtundzwanzig

Sam drängte sich durch die Passanten auf dem Bürgersteig. Es waren mehr von ihnen als noch vor einer halben Stunde hier. Die Reisebusse und Autos, die auf der Straße geparkt waren, waren abgestellt worden und alle standen herum.

Ein Mann in einem weißen Hemd ergriff Sams Arm, als er vorbeilief. Sam befreite sich ruckartig aus seinem Griff.

„Haltet ihn auf! Er ist einer der Terroristen!"

Sam verfluchte die Dummheit des Mannes und rannte weiter. Ein paar große Männer vor ihm auf dem Bürgersteig verschränkten die Arme und gingen auf ihn zu. Sam wich zwischen zwei Reisebussen hindurch aus, sprang auf ein rotes Auto, rollte schnell über das Dach und sprang dann auf einen schwarzen Geländewagen.

Am Ende der geparkten Autos sprang er hinunter und betrat den Rasen des Einkaufszentrums.

Sams Herz raste vor Aufregung. Er hörte ein Eichhörnchen wütend schnattern, während Reihen von Bäumen an ihm vorbeizogen.

„Haltet ihn auf!" Der Schrei war jetzt weiter hinten.

Eine Gruppe von Leuten vor Sam starrte ihn mit offenen Mündern an.

„Was ist los?"

„Der Terrorist ist da hinten!", rief er und zeigte auf die Männer, die ihn verfolgten.

Ein paar Schreie kamen von hinten, als er weiterlief.

Er überquerte eine Straße. Zu seiner Rechten befand sich das American Indian Museum, ein wogendes Gebäude, das aussah, als würde man es von einem Fluss aus betrachten.

Er war jetzt weit genug von seinen Verfolgern entfernt, dass ihre Rufe im allgemeinen Lärm der belebten öffentlichen Bereiche untergingen.

Er schaute in beide Richtungen und hinter sich und überquerte eine weitere Straße. Plötzlich öffnete sich die Mall auf den spiegelnden Pool vor dem Capitol-Gebäude. Im Moment spiegelte sich darin nur der blaue Himmel.

Die Straße neben dem Schwimmbad war noch dichter bevölkert mit Fußgängern, von denen einige auf Motorhauben saßen. Die Bürgersteige waren mit Kinderwagen, Fahrrädern und schreienden Kindern verstopft.

Der Botanische Garten zu seiner Rechten sah relativ leer aus.

Der schmiedeeiserne Zaun war nicht schwer zu überwinden. In etwa fünf Sekunden war er drüber, duckte sich zwischen ein paar Bäumen hindurch, kletterte über einen Felsen und stürmte den Pfad hinunter.

Der Kies knirschte unter seinen Füßen.

Er sprang über eine Hecke, tanzte über eine halbe Backsteinmauer, watete durch einen seichten Brunnen, ignorierte eine Gruppe alter Damen mit roten Hüten und sprang über eine weitere Hecke.

Dann raste er an einem großen Marmorgebäude vorbei, das von einem formellen englischen Garten umgeben war, und lief auf der anderen Seite hinaus.

Das Capitol-Gebäude befand sich jetzt links von ihm.

Seine Haut kribbelte. Er spürte, dass er beobachtet wurde.

Vom Terroristen? Oder nur von übereifrigen Sicherheitskräften, die ihre Schicht in einem der wichtigsten Gebäude des Landes absolvierten?

Es musste beides sein.

Selbst die gefangenen Touristen trauten sich nicht zu nahe heran, als Sam weiter wie ein Besessener durch das Gras rannte.

Einen Moment später erreichte er die Straße, die ihn jetzt noch vom Capitol trennte und überquerte sie.

Vor ihm stand jetzt das große weiße Marmorgebäude der Library of Congress. Heiliger Strohsack! Hier gab es mehr Treppen, als man sich vorstellen konnte. Verblasste Bronzestatuen. Lange Säulen, die an das alte Griechenland erinnerten. Das Gebäude wirkte wirklich monumental.

Er machte sich auf den Weg zu den Haupteingängen.

Ein durchdringender Pfiff ertönte aus dem Gebäude.

„Sam Reilly!“

Eine Gestalt stand an einer Seitentür in der Nähe der Straße und schwenkte etwas, das wie eine weiße Fahne aussah.

Erst auf dem zweiten Blick erkannte er, dass es sich dabei eigentlich um eine weiße Strickjacke handelte.

Sam änderte die Richtung, wich einem wild blickenden Mann aus, der einen mit Pflanzen gefüllten Golfwagen fuhr, und kam dann neben einer schlanken Frau an, die sich ihren Pullover wieder anzog. Eine Halbbrille hing an einer Kette um ihren Hals, aber sie konnte nicht älter als dreißig sein. Ihr Haar war mit einem Bleistift im Dutt nach hinten gezogen.

Sie sah blass und erschüttert aus, als ob der Terroranschlag sie besonders hart getroffen hätte.

„Sam Reilly?"

„Ma'am." Er keuchte.

Sie lächelte, sah erschöpft aus und hatte einige Grübchen auf den Wangen. „Folgen Sie mir. Der Direktor des Luft- und Raumfahrtmuseums sagt, Sie brauchen Hilfe bei der Suche nach einem Buch."

„Ja, Ma'am. Und zwar schnell."

„Ich heiße Miss Zyla Needham. Kommen Sie bitte herein. Wir holen das Dokument gerade aus dem Regal."

Kapitel Neunundzwanzig

Sam wurde in einen kleinen Raum mit einem Tisch, einem Stuhl und einem Computer geführt. „Kaffee?"

„Nur das Dokument", sagte er. „Was ist es?"

Mit angespannter Stimme sagte Zyla: „Es ist der Nordatlantikvertrag. Der eigentliche, ursprüngliche Vertrag. Wie Sie sich vorstellen können, können wir Sie nicht einfach mit ihm aus der Bibliothek gehen lassen. Er ist unersetzlich."

„Sollte ich dann nicht weiße Baumwollhandschuhe oder so etwas tragen?"

„Wenn Sie möchten."

Die beiden warteten. Sam überprüfte das Telefon.

Keine neuen Nachrichten. Er hatte es pünktlich zur Bibliothek geschafft. Mit wachsender Besorgnis blickte er auf seine Uhr und sah, wie sie die Zwanzig-Minuten-Marke passierte.

Ohne es zu wollen, hielt er den Atem an.

Das letzte Mal, als er eine Vermutung über den Terroristen anstellte ...

Er wartete auf eine Explosion, aber entweder gab es keine, oder das Geräusch konnte die dicken Wände der Kongressbibliothek nicht durchdringen.

Eine atemlose Bibliotheksassistentin erschien mit einem schmalen, blauen, in Leder gebundenen Dokument in der Hand. „Hier ist es, Ms. Needham. Und soweit man das beurteilen kann, gibt es nirgendwo ein Zeichen von ihm."

Zyla schüttelte leicht den Kopf. *Noch nicht.*

„Danke, Troy." Sie nahm das Dokument entgegen und legte es fast ehrfürchtig vor Sam auf den Tisch. „Ein Stück Geschichte."

Das Leder war mit einer kleinen Plastikhülle versehen, auf der die Dokumentennummer verschlüsselt angegeben war. Als er den vorderen Umschlag öffnete, wies ein Zettel aus Zwiebelschalenpapier das Dokument als den originalen Nordatlantikvertrag aus. Es war auf den vierten April 1947 datiert.

Sam war kein Historiker. Er räusperte sich.

„Ja? Es ist sicher das richtige Dokument, oder zumindest ist es das, das wir auf Anweisung von Direktor Nelson zu Ihnen bringen sollten."

Sam verglich den Code mit dem verschwitzten Stück Papier, das er in seine Tasche gesteckt hatte.

Die Codes stimmten überein.

Er leckte sich über die Lippen.

„Ms. Needham", sagte er, „entweder ist das ein Tippfehler, oder wir haben ein Problem.

Sie warf einen Blick darauf und überschlug sich dann.

„Da steht 1947. Aber die Signatur gibt 1949 als Erscheinungsjahr an."

Er nickte. Zyla griff vor ihn und drehte das Blatt Zwiebelhaut um. Sam war kein Experte, aber das Leinenpapier der Vertragsseiten wirkte authentisch.

Das Datum 1947 erschien auf mehreren Seiten.

Dann erreichten Sie die Unterschriftenseiten.

„Warten Sie."

Sam brachte Zyla dazu, die erste Seite der Unterschriften umzublättern, und begann dann zu zählen.

„Was ist es?"

„Dreizehn Unterschriften".

„Dreizehn ...?"

„Ich habe nur bei einem von ihnen bemerkt, dass die Zahl nicht stimmt", er blätterte in dem Dokument, „bei diesem".

Er deutete auf ein großes, sich in einer Schleife befindlichem Unterschriftenpaar mit der Aufschrift „FÜR DIE UNION DER SOZIALISTISCHEN SOWJETREPUBLIKEN / POUR LA UNION DES RÉPUBLIQUES SOCIALIISTES SOVIÉTIQUES".

„Ich bin kein Historiker, aber ich weiß, dass die UdSSR in den Vierzigerjahren nicht Teil der NATO war", sagte Sam.

Die Bibliothekarin zischte zwischen ihren Zähnen. Ihr Gesicht wurde rot vor Wut.

„Es ist eine Fälschung. *Eine weitere Fälschung.*"

Kapitel Dreißig

Erschüttert wandte sich Zyla zur Tür, wo ihr Adjutant Troy auf weitere Anweisungen wartete. Auch sein Gesicht war blass. Er hatte sein Handy herausgezogen und tippte mit zittriger Hand auf den Bildschirm.

„Noch eine Fälschung?" fragte Sam.

„Ich habe ein anderes Dokument entdeckt, das ersetzt wurde, der Text wurde geändert."

„Was war es?"

Sie schüttelte den Kopf. „Das hat nichts mit dem hier zu tun. Wir werden jedes Dokument in der Bibliothek durchgehen müssen und es überprüfen und dabei noch mehr Sicherheitsvorkehrungen treffen. Es ist, als könnten wir gar keinen Dokumenten mehr trauen." Sie holte tief Luft. „Konzentrieren wir uns auf das eigentliche Problem. Troy, wer kennt sich mit der Politik nach dem Zweiten Weltkrieg aus? Wir brauchen jemanden, so schnell wie möglich."

„Ich weiß darüber einiges", sagte Troy.

„Rede weiter", befahl Zyla.

Er blies seine Wangen auf. „Mr. Reilly hat recht. Der Vertrag wurde 1949 unterzeichnet, nicht 1947. 1955 gründeten die Sowjets und ihre Verbündeten eine konkurrierende Vertragsorganisation, den Warschauer Pakt. Die UdSSR hat die NATO sicherlich nicht unterzeichnet."

„Und?"

„Die NATO sollte Europa im Falle eines Atomangriffs oder einer sowjetischen Invasion vor den Ländern des Ostblocks schützen. Wie das funktionieren sollte, wusste niemand so recht, und die Organisation hatte bis zum Beginn des Koreakriegs 1950 keinerlei Bedeutung. Selbst danach wurde die NATO als so wenig abschreckend angesehen, dass sich die Franzosen 1966 zurückzogen und ein eigenes Programm zur nuklearen Abschreckung aufstellten. Nach dem Fall der Berliner Mauer traten die ehemaligen Ostblockstaaten nach und nach aus dem Warschauer Pakt aus und dann in die NATO ein.

Er schüttelte den Kopf. „Ich weiß nur deshalb so viel, weil mein Onkel Matt in den Neunzigerjahren Hauptmann in der Armee war und 1993 als Teil einer von der NATO geführten gemeinsamen Truppe nach Bosnien gehen musste. Dort lernte er seine Frau kennen, und dann wurde die NATO natürlich nach dem 11. September angerufen, als wir gemeinsam Truppen nach Afghanistan entsandten."

„Warum sollten wir dann zu einer gefälschten Kopie geleitet werden?" überlegte Sam.

„Und wo ist das Original?" fragte Zyla mit erstickter Stimme. „Wo sind alle Originale?"

Verglichen mit dem möglichen Tod von einer Million Menschen schien es seltsam, dass die Bibliothekarin den Dokumenten eine so hohe Priorität einräumte. Andererseits war sie sich vielleicht nicht wirklich bewusst, was hier eigentlich auf dem Spiel stand.

Sam blätterte zurück zur ersten Seite des Vertrages. „Es gibt nur einen Weg, das herauszufinden."

Kapitel Einunddreißig

Pentagon, Virginia

„Frau Ministerin“, sagte Tom, als er ihr Büro betrat.

Ihre Nasenlöcher blähten sich auf. „Tom! Was machen Sie denn hier?“

„Sam hat um meine Hilfe geben. Keine Sorge, er hat niemanden in Gefahr gebracht. Ich konnte mich unbemerkt in die Sache hineinarbeiten.“

„Tom Bower, wissen Sie, wie viele Menschenleben auf dem Spiel stehen? Wir haben gerade unwiderlegbare Beweise dafür erhalten, dass der Terrorist die Bombe hat und dass die Bombe noch scharf ist.“

„Welche Beweise?“

„Es wird Sie interessieren, dass der Terrorist Sam einen Plutoniumstab im Kofferraum eines geparkten Autos in der Nähe hinterlassen hat.“

„Was für ein wunderbares Geschenk“, sagte Tom fröhlich.

„Und bevor Sie fragen: Nein, das reicht nicht aus, um die Bombe unbrauchbar zu machen.“

„Schade.“

„Da Sie nicht bei Sam sind, nehme ich an, dass Sie mir etwas unter vier Augen sagen müssen.“

„Das tue ich. Elise hat sich mit der Vergangenheit von William Goodson, auch bekannt als Wilhelm Gutwein, beschäftigt.“

„Und?“

„Wir haben alles falsch gemacht!“ sagte Tom mit Nachdruck und klopfte mit den Fingerknöcheln auf den Schreibtisch.

Die Sekretärin holte tief Luft. „Tom, so wahr mir Gott helfe ...“

Er gluckste. „Na gut, ich höre auf, Sie zu quälen. Gutwein war kein Nazi.“

„Was? Aber ihm wurde befohlen, eine experimentelle Atombombe auf Washington D. C. abzuwerfen!“

„Die Mitgliedschaft in der Nationalsozialistischen Deutschen Arbeiterpartei - die übrigens nicht wirklich sozialistisch war - war damals nicht unbedingt obligatorisch. Sehr ermutigt, ja, aber nicht erforderlich."

Die Sekretärin winkte mit der Hand. „Fahren Sie fort."

„Gutwein hatte vor und während des Krieges eine Reihe von deutsch-jüdischen Freunden. Elise konnte tatsächlich einige Aufzeichnungen von Überlebenden ausfindig machen, die später von ihrem Freund sprachen und ihn sogar nach dem Krieg aufsuchten, um ihm zu danken. Aber dann war Gutwein verschwunden und William Goodson an seine Stelle getreten. Sie nahmen an, er sei tot."

„Warum hat er dann überhaupt versucht, die Bombe auf D. C. zu werfen?"

„Hat er nicht", sagte Tom. „Ich habe mir die historischen und aktuellen Karten des Gebiets angesehen, in dem die Bombe gefunden wurde."

„Und?"

„Es liegt im Nordosten von D. C.".

„Und?"

„Also muss er über D. C. geflogen sein, um dorthin zu gelangen."

Ihr Mund öffnete sich für eine Sekunde und schloss sich dann wieder.

„Ich glaube, er hat absichtlich einen unbewohnten Ort gesucht, an dem er das Flugzeug sicher absetzen konnte.

„Warum?", fragte sie.

„Weil Wilhelm Gutwein versucht hat, überzulaufen."

Sie hob eine ungläubige Augenbraue. „Absichtlich darauf verzichten die Macht eines Gottes über seine Mitmenschen auszuüben. *Warum*?"

„Vielleicht wollte er aussteigen", sagte Tom. „Er konnte die Nazis nicht mehr ertragen, er war nicht verheiratet und hatte keine Familie, die als Reaktion auf sein Überlaufen umgebracht werden könnte ..."

„Seine Familie wurde bei einem früheren Bombenangriff der Alliierten umgebracht!" rief die Ministerin aus und beendete ihren Satz. „Das ergibt doch keinen Sinn! Der Mann macht eine Bruchlandung mit einem Flugzeug, das eine Atombombe an Bord hat, und heckt dann einen ausgeklügelten Plan aus, der fast achtzig Jahre später ausgeführt werden soll, um sich an der Stadt zu rächen, die er von vornherein nicht zerstören wollte? Nein. Er wurde vom Kurs abgebracht und landete dort, wo der *Zufall* wollte."

Ihr Gesicht war rot und wütend geworden. Er konnte von Glück reden, wenn sie auf ein einziges Wort von ihm hörte.

Die Verteidigungsministerin kannte Tom seit seiner Kindheit, aber das bedeutet auch, dass er Sie seit einer sehr langen Zeit kannte.

Sie würde zuhören. Er würde sie zwingen.

Er holte tief Luft. „Frau Ministerin, was ist, wenn wir uns geirrt haben?"

„Geirrt? Über was denn?", fragte sie sarkastisch.

„Über das, was hier gerade passiert."

„Wie?"

Ihre Stimme war immer noch wütend, aber wenigstens hörte sie zu.

„Wir nahmen an, dass er nicht wirklich glücklich war, hier zu sein. Dass er nur den Anschein eines dankbaren Einwanderers hatte, der das tat, was er liebte - fliegen. Er heiratete. Hatte einen Sohn. Sparte Geld für schlechte Zeiten."

Die Ministerin schnaubte. „Und heimlich hat er riesige Summen auf seine Schweizer Bankkonten übertragen, mit einer neuen Identität."

„Ja. Aber selbst die hat er nicht angerührt. Er hat alles für schlechte Zeiten aufgespart. Und wir nahmen an, dass er das alles nur tat, um die Bombe von irgendwo nach D. C. zu schleppen, damit er uns ein paar Stunden lang foltern, uns nach seinem Willen tanzen lassen und uns dann vernichten kann."

„Ja, genau. Er hat nicht für schlechte Zeiten gespart, sondern eher für ein Gewitter mit radioaktiver Strahlung."

Er ignorierte ihre Unterbrechungen. Ihr Gesicht begann, vor Neugierde weich zu werden.

„Tatsache war, dass er glücklich war. Das war keine Fassade."

„Wie können Sie das sagen? Er versucht immer noch,

Washington D. C. in die Luft zu jagen und jeden, der sich gerade in der Stadt befindet."

„Ich glaube nicht, dass er das tut", sagte Tom. „Und ich glaube auch nicht, dass Sam das denkt."

„Der Terrorist spielt also dieses Spiel, um Sam dazu zu bringen, etwas zu entdecken? Und was? Was könnte das rechtfertigen -" Sie winkte mit einer Hand zu den Fenstern. „All das?"

„Ich habe keine Ahnung", gab Tom zu. „Ich glaube, Wilhelm Gutwein wurde überredet, mit der Bombe in die USA überzulaufen, aber jemand hat ihn verraten. Seitdem versucht er, die Geschichte wieder in Ordnung zu bringen."

Kapitel Zweiunddreißig

Sam und Zyla entdeckten es gleichzeitig und sahen sich dann gegenseitig an.

„Was?" sagte Troy. Er saß auf der gegenüberliegenden Seite des Tisches und versuchte, den Vertrag verkehrt herum zu lesen. „Was ist es?"

Es war kein langes Dokument, in seiner ursprünglichen Form waren es nur fünfzehn Artikel.

Einer davon, so vermutete Sam, war nicht im ursprünglichen Vertrag enthalten.

Dieser Artikel wurde derzeit als Artikel 7 nummeriert. Er befand sich direkt nach dem Artikel, der definiert, was ein bewaffneter Angriff auf ein Mitgliedsland ist.

In Artikel 7 heißt es: *„Alle Vertragsparteien kommen hiermit überein, dass alle künftigen Entwicklungen der nuklearen Fähigkeiten mit allen anderen Vertragsparteien geteilt werden, sodass keine Vertragspartei ausschließlich über eine solche Macht verfügen kann, die die anderen Vertragsparteien vernichten würde."*

„Das ist unmöglich", sagte Sam.

„Ich stimme zu. Das muss eine weitere Veränderung sein."

„Aber warum?"

„Es scheint darauf hinzudeuten, dass die USA und die UdSSR ihre nuklearen Geheimnisse miteinander geteilt haben oder hätten teilen sollen", sagte Sam. „Außerdem zündeten die Sowjets ihre erste Atombombe RDS 1 - *First Lightning* - erst am 29. August 1949."

„Ich verstehe das nicht", sagte Zyla.

Troy drehte den Vertrag um und las schnell weiter. „Wow. Einfach ... wow."

Der veränderte Winkel schien eine Art Schatten auf der Seite zu zeigen. Sam nahm den Vertrag zurück und untersuchte das Blatt vor ihm. Es schien zu regelmäßig zu sein, um ein Tintenklecks zu sein.

Er hielt die Seite gegen das Licht.

„Was machst du ...?"

„Troy“, sagte Sam. „Ich möchte, dass du eine Telefonnummer für mich heraussuchst.“

„Sicher.“

Sam las eine Reihe von zehn Ziffern ab.

„Das muss ich nicht einmal nachschlagen“, sagte Troy. „*Das* habe ich auswendig gelernt.“

„Was ist es?“

„Old Tony's Pizza“. Das ist an der Ecke Pennsylvania und Third, ein paar Blocks von hier. Ich esse ständig dort.“

„Wie lange ist das Restaurant schon da?“ fragte Sam.

„Seit 1979“, sagte Troy, ohne zu zögern. „Das steht auf dem Schild über der Eingangstür.“

Sam warf Zyla noch einen Blick zu und reichte ihr dann den Vertrag. Ihre Lippen wurden schmal, als sie ihn gegen das Licht hielt.

Für einen Vertrag, der 1949 - oder 1947 - unterzeichnet wurde, ist das Wasserzeichen mit der Telefonnummer auf dem Papier, auf dem er ursprünglich gedruckt wurde, viel zu jung.

Sam machte mit dem Smartphone, das er bekommen hatte, mehrere Fotos von dem Dokument. Dann schickte er die Bilder per SMS an Elise, verbunden mit einer Frage: *Bitte vergleiche dies mit dem Original und versuche herauszufinden, was der Terrorist mir zu zeigen versucht.*

„Was glauben Sie, was das alles zu bedeuten hat?“ fragte Zyla.

„Ich habe keine Ahnung, aber ich gehe zu Old Tony's.“

„Um eine Pizza zu essen?“ fragte Zyla.

Sam schüttelte den Kopf. „Nein, um mehr Antworten zu erhalten.“

Kapitel Dreiunddreißig

Das Old Tony's hatte ein Schild über der Eingangstür, auf dem stand, dass das Lokal 1979 gegründet wurde. Es war einer dieser Orte, an denen normalerweise eine lange Schlange vor der Tür gestanden hätte. Heute war es fast leer.

Sam überprüfte sein Telefon und suchte nach einer Nachricht, die besagte, dass er zwanzig Minuten Zeit hatte, den nächsten Hinweis zu finden. Wenn ja, würde er die Frist nicht einhalten können.

Aber da war nichts.

„Sam Reilly?"

Ein Mann in den Fünfzigern, der eine schmierige Schürze trug, kam aus der Gasse an einer Seite der Pizzeria und winkte ihm zu.

Troy muss vorher angerufen haben. Sam sagte: „Das bin ich."

„Hier entlang. Ich habe einen Platz für dich reserviert."

„Danke."

„Ich bin übrigens Tony." Er wischte sich die Hand an seiner Schürze ab und Sam reichte ihm die Hand.

„Der Besitzer?"

„Ja, der ursprüngliche *Old Tony* war mein Großonkel. Ich bin jetzt sozusagen in die Rolle hineingewachsen." Er rieb sich die grau gesprenkelten Kinnstoppeln.

Sam gluckste. Er wurde durch die geschäftige Küche zu einer hinteren Kabine geführt.

„Sie kommt gerade aus dem Ofen", versprach Tony.

„Was?"

„Deine Pizza!"

Tony verschwand wieder durch die Küchentür, bevor Sam eine weitere Frage stellen konnte.

Er sah sich um. Der Raum war schummrig beleuchtet und roch nach Salami und Hefe. Die Wände waren dunkelgrün und passten damit zum Schild an der Eingangstür. Sie waren mit alten Schwarz-Weiß-Fotos bedeckt.

Die Küchentür flog auf und Tony kam wieder heraus, diesmal mit einer großen weißen Schachtel, einem Blechteller und

Silberbesteck.

„Du brauchst nicht zu bezahlen“, sagte er, als Sam nach seiner Brieftasche griff. „Dein Freund hat das schon für dich erledigt.“

„Mein Freund?“

„Vor etwa einer Stunde hat er angerufen. Er hat bezahlt und ein großes Trinkgeld hinterlassen. Viel Spaß!“

Oben auf der Schachtel klebte ein Zettel.

FÜR SAM REILLY - ICH DACHTE, DU WÜRDEST VIELLEICHT HUNGER HABEN. W.H.

W.H.? Wer war W.H.?

Sam hob den Deckel an. Es war eine Pizza für echte Fleischliebhaber mit Wurst, Salami, Peperoni, Rinderhack und kanadischem Speck. Sie roch köstlich. Er nahm sich ein Stück, wobei der Käse zwischen dem Stück, das er gerade anhob und dem Rest der Pizza klebte.

Tony brachte ihm eine Cola und einen Strohhalm. „Schmeck gut, oder?“

Sam nickte.

Sam lehnte sich zurück. Für einen Kerl, der die Stadt zerstören wollte, schien er sein eigenes Lokal auf eine seltsame Weise zu schätzen. Und einen Terroristen zu finden, der aufmerksam genug war, um ein Mittagessen zu bestellen - auch das war bemerkenswert.

Wer war dieser Typ?

Ein paar Stücke Pizza später hatte Sam immer noch keinen Schimmer. Er schaute nach oben. Die Fotos in den Bilderrahmen über seinem Tisch zeigten die Skyline von New York und keine Motive aus D. C. Das war seltsam, aber Sam war nicht klar, was das zu bedeuten haben könnte. Bei dem Gewässer, das auf einigen der Bilder am Ufer zu sehen war, handelte es sich auf keinen Fall um den Potomac.

Auf einem der anderen Fotos erkannte er plötzlich die Docks.

Er war schon einmal dort gewesen.

Im Gegensatz zu D. C. war Sam schon oft in New York gewesen, vor allem als Kind, als er seinen Vater auf seinen verschiedenen Frachtschiffen hin und her begleitete.

Sam warf die Pizzakruste zurück in die Schachtel, wischte sich die Hände an einer Serviette ab und stand auf.

Beinahe zaghaft hob er eines der Fotos von der Wand.

Darin war ein Boot zu sehen, das an einem Dock entlang trieb. Es handelte sich um ein großes Transportschiff. An der Seite stand ein Name, den Sam erkannte.

Global One.

Er drehte das Foto und schwenkte es hin und her.

Obwohl Sams Abteilung des Unternehmens seines Vaters den Namen Deep Sea Expeditions trug, hieß die übergeordnete Holdinggesellschaft offiziell Global Shipping, Inc. Sie war von seinem Großvater gegründet worden. Sein allererstes Schiff hatte den optimistischen Namen *Global One erhalten.*

Vor dem Boot standen vier Personen. Jemand hatte mit einem Stift die Initialen von jedem von ihnen direkt über die Gesichter geschrieben. Er erkannte den Ersten von ihnen. Er hatte die Initialen M. R. - wie hätte Sam ihn auch nicht erkennen können, der Mann auf seinem Bild war sein eigener Großvater, Michael Reilly. Der zweite hatte die Initialen A.S. und war Andrei Sakharov, der sowjetische Wissenschaftler. Die dritte Person schüttelte Andrejs Hand und trug die Initialen W.H., genau wie die Pizza.

Werner Heisenberg.

Sam betrachtete die vierte Person auf dem Foto. Sie trug die Initialen: C.F. Der Mann auf dem Bild sah sehr jung aus und hatte intelligente grüne Augen. Sam suchte in seinem Gedächtnis nach dem Gesicht, aber er fand es nicht. Soweit er wusste, hatte er den Mann noch nie gesehen. Das machte nichts, denn er hatte keinen Zweifel daran, dass Elise in der Lage sein würde, das Bild in eine Datenbank einzugeben und einen Namen herauszufinden.

Er drehte das Foto um. Auf der gegenüberliegenden Seite befand sich ein handgeschriebener Zettel.

Er lautete: *Ich dachte, ich erinnere Sie besser an dieses Treffen. Ich hoffe, Sie sind alle mit dem Ergebnis zufrieden. Möge Gott Sie in Frieden ruhen lassen, denn ich weiß, dass meine Enkelkinder das nie tun werden.*

Die Notiz war unterzeichnet mit *Wilhelm Gutwein.*

Kapitel Vierunddreißig

„Hey, Sam. Geht es dir gut?“ fragte Tony. „Du siehst aus, als hättest du einen Geist gesehen.“

Sam drehte sich zu ihm um und hatte immer noch das Foto in der Hand.

„Wie lange ist dieses Bild schon hier?“

„Das da? Lass mich mal sehen. Ah! Das ist ein altes Exemplar. Es steht hier, seit der Laden eröffnet wurde. Mein Großonkel und mein Großvater sind in den Vierzigerjahren hierher eingewandert“, sagte er stolz. „Das ist eines der Fotos, die sie gemacht haben, als sie hierher kamen. Sie waren begeisterte Fotografen. Sie haben alles fotografiert.“

„Und wer sind diese Leute, die vor dem Boot stehen?“

„Was meinst du damit? Da sind keine Menschen.“

Sam zeigte Tony das Foto. Jetzt, da er einen zweiten Blick darauf warf, konnte er erkennen, dass die vier Personen auf dem Foto aus einem anderen Foto ausgeschnitten und eingefügt worden war.“

Tonys Gesicht rötete sich. „Was ist denn hier los? Was für ein Idiot macht so etwas?“

Sam drehte das Foto um und sah sich die Rückseite an.

„Hey, was macht das denn da?“

Tony griff über Sams Schulter nach dem Stück Papier, das in dem Rahmen steckte, und nahm es an sich.

„Ich weiß nicht einmal, was das bedeutet“, sagte Tony. „Was ist das? Irgendein Witzbold vom College muss das getan haben. Es ist wirklich ärgerlich.“

„Darf ich es bitte sehen?“ fragte Sam.

Tony reichte ihm den Zettel.

Sam runzelte die Stirn. Es war eine Art Code.

„Kann ich das haben?“

„Du glaubst, dass es eine Nachricht von deinem Freund ist? Wenn du mich fragst, scheint er ein schlechter Witzbold zu sein. Die Art von Kerl, der seinen besten Freund mit Sekundenkleber an einen Toilettensitz klebt.“

„Oh ja, er ist ein echter Scherzkeks", stimmte Sam ironisch zu und machte mit seinem Handy ein Foto von dem Bild, bevor er es wieder an die Wand hängte. „Aber tu mir einen Gefallen und lass es ein paar Tage liegen. Der Typ ist nicht ganz richtig im Kopf. Ich würde ihn nicht verärgern wollen."

Tony warf ihm einen scharfen Blick zu. „Du arbeitest an dem Bombenfall, nicht wahr?"

„Richtig geraten, aber sag es nicht weiter. Er hat schon einmal einen Anfall bekommen, bei dem Unschuldige getötet wurden."

Kapitel Fünfunddreißig

Sam überprüfte erneut das Handy, als er aus dem *Old Tony's auf* den Bürgersteig trat.

Was nun?

Er konnte Elise nicht anrufen, sonst hätte er den Terroristen verärgert. Er durfte aber auch seinen nächsten „Hinweis" nicht verpassen. Egal wie er sich entscheiden würde, keine Option erschien ihm gerade besonders attraktiv.

Er hatte noch nie gehört, dass sein Großvater in irgendeiner Weise mit Werner Heisenberg verbunden war, geschweige denn, dass er ein Foto mit dem berühmten Wissenschaftler gemacht hatte. Das Gleiche traf auch auf seine Verbindung mit Andrej Sacharow zu.

Ein Taxi fuhr an den Bordstein heran. Die Beifahrertür sprang auf und eine Hand winkte Sam zu. „Haben Sie ein Taxi gerufen, Mister?", fragte ein Mann mit einem starken Ostküstenakzent.

„Danke!"

Uber hatte einen Großteil des Taxigewerbes in D. C. erobert, aber es waren dennoch noch einige Taxis verfügbar. Sam kletterte in den Sitz und war dabei so glücklich, als hätte die gute Fee ihm einen Wunsch erfüllt. In dem Moment, in dem er die Tür zuschlug, fuhr das Taxi vom Bordstein weg.

Unglaublicherweise hatte sich der Verkehr etwas beruhigt, sodass das Auto weiterfahren konnte.

„Wo wollen Sie hin, Mister?"

„Zu diesem Ort." Sam überreichte das Stück Papier.

Der Taxifahrer sagte: „Hm. Ich dachte, ich kenne jeden Ort in der Stadt, aber den kenne ich ganz sicher nicht. Darf ich meine Fahrdienstleiterin anrufen?"

„Tuen Sie sich keinen Zwang an. Ich habe auch keine Ahnung."

Der Taxifahrer wählte eine Nummer und las der Person am anderen Ende der Leitung den Code vor.

„Nehmen Sie sich einen Moment Zeit, Mister. Sie sieht nach."

Am Ende des Blocks bog der Taxifahrer scharf rechts ab. Der Terrorist konnte den Beltway nicht geöffnet haben. Es muss die

Arbeit der Verteidigungsministerin gewesen sein, die die Leute dazu überredet hat, die Straßen zu räumen.

„Hey, was sagt man dazu?“, fragte der Taxifahrer. „Sieht aus, als hätte sie es gefunden.“

Sam atmete erleichtert auf.

„Das World War II Memorial in Washington D. C. Das wird Sie allerdings etwas kosten“, warnte der Taxifahrer. „Es liegt nördlich des Kapitols. Wir werden eine Weile brauchen, um dorthin zu kommen, solange der Verkehr nicht abreißt.“

„Es macht mir nichts aus“, sagte Sam zu Tom Bower, der sich von seinem falschen Akzent nicht einen Moment lang hat täuschen lassen. „Wenn es zu schlimm wird, steige ich aus und gehe zu Fuß.“

„Solange Sie mich vorher bezahlen“, murmelte Tom. „Übrigens, Mister, haben Sie die Neuigkeiten gehört?“

„Welche Neuigkeiten?“

„Über den Terroristen“.

„Das hängt davon ab, wie neu die letzten Nachrichten sind.“

Tom brachte Sam schnell auf den neuesten Stand über die anhaltende Abriegelung, die dringenden Anweisungen der Regierung, Pendler und Touristen in der Stadt unterzubringen und die Autos von den Straßen zu räumen, damit die Rettungsfahrzeuge weiterfahren und die in Panik geratenen Eltern ihre Kinder von der Schule nach Hause bringen konnten.

Er erzählte Sam auch vom Ableben der Kongressabgeordneten Bledes und wie die Medien berichteten, dass der Rest ihrer Partei in einem Bunker unter dem Kapitol in Sicherheit gebracht worden sei.

Sam fragte: „Wie hoch ist die Zahl der Todesopfer durch die Explosionen?“

„Es gab keine.“

„Soll das ein Witz sein, die ganze Stadt hat gebebt!“

„Ja, drei Gebäude wurden dem Erdboden gleichgemacht.“

„Wirklich, warum gab es dann keine Todesopfer?“ fragte Sam.

„Alle drei Gebäude sollten nächste Woche ohnehin abgerissen werden.

„Unser Terrorist hat den Prozess einfach beschleunigt?“

Tom nickte. „Es scheint so.“

„Das beweist es."

„Was?"

„Unser Terrorist will niemanden verletzen."

„Und dann, man glaubt es kaum", sagte Tom, „beschloss er, den Beweis zu erbringen, dass er eine Atombombe in der Stadt hatte."

„Wie?" fragte Sam.

„Er hat einen Plutoniumstab platziert. Im Kofferraum eines Autos."

Sams Verdacht bezüglich der kryptischen Botschaft des Terroristen wurde bestätigt.

„Wurde jemand verletzt?"

„Nein. Ich habe gehört, dass er ziemlich gut verschlossen war."

Sams Telefon klingelte.

Er und Tom sahen sich an. Tom hatte es geschafft, in die Stadt zu gelangen und Sam zu finden - aber der eigentliche Test, ob sie den Terroristen getäuscht hatten, kam erst jetzt.

Die verzerrte Stimme sagte: „Sie haben Ihren Freund gefunden, Sam Reilly".

Sam verzog das Gesicht und schüttelte den Kopf über Tom. Tom presste die Lippen aufeinander und schaute sich um, um zu sehen, ob sie jemand beobachtete.

Sam war versucht, eine schlaue Bemerkung zu machen, aber das letzte Mal, als er sich den Mund verbieten ließ, hatte das nicht so gut geendet.

„Das ist das dritte Mal, dass du mich belogen hast."

Sam verkniff sich eine weitere Bemerkung.

„Du bist nicht sehr gut darin, dich an die Regeln zu halten, nicht wahr?"

Wenn er nicht bald etwas sagte, würde der Terrorist etwas anderes in die Luft jagen, nur um zu beweisen, dass er Sam immer noch zum Mitspielen zwingen konnte. „Kommt drauf an, was auf dem Spiel steht."

Der Terrorist gluckste.

Toms Telefon klingelte.

„Sagen Sie Ihrem Freund, er soll ran gehen."

„Mach weiter, Tom."

Toms Augenbrauen hoben sich im Rückspiegel. Er drehte den Ton lauter und ging ran, wobei er das Telefon über das Lenkrad hielt. „Hey, Elise. Was gibts?"

„Tom. Ich habe den Code, den du geschickt hast, durchgesehen. Die einfachste und offensichtlichste Interpretation war die Adresse, die ich dir gegeben habe. Aber da ist noch mehr."

„Was ist es?"

Elise hielt inne, als ob sie etwas Seltsames in Toms Stimme gehört hätte.

„Der Name eines Schiffes, das 1996 vor der Küste von New York versenkt wurde. Die *Clarion Call*".

Sam runzelte die Stirn, sagte aber nichts. Tom öffnete den Mund, aber Sam hob eine Hand, um die logische Frage zu unterbrechen, und schüttelte den Kopf. Er kannte das Schiff.

Zumindest wusste er *davon*.

Er sprach in das Wegwerf-Handy. „Wir haben Ihren nächsten Hinweis."

Die Stimme knurrte mechanisch: „Du musstest schummeln, um es zu tun".

„Was haben Sie denn sonst erwartet?"

„Werden Sie Ihren Freund los, oder ich werde das selbst erledigen. Ich will ihn aus meiner Stadt raus haben."

Das Gespräch wurde unterbrochen.

Sam atmete tief durch. „Das Spiel ist aus Tom. Er weiß irgendwie, dass du hier bist. Und er will, dass du verschwindest. Setz mich hier ab und ich laufe die restlichen Meter zum World War II Memorial. Er sagt, er lässt dich die Stadt verlassen - offenbar will er nicht, dass du ihm in die Quere kommst. Er sagt aber, dass du zwingend von hier verschwinden musst. Versuche, den Ort ausfindig zu machen, an dem die *Clarion Call* versenkt wurde, und fange an, die *Maria Helena an* diesen Ort zu bringen. Wir müssen das Wrack betauchen, wenn wir jemals Antworten auf dieses Spiel finden wollen."

Kapitel Sechsunddreißig

Die *Clarion Call* war eines der ersten Schiffe von Global Shipping gewesen. Sams Großvater, Michael Reilly, hatte es nach *Global One* gekauft, aber noch bevor das Unternehmen offiziell aus den roten Zahlen herauskam und schwarze Zahlen schrieb.

Zu diesem Zeitpunkt galt der Kauf als riskant. Nicht nur wegen der Finanzen des Unternehmens, sondern auch, weil das Schiff zuvor einem finnischen Schwarzmarkt-Waffenhändler gehört hatte, der Verbindungen zur UdSSR hatte.

Mit anderen Worten: Es war ein Schmugglerschiff.

Einer Familienlegende zufolge war es das erste Reilly-Schiff, das ein Geheimfach im Laderaum eingebaut hatte. Es diente nicht dem Waffenschmuggel oder geheimer menschlicher Fracht, wie oft vermutet wurde, sondern dem Schmuggel von Kunstwerken, Antiquitäten, Goldbarren und mehr.

Geheimnisse.

Sam hatte einen Verdacht, was die Beziehungen seiner Familie zur US-Regierung betraf. Er selbst hatte die Verteidigungsministerin bei einer Reihe von Projekten unterstützt, und er wusste, dass auch die CIA irgendwie involviert war.

Die CIA war wie ein Pilz. Wenn man ihn erst einmal hereinlässt, wächst er *überall*.

Er hatte geglaubt, dass es James Reilly war, der die Familie als erster in solche geheimen Angelegenheiten verwickelt hatte, aber jetzt, da *Global One* und *Clarion Call* in diese Angelegenheit hineingezogen worden waren, begann er, es sich anders zu überlegen.

Was, wenn ihre Verbindungen weiter zurückreichen?

Die Global One war auf ein Familienanwesen an der Küste von Maine gebracht, zerlegt und verschrottet worden. Die Einrichtungsgegenstände aus der Kapitänskabine wurden in das Haus gebracht und in einem Gästezimmer wieder aufgebaut. Eines der kleineren Boote wurde auf das Grundstück gebracht und als Teil eines Kinderspielplatzes eingerichtet. Der Name des Schiffes war aus der Seite herausgeschnitten worden und hing an einem

Ehrenplatz über dem Kamin.

Aber die *Clarion Call* war versenkt worden. Versenkt in tiefem Wasser - 215 oder mehr Meter, um genau zu sein.

Spurlos verschwunden.

Als ob sie Geheimnisse enthielt, die sein Großvater für immer hatte begraben wollen.

Kapitel Siebenunddreißig

Das Taxi hielt am Bordstein an und Sam stieg aus.

Als Tom sich entfernte, bemerkte Sam das zusätzliche Gewicht in seiner linken Vordertasche. Er hielt an, um das Wegwerfhandy des Terroristen zu überprüfen. Es gab keine neuen Nachrichten. Er steckte das Telefon zurück in seine linke Tasche und bemerkte, dass ein zweites Telefon vorhanden war.

Tom war ein Risiko eingegangen.

Sam hatte zugestimmt.

Höchstwahrscheinlich wurden Sams Position und Gespräche über das Wegwerfhandy des Terroristen aufgezeichnet. Der Terrorist könnte das Handy so eingestellt haben, dass es alles überträgt, was es empfängt, auch wenn es scheinbar „aus" ist.

Sam musste das Telefon loswerden oder es blockieren. Aber wie konnte er das tun, ohne dass der Terrorist wusste, dass er das getan hatte?

Er konnte nicht einmal einem Passanten das Telefon in die Hand drücken und ihm einen Zwanziger anbieten, damit er mit dem Telefon um den Block geht, während er ein paar Anrufe tätigt. Der Terrorist würde es hören.

Sam sah sich um. Er befand sich in einem von Reihenhäusern gesäumten Wohnblock. Einzelgaragen am Ende der Einfahrten und alte, gewachsene Bäume. Die Leute saßen auf den vorderen Treppen und sprachen mit leisen, besorgten Stimmen miteinander.

Eine Gruppe von Kindern, die den relativ geringen Verkehr genossen, spielte auf der Straße. Ein Mülleimer quoll über mit Papiertüten und Bechern. Auf den Spitzen der schmiedeeisernen Zäune standen Blumenkästen, in denen blaue und rosa Hortensien, rote Pfingstrosen und Gladiolen blühten. Der Wind frischte auf und warf ein paar Blätter auf die Bürgersteige.

Sam wartete, bis sich die beiden Kinder wegen eines Hundes stritten, dann ließ er das Handy mit dem Display nach unten in einen der Blumenkästen fallen. Das schwarze Plastik verschwand und war in der dunklen Erde fast völlig unsichtbar.

Er ging weiter.

„Sam!“, rief die Verteidigungsministerin aus. „Wo sind Sie?“

„Das spielt keine Rolle, Ma'am. Ich bin immer noch in der Gegend um D. C.“

Die Ministerin verschwendete eine halbe Minute damit, zu erklären, warum es ihrer Meinung nach wichtig war. Sam schnitt eine Grimasse. Wenn sie es wirklich wissen wollte, müsste sie den Anruf zurückverfolgen - bis dahin wollte er woanders sein.

„Ich habe mit Tom gesprochen“, sagte er.

„Dieser Idiot! Er bringt uns alle in Gefahr.“

„Ja, Ma'am.“ Sam vergaß zu erwähnen, dass Tom von dem Terroristen ertappt worden war. „Ich habe ihn zurückgeschickt, um genau zu sein. Wir haben den nächsten Hinweis erhalten, und er führt zu einem der alten Schiffe meiner Familie, der *Clarion Call.*„

Sam wusste, dass Tom selbst einen Anruf bei der Verteidigungsministerin tätigen würde. Er hatte gehofft, dass er als Erster einen Anruf tätigen könnte.

Es scheint sich gelohnt zu haben.

Die Sekretärin atmete scharf ein, sagte aber nichts.

„Ich habe ihn gebeten, mit der *Maria Helena* zu den Koordinaten zu fahren, an denen das Schiff versenkt wurde. Er muss es betauchen. Ich denke, es könnte weitere Hinweise auf das gesunkene Wrack geben.“

„Ich verstehe“, sagte die Sekretärin.

Sie war viel zu erfahren, um einfach so mit ihren Gedanken herauszuplatzen, aber sie konnte auch nicht verbergen, dass dieser Ort etwas Bedeutendes an sich hatte.

„Ma'am“, sagte Sam. „Ich habe bisher drei verschiedene 'Hinweise' auf dieser Schatzsuche gefunden. Lassen Sie mich Ihnen von ihnen erzählen. Ich habe weniger als zehn Minuten, bevor ich das Gespräch unterbrechen und das Telefon ausschalten muss.“

„Dann sagen Sie es mir, und zwar schnell.“

Er gab ihr einen Überblick über die Informationen, die er im Air and Space Museum, in der Library of Congress und *bei Old Tony's* erhalten hatte - das Bild von *Global One* und der vier Männer, die darauf zu sehen waren.

„Welche Schlussfolgerungen haben Sie aus diesen mysteriösen

Hinweisen gezogen?“, fragte die Ministerin, als er fertig war.

Ihre Stimme klang steif. Was er ihr gesagt hatte, hatte sie irgendwie beeinflusst.

Sie wusste mehr, als sie sagte.

„Dass das nicht nur etwas mit den Deutschen im Zweiten Weltkrieg zu tun hat, sondern auch mit den Russen, Ma'am. Es gibt noch etwas, das Sie wissen sollten.“

„Und weiter?“

„Meine Familie war daran beteiligt.“

„Es scheint so zu sein. Was noch?“

„Das kann ich nicht sagen.“

„Sie wissen es nicht, oder können Sie es nicht sagen?“

„Es gibt eine Frage, die ich *Ihnen* gerne stellen würde.“

Sie schnaubte, sagte aber nichts.

Sam fügte hinzu: „Sagen wir einfach, dass keiner von uns beiden genug von seinen Schlussfolgerungen überzeugt ist, um offen darüber zu sprechen. Auf diese Weise klingt es nicht so, als würden wir absichtlich Dinge voreinander verheimlichen.

Die Verteidigungsministerin war eine alte Freundin seiner Familie, aber das bedeutete nicht, dass Sam ihr besonders viel Vertrauen entgegensetzte.

Die Frau hat früher bei „Old Maid“ geschummelt und ihm später beigebracht, wie man Karten doppelt zählt, um seinen Vater beim Pokern zu betrügen.

Ihr war *definitiv* nicht zu trauen.

Kapitel Achtunddreißig

Der nächste Anruf ging an seinen Vater.

„Sam, bist du das?"

„Ja, ich bin's."

Sein Vater hielt inne und holte tief Luft. „Was ist hier los und wie viel wird mich das kosten?", fragte er.

Sams Vater war nicht herzlos, aber er hatte eine höllische Art, sich auszudrücken. Es war, als würde man als Fisch leben, während man einen Weißen Hai als Elternteil hat.

„Du hast die Nachrichten gesehen", sagte Sam. „Wie viel weißt du?"

„Ich weiß genug, um zu wissen, dass du nicht mit mir telefonieren solltest."

„Ich habe Tom losgeschickt, um nach dem *Clarion Call zu* tauchen", sagte Sam ihm.

Was an und für sich schon seltsam war. Wenn er keine Hilfe haben sollte und nicht über den Beltway hinausgehen sollte - wie in aller Welt sollte er dann einem Hinweis folgen? Der Terrorist muss gewusst haben, dass er zu diesem Zeitpunkt einen Weg finden würde, zu betrügen.

Er muss damit gerechnet haben.

Sam zog eine Grimasse.

„Die *Clarion Call"*, sagte Sams Vater. „Das ist eines unserer ältesten Schiffe. Gesunken an der Küste des Sandy Point State Park. Vor meiner Zeit. Es war eines der Schiffe meines Vaters."

Sam wartete.

„Ich habe mich immer gefragt, warum er es versenkt hat", räumte James ein. „Es soll in schlechtem Zustand gewesen sein, aber ich war ein paar Monate vor dem Untergang auf dem Schiff, und es schien nicht so schlecht in Schuss gewesen zu sein. Jedenfalls gab es nichts, was man nicht hätte reparieren können."

„Es war das Erste der 'besonderen' Schiffe, nicht wahr?"

James gluckste. „Das kann man wohl sagen."

„Es könnte also etwas darin versteckt gewesen sein?" fragte Sam.

„Das klingt genau nach dem, was mein Vater getan hätte. Er hätte den Job angenommen, um etwas zu verstecken, die Bezahlung für den Job angenommen und dann die Kosten für das gesunkene Schiff, für das er gerade bezahlt wurde, von seinen Steuern abgezogen. Er war ein harter Mann, der alte Reilly."

In diesem Fall treffen Topf und Kessel aufeinander. Wie der Vater, so der Sohn.

„Was könnte da drin sein?" beharrte Sam.

„Alles. Es geschah im Jahr 1996. Da hatte er schon Kontakte in der ganzen Welt."

„Etwas Illegales?"

„Wahrscheinlich."

„Wie illegal?"

Sein Vater hielt inne. Schließlich sagte er: „Er hat nie Frauen geschmuggelt, soweit ich weiß."

„Papa ..."

„Das ist eine lange Geschichte. Und du hast keine Zeit."

„Was ist mit der *Global One*?"

„Was soll damit sein?"

Sam erzählte von dem Bild und seiner Theorie, dass alles etwas mit den Russen zu tun hat.

Sein Vater gab ein nachdenkliches Brummen in seiner Kehle von sich. „Ich weiß nicht, was ich sagen soll, Sam. Ich weiß, dass die *Clarion Call* benutzt wurde, um etwas von Kanada nach Russland zu verschiffen, damals, als es noch die Union der Sozialistischen Sowjetrepubliken war."

„Wie hängt das zusammen?"

„Ich erinnere mich an die Zigarren, die sie rauchten. Sie standen zu dritt auf dem Deck und rauchten sie nach dem Abendessen, während der Vollmond über ihnen stand ..."

„Die drei?"

„Ich erinnere mich nicht an viel. Ich war noch jung. Mama war auf dem Wasser immer krank, auch auf den großen Schiffen. 'Der Junge muss wissen, wo er herkommt', sagte Papa und schleppte mich ohne sie über den Ozean, aber dann ließ er mich im Stich. Stan und ich wetteten auf Pferderennen und hörten die ganze Nacht lang die Ergebnisse im Radio."

James Reilly war keiner, der Geschichten aus der Vergangenheit erzählte, und er war keiner, der seine Gedanken schweifen ließ. Wenn er es tat, hatte er einen guten Grund dafür.

Sam wartete und hoffte, dass die Erinnerung an seinen Vater das hervorbringen würde, was in den Tiefen seines hochintelligenten Verstandes herumschwamm.

James sagte: „Nichts Gutes. Das ist alles, woran ich mich erinnere."

„Noch eine Frage. Hat Opa jemals Werner Heisenberg getroffen?"

„Den Wissenschaftler? Nein."

Sam klappte der Kiefer fest zu. Nun gut. Er hatte nicht unbedingt erwartet, mit dem ersten Versuch sofort auf Gold zu stoßen. „Schau mal, Dad. Willst du sehen, was du noch finden kannst?"

„Ich rufe Sie unter dieser Nummer zurück?"

„Ja."

Sein Vater grunzte und sagte: „Tu nichts, was unseren Aktienkursen schadet!"

Auf dem Rückweg um den Block nahm Sam das Telefon in die Hand und überprüfte es.

So weit, so gut. Keine wütenden Nachrichten, keine Explosionsgeräusche und keine Sprachnachrichten des Terroristen, die besagen, dass er sein Glück zu weit getrieben hat.

Das war gut.

Er hatte vor, es noch weiter zu treiben.

Kapitel Neununddreißig

Die Residenzen in Farragut, Washington D. C.

Der pensionierte Senator Charles Finney saß in seinem Rollstuhl auf seinem Balkon in den Residenzen in Farragut. Er war noch immer von den Anstrengungen des Vormittags erschöpft. Es war ein Pflegeheim, schlicht und einfach, auch wenn das Personal nicht zuließ, dass es von seinen Patienten so genannt wurde. Der Ort war so teuer, dass er sich eher wie eine permanente Vergnügungsreise anfühlte, aber auch so eingeschränkt, dass er an eine Hochsicherheits-Militärbasis erinnert wurde.

Er hätte Hummer zum Frühstück bestellen können, wenn er gewollt hätte - aber er hätte das Gebäude nicht alleine verlassen können, selbst wenn er noch hätte gehen können.

Von seinem Balkon aus überblickte er den Farragut Park und konnte von seinem Stockwerk aus die Rückseite des Weißen Hauses sehen. Er hatte die Wohnung allein wegen der Aussicht ausgewählt.

Charles Finney wollte sich daran erinnern, wer er war, ein Mann, der sein Leben im Schatten dieses großen Gebäudes verbracht hatte, ein Mann, der Opfer für sein Land gebracht hatte.

Wenn jemand herausfindet, was er getan hat, wäre nicht nur sein eigenes Image beschädigt. Es würde das gesamte Gefüge der Demokratie und das, worauf diese großartige Nation gegründet wurde, zerstören.

Er schüttelte den Kopf und fluchte.

Der Terrorist schien darauf aus zu sein, alles zu zerstören, was er aufgebaut hatte. Er hatte *„Die Koloratursoubrette"* ausgegraben, die Bombe, die Heisenberg scherzhaft als die „Die fette Lady der Oper" bezeichnet hatte, nachdem er gehört hatte, dass die amerikanischen Bomben „Fat Man" und „Little Boy" heißen sollten.

Dann hatte er Mike Reillys Enkel in die Sache hineingezogen und ihn von Hinweis zu Hinweis geführt. Zumindest hatte er das von seinen Quellen in der Hauptstadt gehört.

Das war ein schlechtes Zeichen.

Er musste Maßnahmen ergreifen. Der Tod der Kongressabgeordneten Bledes war bedauerlich, aber Finney betrachtete ihren Verlust als Kollateralschaden. Ihr Tod war ihm weitgehend gleichgültig. Was ihn wütend machte, war die Tatsache, dass der Schuss sein eigentliches Ziel nicht erreicht hatte.

Was würde noch fehlen, um den König in diesem Spiel zu schützen?

Er lächelte vor sich hin. Er hatte in seinem Leben so viele kleine Dingen geopfert. Es bestand kein Zweifel daran, dass er nicht zögern würde, sich jetzt zu opfern. Das Einzige, was ihm davon abhielt, war die Tatsache, dass er sowohl die Rolle einer Figur als auch die eines Spielers spielen musste.

Aber das war es wert.

Der König waren die Vereinigten Staaten.

Er würde dieses Spiel niemals dem Sohn eines aufstrebenden deutschen Immigranten überlassen ...

Finney wälzte sich zurück ins Haus und weg vom Balkon. In seiner Kehle summte er ein altes Doris-Day-Lied vor sich hin.

Es klopft an der Tür.

„Kommen Sie herein."

Eine hübsche, blassgesichtige junge Frau trat ein. „Hier ist jemand, der Sie sehen möchte, Mr. Finney."

„Das ist schon in Ordnung. Ich erwarte ihn."

Sie trat aus der Tür zurück, und wenige Augenblicke später kam George Smith herein. Er hatte einen Aluminium-Attaché-Koffer bei sich, der mit einer diskreten Manschette und einem schwarzen Band, das wie ein Fahrradschloss aussah, an seinem Handgelenk befestigt war.

„Sir", sagte er.

„Haben Sie es?"

„Ja, Sir. Wir haben den Paintball-Angriff auf die Senatoren als Ablenkung genutzt. Wie Sie schon vermutet haben, musste der Terrorist auf den Fluchtversuch reagieren, den wir auf Ihren Wunsch hin unternommen haben. Ich glaube, wir haben das Timing sehr gut gewählt."

„Ja", Finney nickte zufrieden. Er wusste, dass das Dokument in der Library of Congress aufbewahrt worden war. Mehrere seiner Leute waren dort untergebracht.

„Möchten Sie es sehen, Sir?“

Nachdenklich rieb er mit der Zunge über einen empfindlichen Zahn. Im Laufe der Jahre hatte er einige verloren, und er zögerte jedes Mal, wenn er einen ziehen lassen musste.

„Das wäre gut “, sagte er. „Bevor es in den geheimen Gewölben platziert wurde. Wir verwandeln uns in den Vatikan, mit unterirdischen Krypten voller Geschichte. Entscheidende Informationen, von denen besser niemand erfahren sollte, von denen wir uns aber nicht trennen können. Ein Haufen sentimentaler alter Narren, das sind wir, zu beschämt, um zuzugeben, dass wir ein Haufen kleiner Würstchen sind. Jeder Einzelne von uns schiebt die Verantwortung weg, macht das Ganze zum Problem eines anderen ...“

Smith stand da und hörte mit den Händen auf dem Rücken zu. Ein respektvoller Umgang mit einer politischen Schlüsselfigur, die einst wichtig war, jetzt aber nur noch ein alter Mann ist, der offensichtlich den Verstand verliert.

Er schüttelte den Kopf. „Hören Sie zu, was ich sage. Machen Sie schon, öffnen Sie ihn.“

Smith löste den Koffer von seinem Handgelenk, legte ihn auf den Nachttisch und schloss die beiden Verschlüsse mit einem Schlüssel auf. Er schnappte die Schlösser auf, hob den Deckel an und zog einen Manila-Umschlag heraus. In dem Umschlag befand sich ein fester Plastikordner.

In der Mappe befand sich das Dokument. Es befand sich noch in einer dünnen Schicht aus knackigem Zellophan.

Die Augen des alten Mannes füllten sich mit Tränen.

Seine Traurigkeit galt nicht dem Verfasser des Briefes - Werner Heisenberg - oder dem Adressaten - Präsident Gerald Ford -, sondern all den vergangenen Zeiten. Die Lasten, die er trug, die Lügen, die er erzählen musste, sogar die Tode, die er anordnen musste.

Alles, um D. C. vor einer Bombe zu schützen. Eine Bombe, die aus der Vergangenheit gerissen wurde, obwohl sie gut versteckt war, und dann der Öffentlichkeit zugänglich gemacht wurde.

Eine Million Menschen, bedroht durch ein Monstrum.

Das brachte sein Blut in Wallung.

Und wofür? Damit ein Kind die „Wahrheit“ enthüllen konnte. Die eine Wahrheit unter hundert anderen Wahrheiten, die niemand zu wissen brauchte - niemand brauchte zu wissen, dass die Deutschen sowohl den USA als auch den Sowjets voraus gewesen waren. Niemand brauchte zu wissen, dass der Zweite Weltkrieg beinahe verloren gewesen wäre. Hätten die Amerikaner überhaupt weitergekämpft, wenn Washington D. C. durch eine Atombombe zerstört worden wäre. Wer weiß, was passiert wäre, wenn jemand erfahren hätte, wie nahe der Regierungssitz der USA daran war, ein weiteres Nagasaki oder Hiroshima zu werden.

Vor allem aber würden nur wenige Menschen akzeptieren, was er mehr als sieben Jahrzehnte lang verschwiegen hatte: In der Geschichte der Menschheit hat kein Ereignis den Kurs der Menschheit mehr in Richtung ewigen Friedens gelenkt als die Entwicklung und anschließende Verbreitung der Atombombe.

Seiner Meinung nach hätte J. Robert Oppenheimer, der leitende Wissenschaftler des Manhattan-Projekts und spätere Architekt der ersten nachweislich erfolgreichen Atomwaffe, für seine Entwicklung den wichtigsten Friedensnobelpreis aller Zeiten erhalten sollen.

Diese Aktion und die abschreckende Drohung mit den Folgen, die das Leben auf der Erde beenden könnten, haben dazu geführt, dass die Welt die längste Periode des Friedens und der Stabilität seit dem Ende des Zweiten Weltkriegs erlebt hat. Seit dem Beginn der landwirtschaftlichen Revolution vor fast zehntausend Jahren hat die Menschheit noch nie so gut zusammengearbeitet wie heute.

Senator a.D. Finney schloss seine Augen.

Eine Gruppe von Wissenschaftlern hat der Menschheit diese Grausamkeit beschert. Und in krassem Gegensatz dazu hatte ihre Entwicklung lang anhaltenden Frieden hinterlassen.

Aber es war sein eigenes Handeln, das die Verbreitung der weltvernichtenden Waffe bewirkte. Das war es, was das ganze Unternehmen so erfolgreich gemacht hatte.

Hätte Amerika das Atomwaffenmonopol beibehalten, wären die Vorteile bei Weitem nicht so groß gewesen. In diesem Fall bezweifelte er, dass die Stadt Nagasaki der letzte Ort auf der Erde gewesen wäre, der durch eine solche Waffe zerstört worden wäre.

Der Gedanke daran ließ ihn buchstäblich erschaudern.

Was sie taten, war abscheulich und bestenfalls Verrat, aber er hatte es für das Wohl seines Landes getan. Er war alt. Es gab nichts, was die Verwaltung ihm antun konnte, was die Zeit nicht schon längst erreicht hatte.

Was nützt es, all das jetzt in die Öffentlichkeit zu zerren?

Die einzige Folge war, dass gute Männer jetzt erpresst worden und damit gezwungen waren, schreckliche Entscheidungen zu treffen.

Er schüttelte den Kopf und wischte die Nässe in seinen Augen mit dem Handrücken weg.

„Geben Sie mir meine Lesebrille“, sagte er.

Sie wurde ihm sanft in die Hand gedrückt.

Finney las das Schreiben, die Worte schwammen ihm vor den Augen.

Obwohl es eine Ewigkeit zu dauern schien, war er bald fertig mit dem Lesen. Sein Mund war trocken, als er schluckte. Smith reichte ihm ein Glas Wasser, als er das Dokument wegnahm.

„Sir?“

„Schließen Sie es wieder ab.“

Heisenberg war ein Mann von Rechtschaffenheit und Ehre gewesen. Das Problem mit Männern von Redlichkeit und Ehre war, dass sie nicht in der Lage waren, ihre verdammte Klappe zu halten. Der Brief hatte Präsident Gerald Ford dazu gebracht, Fragen zu stellen. Fragen sind wie Regenwürmer, die ihre beste Arbeit tun, wenn sie tief unter der Erde waren und ein Haufen Dreck Sie bedeckte. Fords Fragen hatten Wahrheiten ans Licht gebracht und ihn gezwungen, schwierige Entscheidungen zu treffen.

Das Heisenberg-Erbe wurde wieder verschlossen, das Band und die Manschette diskret um Smiths Handgelenk gelegt. Der Mann hatte mehrere Jahrzehnte lang für die CIA gearbeitet, wenn er sich richtig erinnerte.

„Sir?“

„All diese Aufregung wegen eines einzigen Stücks Papier?“

„Ja, Sir“, sagte Smith mit etwas Gefühl.

„Nun, ich wünsche Ihnen eine gute Reise, um das Ding schnell wieder zu seiner neuen Ruhestätte zu bringen.“

„Ja, Sir.“

Plötzlich streckte Smith seine Hand aus.

Verwirrt schüttelte der alte Mann sie. „Wofür ist das?“

„Ich möchte Ihnen nur sagen, dass einige von uns wissen, was Sie geopfert haben, Sir. Dafür werden Sie respektiert.“

Der alte Mann war gerührt. „Das weiß ich zu schätzen junger Mann.“

Dann wurde die Hand zurückgezogen und der CIA-Agent verschwand. Der alte Mann starrte jetzt wieder auf das Weiße Haus, das am Rande seines Balkons durch die Bäume lugte.

Wenn nur der alte Mike noch da gewesen wäre. Er hätte das alles mit einem Fingerschnippen erledigt. Niemand war härter gewesen als Mike ...

Der alte Mike hätte nicht gezögert, das zu tun, bei dem *er* so lange gezaudert hatte.

Finney nahm den Hörer ab und wählte.

„Sir?“, antwortete ein Mann.

„Da ist nichts zu machen, Painter“, sagte er zutiefst müde. „Es ist Zeit für Phase zwei.“

„Ja, Sir“, sagte Painter mit düsterer Stimme.

Warum sollte er sich auch nicht düster fühlen?

Unschuldige Menschen würden sterben.

Das war der Preis, den sie zahlen mussten, um die Welt sicher zu machen.

Gott weiß, dass ich den höchsten Preis dafür gezahlt habe, es geheim zu halten.

Kapitel Vierzig

Sam ging in schnellem Tempo die nun leere Straße entlang in Richtung der Gedenkstätte.

Die helle Sonne schien von oben und hämmerte auf Sams Schädel ein. Er beschattete seine Augen und drehte sich im Kreis. Alle hier waren ins Haus gegangen. Die Straßen waren seltsam menschenleer, vor allem, nachdem sie vorhin so voll gewesen waren. Auf beiden Seiten der Straße standen viele Autos, an manchen Stellen sogar in Doppelreihen.

Es lag eine Stille in der Luft. Keine Musik, keine spielenden Kinder, kein Verkehr.

Sams Kehle schnürte sich zu.

Sein Großvater war Pilot im Zweiten Weltkrieg gewesen. Eine von Sams Erinnerungen an den Mann war, dass er ihn über die Bombardierung Londons sprechen hören hatte. Er sagte, dass zuerst der Doppelton der Zivilschutzsirenen zu hören war. Diese wurden vom Royal Observer Corps ausgelöst, als sie Flugzeuge der Luftwaffe entdeckten, die auf Großbritannien zuflogen.

Dieses beängstigende Geräusch veranlasste die Zivilbevölkerung, alles zu unterbrechen und in die Luftschutzkeller zu eilen. Totale Verdunkelung, jeder ging in den Untergrund, wenn es möglich war - außer den tapferen Seelen, die auf den Dächern der Gebäude warteten, um den Angriff zu beobachten.

Irgendwann verstummten die Sirenen, und eine unheimliche Stille legte sich über die Stadt. Diese lautlose Stille trat immer dann ein, wenn die Bombardierung unmittelbar bevorstand.

Der albtraumhafte Kontrast war in Sams Kopf geblieben.

Diese Stille war es, wie es sich für Sam in diesem Moment anfühlte. Eine Million unschuldiger Menschen, die darauf warteten, zu erfahren, ob es ihr Tag war, an dem sie sterben mussten.

Wenn er nicht mitten auf der Straße stünde und dies miterleben würde, hätte er Chaos erwartet. Straßen voller panischer Randalierer, Menschen, die in Ihre Handys schrien, dass sie *sofort* von hier verschwinden müssten und sich dabei nur um sich selbst kümmerten. Hupen, Benzinknappheit, Stromausfall ...

Stattdessen gab es nur diese unheimliche Stille.

Er musste das in Ordnung bringen.

Er musste aufhören, dem Terroristen das Sagen zu überlassen.

Nach dem, was er bisher wusste, hatte er zwei Möglichkeiten das Ganze zu beenden: entweder er musste diesen spielsüchtigen Verrückten auffinden oder den Sprengsatz.

Er war kein Bombenexperte, aber eine in den 1940er-Jahren gebaute Bombe sollte nicht so ausgeklügelt sein - es sei denn, der Terrorist hatte sie modifiziert. Er sollte jedoch in der Lage sein, genug herauszufinden, um die Sendeanlage zu entschärfen, zumindest so lange, bis ein echtes Bombenteam eintraf.

Andererseits hatten die Verteidigungsministerin, die Stadtpolizei, die Nationalgarde und viele andere wahrscheinlich die Suche nach der Bombe schon im Griff. Am Ende könnte er ihre Bemühungen verdoppeln - und den Terroristen entkommen lassen.

Wäre er jedoch der Terrorist, wäre er nicht *hier* in D. C. Warum sollte er hierbleiben, um von einem nuklearen Feuerball verdampft zu werden? Es machte keinen Sinn.

Doch damit drehte er sich wieder im Kreis. Wenn er die Bombe nicht aufspüren sollte und dieser Verrückte irgendwo anders war, was sollte er dann tun? Den Hinweisen weiter nachgehen?

Sich weiterhin an der Nase herumführen lassen?

Der Terrorist wollte, dass er etwas über die Russen, das deutsche Atombombenprogramm und irgendetwas anderes herausfand - aber was?

Zunächst war er ins National Air and Space Museum geschickt worden, um geänderte Beweise dafür zu sehen, dass die Deutschen während des Zweiten Weltkriegs im Forschungsreaktor Haigerloch eine Bombe namens „Die Koloratursoubrette" hergestellt hatten und dass Heisenberg und der Russe Andrej Sacharow irgendwie daran beteiligt gewesen waren.

Als Nächstes wurde er in die Library of Congress geführt, um eine gefälschte Kopie des Nordatlantikvertrags einzusehen, in dem auch Russland enthalten war.

Schließlich wurde er in die Pizzeria geschickt, wo er ein altes Foto der *Global One* gesehen hatte, auf dem ein Gruppenfoto mit seinem Großvater, Heisenberg und Andrej Sacharow sowie einer dritten Person, die er nicht identifizieren konnte, eingefügt worden war.

Elise versuchte immer noch, den Namen der vierten Person auf dem Foto herauszufinden.

Er hatte keine Ahnung, was Tom im Wrack der *Clarion Call* finden würde, aber die Tatsache, dass es sich um eines der Schiffe seines Großvaters handelte, sagte einiges aus.

Beginnen Sie mit dem Offensichtlichsten:

Das alles hatte mit dem Zweiten Weltkrieg zu tun.

Eine weitere offensichtliche Sache:

Die Familie Reilly war eindeutig in diese Sache verwickelt. Sam hatte das Gefühl, dass er für die Sünden seines Vaters, oder vielmehr seines Großvaters, verantwortlich gemacht wurde. Aber sein Eindruck von dem alten Mann war, dass er eigentlich harmlos war.

Er rieb sich mit beiden Händen über das Gesicht und versuchte, klar zu denken. Sam wusste, dass er seine Erinnerungen an einen netten alten Großvater mit dem echten Mann verwechselte. Natürlich hatte der alte Mike Reilly seinen Enkel mit liebevollem Interesse und Fürsorge behandelt. Aber er war auch ein Mann, der ein weltweites Schifffahrtsunternehmen gegründet hatte, das Milliarden von Dollar wert war. „Rücksichtslos" sollte wahrscheinlich irgendwo in Sams Beschreibung von ihm stehen.

Ein wichtiger Punkt aber war die Geschichte. Selbst wenn es bei der Geiselnahme in Washington D. C. um den Zweiten Weltkrieg ging, war dies eine Zeit, die weit vor der Gründung der Reederei gelegen hatte.

Könnte dieser Angriff mit etwas zu tun haben, das sein Großvater während des Zweiten Weltkriegs getan hatte?

Wenn er jemals die Gelegenheit dazu hätte, müsste er Elise bitten, zu recherchieren, mit wem Mike Reilly zu tun hatte und was er während des Zweiten Weltkriegs getan hatte. Mit etwas Glück hatte Tom sie vielleicht schon gebeten, sich darum zu kümmern.

Verdammt noch mal. Das Geheimnis nagte an ihm. Was war dem Terroristen so wichtig, dass er bereit war, eine Million

Menschen in Gefahr zu bringen? Was könnte sein Großvater getan haben, das dies in den Augen eines Terroristen rechtfertigen könnte?

Selbst wenn Mike einen Bombenangriff geflogen hätte, bei dem die Heimatstadt des Terroristen ausgelöscht worden wäre, hätte er niemals die Zahl von einer *Million* Menschen erreichen können. Bei der Bombardierung von Dresden wurden schätzungsweise 25.000 Menschen getötet. Bei der Bombardierung von Berlin vielleicht 50.000. Außerdem war sein Großvater nicht der Einzige, der an den Bombenangriffen auf Deutschland im Zweiten Weltkrieg beteiligt war.

Sein Großvater war nicht für Hunderte von Bombenangriffen verantwortlich.

Sam schüttelte den Kopf. Das ergab keinen Sinn. Jemand, der nur die Wahrheit über ein altes Unrecht herausfinden wollte, bedrohte keine Unschuldigen. Führte eine Person, die auf Rache aus war, die Leute auf eine aufwendige Schatzsuche?

Sollte dieser Mann jemals gefunden werden, wäre er zweifellos ein Fall für die Psychologiebücher.

Sam blies die Luft aus seinen aufgeblähten Wangen. Was auch immer es war, er verschwendete seine Zeit. Bis ihm etwas einfiel, war es das Beste, einfach weiter auf Zeit zu spielen. Wenn er dem Terroristen beschäftigte könnte er für sein Bombenteam Zeit gewinnen, die Stadt mit Geigerzählern zu durchkämmen. Außerdem gewann er Zeit für Tom, das zu finden, was sich in der *Clarion Call* befand.

Sam ging die Treppe der Gedenkstätte hinauf.

Kapitel Einundvierzig

World War II Memorial in Washington D. C.

Sam lief die Zeit davon.

Das Denkmal war ein Becken oder vielmehr ein großer Springbrunnen mit vielen kleineren Wasserdüsen, die das Becken in der Mitte umgaben, und zwei größeren Wasserdüsen an beiden Enden. Das war etwas, das noch nicht lange genug existierte, um gebaut worden zu sein, als Wilhelm Gutwein zum ersten Mal mit seinem Flugzeug abgestürzt war.

Die Gedenkstätte war erst 2004 eingeweiht worden.

Sechsundfünfzig Marmorsäulen und zwei Triumphbögen umgaben das Becken auf beiden Seiten. Eine mit goldenen Sternen bedeckte Wand - jeder Stern stand für hundert amerikanische Gefallene - verlief an der Rückseite.

Sam war schon einmal hier gewesen, gleich nach der Eröffnung. Damals war er dreiundzwanzig gewesen, und der Laden war voll gewesen.

Jetzt war er fast verlassen.

Wonach suche ich?

Er wusste bereits, dass sein Großvater hier nicht erwähnt wurde und auch nicht Wilhelm Gutwein bzw. William Goodson. Es gab einfach zu viele Tote, um einzelnen Namen ein Denkmal zu setzen.

Er war hier. Was nun?

Er überprüfte erneut das Telefon. Er hatte das Zeitlimit überschritten.

Er drehte sich in einem langsamen Kreis und wartete auf Schüsse. Explosionen.

„Game over, man, game over", er erinnerte sich an die Worte, die der Terrorist zu ihm gesagt hatte.

Aber da war nichts.

Vielleicht war etwas Unvorhergesehenes passiert - etwas, das der Terrorist nicht geplant hatte.

Nicht die Erschießung der Kongressabgeordneten Bledes.

Etwas anderes.

Sam wusste nicht, was er sonst tun sollte. Er befand sich mitten im Denkmal in D. C. und hätte hier eigentlich den nächsten Hinweis auf dieser verrückten Schatzsuche finden müssen, aber das hatte er nicht.

Ihm war die Zeit ausgegangen.

Jeden Moment würde sein Telefon klingeln, und der Terrorist würde ihn verhöhnen, da er den nächsten Hinweis nicht gefunden hatte. Könnte er sich sogar dazu herablassen, einen weiteren Unschuldigen zu erschießen?

Auch das ergab keinen Sinn. Paintball und eine Kugel? Wenn er an den Tod der Senatorin dachte, fragte er sich, ob es vielleicht noch einen anderen Spieler in diesem Spiel gab. Eine versteckte Figur auf dem Spielbrett, von der niemand wusste, dass sie mitspielte.

Sams Füße begannen, ihn um das Becken in der Mitte der Gedenkstätte zu führen. Die Springbrunnen erzeugten ein weißes Rauschen, das die Geräusche der wenigen anderen Menschen in der Umgebung dämpfte und ihre Stimmen in gedämpftes Flüstern verwandelte.

Je mehr Zeit er zum Nachdenken hatte, desto mehr glaubte er, dass der Terrorist nicht für den Tod der Kongressabgeordneten Bledes verantwortlich war. Erstens: Der Tod trat vor Ablauf der Zeit ein. Es dauerte seine Zeit, bis sich Nachrichten verbreiteten, selbst bei so etwas. Zweitens: Er hatte immer noch keine Nachricht von dem Terroristen erhalten.

Fazit: Ihr Tod hatte nichts mit ihm zu tun.

Sam zückte sein Handy.

Er konnte nicht mehr nach den Regeln spielen. Er hatte sich an die Regeln gehalten - dennoch war die Kongressabgeordnete Bledes gestorben.

Der Terrorist war nicht in der Lage, die Situation zu kontrollieren.

Er schaltete sein Handy ein, rief das Foto von *Global One auf* und studierte das eine Gesicht, das er nicht erkannte.

Er dachte daran, einige Anrufe zu tätigen. Möglich wäre zum einen sein Vater und zum anderen die Verteidigungsministerin.

Aber da war etwas, das er übersah. Was war es?

Ein alter Mann im Rollstuhl wurde von einer Frau mittleren Alters durch die Gedenkstätte geschoben. Sie kümmerte sich um ihn und sagte, sie sollten einfach zurück ins Pflegeheim gehen. Er schnaubte und sagte, dass dies sein Nachmittag sei, und er würde verdammt sein, wenn er sich von einem subversiven Selbstmordattentäter verscheuchen ließe. Außerdem, wenn er schon vom Erdboden verschwinden wollte, dann wollte er sich vorher noch von ein paar alten Freunden verabschieden.

Sam konnte sich ein Grinsen nicht verkneifen.

Die beiden bogen abrupt vom Hauptweg in Richtung eines Wartungsbereichs ab und blieben dann stehen. Der alte Mann murmelte etwas, und die Frau kicherte, eine Reaktion, die ihm nicht gefiel. Der Mann murmelte noch etwas, die Frau sagte etwas Versöhnliches. Sie fuhren in Richtung Norden, und die Frau beschwerte sich darüber, dass sie ihn den ganzen Weg über den Farragut Park schieben musste.

„Hör auf zu jammern“, sagte der alte Mann. „Wenigstens hast du deine verdammten Beine.“

In wenigen Augenblicken waren sie verschwunden.

Sam blieb an der gleichen Stelle, wie sie stehen und versuchte herauszufinden, was - abgesehen vom Offensichtlichen - seine Aufmerksamkeit erregt hatte. Nach einem Moment entdeckte er es. Ein cartoonhaftes Bild eines Mannes, der mit baumelnden Fingern und Nase über einer Mauer hing, war in den Beton der Mauer eingegossen worden.

Jemand war hier gewesen. Der Terrorist?

Auf dem Boden unter ihm lag ein Stück zusammengeknüllter Müll. Um ihn herum wirbelten einige lose Blätter in der starken Brise.

Doch das Papier hat sich nicht bewegt.

Sam sprang über einen kurzen Zaun, ging die Rampe zum Bild hinunter und hob das Stück Müll auf. Es war mit Klebeband auf den Boden geklebt worden.

Er öffnete ihn. Eine andere Adresse, dieselbe Handschrift wie zuvor.

122 K Street, NW. Washington D. C.

Er gab die Adresse in das GPS des Telefons ein. Sie lag keine 15 Kilometer vom ursprünglichen Absturzort der *Koloratursoubrette* in Maryland entfernt. Er begann, den Namen des Eigentümers in den öffentlichen Aufzeichnungen nachzuschlagen.

Das andere Telefon, das Wegwerfhandy, begann zu klingeln.

„Sie schummeln immer noch, Sam Reilly", sagte der Terrorist.

Sams Augen verengten sich. Auch wenn die Stimme immer noch verkleidet war, so war sie doch auf subtile Weise anders. Er wartete darauf, den Rest der Tirade des Terroristen zu hören.

„Ich weiß, dass Sie Tom Bower an Ihrer Stelle zur *Clarion Call* geschickt haben -"

„Es ist falsch es zu tun und genauso falsch es nicht zu tun. Egal was man macht, man macht das Falsche", sagte Sam. „Du *wolltest, dass* ich Tom zu diesem Schiff schicke. Du hast mich praktisch herausgefordert."

Die Leitung war einen Moment lang tot - brach dabei aber zum Glück nicht ganz ab. Es wurde still. Still genug, um Sam buchstäblich ins Schwitzen zu bringen. Hatte er wieder einen schweren Fehler gemacht?

Dann sagte der Terrorist: „Du hast trotzdem gegen die Regeln verstoßen, Sam. Du wirst bestraft werden."

„Gut. Was auch immer Sie vorhaben, Sie hätten es sowieso getan. Sprengen Sie so viele Unschuldige in die Luft, wie Sie wollen. Sie haben hier die Kontrolle. Alles, was hier passiert, vom Tod der Kongressabgeordneten Bledes bis hin zu jedem anderen Unschuldigen, der stirbt, geht auf Ihr Konto."

Ein weiterer langer Moment des Schweigens.

Sam hörte Hintergrundgeräusche in der Leitung und fügte schnell hinzu: „Und Sie haben noch nicht einmal erwähnt, dass ich mein Zeitlimit überschritten habe, ohne den nächsten Hinweis zu finden. Was werden Sie dagegen tun? Oder war diese Sackgasse auch von Anfang an geplant?"

Er ging ein weiteres schreckliches Risiko ein. Aber egal, wofür er sich entschied, es war alles ein schreckliches Risiko.

Die Adresse lag außerhalb der Umgehungsstraße. Wenn er tat,

was der Terrorist wollte, hatte der Terrorist einen Vorwand, den Ort in die Luft zu jagen.

Doch wenn er nicht tat, was der Terrorist wollte ...

Wer hätte das gedacht?

„Aber ...", sagte der Terrorist.

Dann wurde die Leitung erneut still.

Sobald die Hintergrundgeräusche wieder zu hören waren, rief Sam: „Was ist mit der Kongressabgeordneten Bledes? Sie wurde erschossen, noch bevor ich hier ankam! Was ist jetzt mit Ihren verdammten Regeln?"

Er drückte die Daumen, dass der Terrorist, der außerhalb des Gebiets von D. C. operierte, die Nachricht noch nicht gehört hatte ...

„Moment, was?", sagte der Terrorist. „Was?"

Dann wurde die Leitung wieder still, aber diesmal war sie plötzlich ganz tot.

Es ging nicht nur darum, dass ein Terrorist versucht, die amerikanische Regierung zu zerstören, die amerikanischen Bürger in Angst und Schrecken zu versetzen, den Aktienmarkt zum Absturz zu bringen und ihn an der Nase herumzuführen.

Sam hatte richtig vermutet. Auch hier war jemand anderes am Werk.

Sams Handy begann erneut zu klingeln.

Er nahm nach dem zweiten Klingeln ab. „Elise. Haben Sie auf dem Foto etwas gefunden?"

„Ja, es gehörte einem Senator im Ruhestand aus Virginia."

„Wie ist der Name?"

„Senator Charles Finney".

Sam ließ den Namen einen Moment lang auf sich wirken. Er kam ihm bekannt vor, aber er konnte ihn nirgendwo einordnen. „Ist er noch in der Politik?"

„Nein. Er hat einen vorbildlichen Lebenslauf, ist aber vor einigen Jahren in den Ruhestand getreten, nachdem ein Unfall ihn an den Rollstuhl gefesselt hatte. Seitdem hat er sich weitgehend aus der Politik und dem öffentlichen Leben zurückgezogen."

Ein Rollstuhl?

Sam schüttelte den Kopf. Es konnte unmöglich derselbe Mann

sein, oder doch? Der Terrorist war nicht allgegenwärtig. Wenn es Finney war, kommt er vielleicht jeden Tag um diese Zeit hierher.

„Möchtest du die Adresse des luxuriösen Altersheims wissen, in dem er wohnt?“

„Lass mich raten: 122 K Street, NW. Washington, D. C.“

„Ja, woher weißt du das?“

„Gut geraten. Also gut. Das ist ganz in der Nähe von hier.“

„Was dann?“, fragte sie.

„Dann werde ich mich Tom anschließen und die *Clarion Call* betauchen.“

Kapitel Zweiundvierzig

Sam klopfte an die Eingangstür der Residenzen in Farragut.

Eine Empfangsdame begrüßte ihn und ließ ihn eintreten. Sie war eine attraktive Dame Anfang vierzig. Ihre Kombination aus hohen Absätzen und einem schlanken Kleid, das ihre Figur betonte, ließ ihn eher an eine Concierge in einem schicken Hotel denken als an eine Angestellte eines Pflegeheims.

Er erklärte, zu wem er wollte, und erhielt die Zimmernummer.

„Ich werde fragen, ob er Besuch empfängt“, sagte sie und griff zum Telefon.

Sam nickte. „Okay.“

Sie sprach leise in ihr Telefon, legte auf und sagte dann zu Sam: „Er wird Sie jetzt empfangen.“

„Danke.“

Sie lächelte. „Wissen Sie, wohin Sie gehen müssen?“

„Keine Ahnung.“

„Nehmen Sie den Aufzug nach oben. Es ist das einzige Zimmer auf dieser Etage.“

„Danke.“

Die Empfangsdame führte ihn bis zum gläsernen Aufzug, zog ihre elektronische Schlüsselkarte durch und drückte dann die oberste Nummer. Der Aufzug fuhr durch das riesige Atrium bis in die Penthouse-Etage.

Sam stieg aus, klopfte an eine massive Mahagonitür und wartete. Sie hatte weder eine Nummer noch einen Namen. Vermutlich wusste jeder, der Zugang zum Penthouse hatte, ohnehin genau, wer hier wohnte.

Die automatische Tür öffnete sich nach innen.

Ein älterer Mann in einem Rollstuhl kam ihm entgegen. „Kann ich Ihnen helfen?“

Sam hob eine Augenbraue. „Senator Finney?“

„Im Ruhestand“, antwortete der Mann. „Und Sie sind?“

„Sam Reilly. Ich arbeite am Terroranschlag.“

Finney ließ seinen Blick über Sams zerzaustes Äußeres gleiten. „CIA oder FBI?“

„Weder noch."

Der alte Mann lächelte. „Was machen Sie dann hier?"

„Das ist eine lange Geschichte", sagte Sam. „Ich verfolge eine Spur. Wenn Sie wollen, können Sie sich an die Verteidigungsministerin wenden - sie weiß alles darüber. Mir wurde gesagt, dass Sie mit vielen Leuten aus dem Kongress und dem Pentagon in Kontakt stehen und mit ihnen vertraut sind?"

Finney nickte.

Sam fuhr fort. „Sie wird für mich bürgen."

„Ist schon gut, kommen Sie rein." Finney wendete seinen Rollstuhl und fuhr zurück in den Hauptwohnbereich. „Ich habe nicht viele Staatsgeheimnisse zu schützen und ich habe verdammt viel Zeit."

Der pensionierte Senator Finney blieb vor einem großen Wohnzimmer stehen. Es war vom Boden bis zur Decke verglast und bot einen Balkon mit Blick auf die Hauptstadt, der bis zum Weißen Haus führte.

„Setzen Sie sich", sagte Finney und wies auf eine dreisitzige Ledercouch. „Möchten Sie etwas trinken?"

Sam ließ sich auf die bequeme Couch fallen. „Nein danke, Sir."

„In Ordnung, worum geht es?"

Sam reichte ihm das Foto, das er in *Old Tony's* Pizzeria gefunden hatte. „Erkennen Sie dieses Foto?"

Finney nahm Sam das Foto ab und starrte es an. „Das ist ein altes Foto von jetzt sehr alten Männern."

„Ja, das stimmt wohl. Erkennen Sie einen von ihnen?"

„Das kann ich nicht behaupten."

„Wirklich?" beharrte Sam. „Mir wurde gesagt, dass diese Person Sie sind, dort, der Dritte von rechts." Er zeigte hilfsbereit darauf. „Sieht Ihnen sehr ähnlich, nicht wahr? Ich hatte gehofft, Sie könnten mir sagen, wer die anderen drei Männer waren und was Sie alle zusammen gemacht haben?"

Er nahm seine Brille heraus und betrachtete das Foto nachdenklich. „Ja, das stimmt."

„Jetzt, wo Sie Ihre Brille haben, Sir, könnten Sie sich die anderen drei Herren ansehen und sehen, ob ihre Gesichter Ihrem

Gedächtnis auf die Sprünge helfen?“

Finney musterte langsam jedes Gesicht und runzelte die Stirn. „Ich fürchte, ich weiß es nicht.“

„Nichts?“ fragte Sam. „Aber Sie waren da.“

„Das sagen Sie mir immer wieder, aber ich kann mich beim besten Willen nicht daran erinnern. Wissen Sie, ich war eine sehr öffentliche Person. Es wurden Tausende von Fotos von mir gemacht. Woher soll ich das wissen?“

„Erinnern Sie sich, ob Sie jemals ein Foto vor dem Schiff gemacht haben, *Global One?*“

„Der Name kommt mir nicht bekannt vor, aber vielleicht habe ich das.“

„Sind Sie auf vielen großen Schiffen gereist?“

„Leider ja. Ich war in den späten 1940er-Jahren Diplomat. Ich verbrachte viel Zeit in meiner Kabine und litt an Seekrankheit. Eine schreckliche Krankheit. Waren Sie jemals seekrank?“

„Nein“, sagte Sam kurz. „Würden Sie bitte noch einmal nachsehen?“

Finney ließ seinen Blick über Sams besorgtes Gesicht gleiten und studierte dann noch einmal pflichtbewusst das Foto. Diesmal stieß er einen leisen, hörbaren Atemzug aus. „Nun. Sie haben recht, das Foto sieht mir tatsächlich sehr ähnlich. Aber ich war es nicht.“

Sam fühlte sein Herz rasen. „Nein. Wer war es?“

„Das ist mein Bruder.“

„Ihr Bruder?“ fragte Sam. „Ich wusste gar nicht, dass Sie einen Bruder haben. Wissen Sie, wo ich ihn jetzt finden könnte? Er könnte von entscheidender Bedeutung sein, um diesen Fall zu lösen und diese terroristische Bedrohung zu neutralisieren.“

Finney schüttelte den Kopf. „Ich fürchte, er ist in den späten Neunzigern verschwunden und wurde seitdem nicht mehr gesehen.“

Sam sagte: „Es tut mir leid. Haben Sie beide sich gestritten oder so?“

„Nein. Sie missverstehen mich, Mr. Reilly. 1996 fuhr mein Bruder mit einem örtlichen Fischerboot vor der Küste des Sandy Point State Park hinaus und kam nicht mehr zurück. Man fand sein gekentertes Fischerboot, aber die Überreste meines Bruders wurden nie gefunden."

„Nochmals, es tut mir leid."

„Ja. Mir auch. Mein Bruder war ein guter Mann. Aber so ist das Leben, nicht wahr? Keiner lebt ewig. Er starb bei dem, was er liebte."

„Ich nehme an, das ist schon etwas." Sam stand auf. „In Ordnung, ich sollte gehen. Es tut mir leid, dass ich Ihre Zeit in Anspruch genommen habe."

„Kein Problem. Es tut mir leid, dass ich Ihnen nicht weiterhelfen konnte."

Sam warf einen Blick auf den Balkon und bewunderte einmal mehr die unglaubliche Aussicht vom Kapitol bis zum Weißen Haus. Sein Lächeln war echt. „Wissen Sie, das ist schon ein toller Ausblick."

„Ja, ich habe das Haus gekauft, damit ich jeden Tag aufwachen und auf diese Aussicht blicken kann. Er erinnert mich daran, warum gute Menschen - wie Sie und ich - so hart für die Verbesserung unseres Landes arbeiten."

Sam verstand seinen Patriotismus. „Haben Sie den Terroranschlag verfolgt?"

Finney nickte. „Deshalb zahlen wir den Preis."

„Welchen Preis?"

„Jeden Preis, der notwendig ist, um dafür zu sorgen, dass Amerika sicher bleibt."

„Die Abgeordnete Bledes hat diesen Preis bezahlt."

Finney zog eine Augenbraue hoch. „Die Abgeordnete Bledes ist tot?"

„Ja. Sie wurde heute Morgen bei einem Fluchtversuch aus der Hauptstadt erschossen."

Finney wurde blass. Seine Hände verdrehten den Teppich, der seine Beine bedeckte, und er sah verwirrt aus. „Es tut mir leid. Das war mir nicht bewusst. Die Kongressabgeordnete Bledes war eine bemerkenswerte Frau. Sie allein hat mehr für dieses Land getan als die meisten anderen." Er hielt inne, seine grauen Augen trafen Sams. „Was ist mit ihren beiden Begleitern?"

„Wer?“

„Ich dachte, sie wäre heute bei den Abgeordneten Grzonkowski und Carmichael.“

Sam verzog die Lippen zu einem Lächeln. Für einen Senator im Ruhestand schien er gut über den Tagesablauf von Kongressmitgliedern informiert zu sein. „Es tut mir leid. Ich habe keine Ahnung. Ich war nicht darüber informiert, mit wem sie zusammen war. Aber soweit ich weiß, war die Kongressabgeordnete Bledes das einzige Todesopfer, das wir bisher bei diesem ganzen Terroranschlag zu beklagen hatten.“

Der pensionierte Senator Finney schwang seinen Rollstuhl in Richtung Tür. „Sie sollten besser wieder an die Arbeit gehen, Mr. Reilly. Jemand muss ihren Tod rächen, und das können Sie nicht tun, solange Sie hier drin sind.“

„Ich werde mein Bestes geben“, versicherte Sam ihm und ging zur Tür hinaus.

Kapitel Dreiundvierzig

Sam Reilly ging die K Street entlang in Richtung Franklin Square.

Auf dem Boulevard war es still. Söldner oder Terroristen - wie auch immer man sie nennen wollte - säumten die Südseite und ignorierten ihn größtenteils, während US-Marines und Panzer das gegenüberliegende Ende säumten. Es sah aus wie in einem städtischen Kriegsgebiet im Nahen Osten, nicht wie in der Hauptstadt der USA.

Am anderen Ende der Straße war ein Heißluftballon an einem Seil über einem Gebäude befestigt, auf dem eine große Werbung für eine örtliche Anwaltskanzlei angebracht war.

Sam starrte auf das Bild.

Sein Herz pochte in seiner Brust, als er dieses schreckliche Gefühl eines Déjà-vu verspürte. Er wusste genau, wo er diese identische Szene schon einmal gesehen hatte. Es war unmöglich und doch fast sicher. Was noch unerwarteter war, war die Tatsache, dass er mit derselben Gewissheit wusste, dass er nicht nach diesem Wissen handeln oder die Verteidigungsministerin informieren würde.

Jedenfalls noch nicht.

Sam musste seine Rolle in diesem bösen Spiel noch zu Ende spielen, bevor es vorbei war und er alles verlor. Er musste wissen, was in dem versenkten Wrack der *Clarion Call* verborgen war.

Dann ging er weiter nach Osten.

Sam entsperrte sein Handy und wählte die Nummer von Elise.

Sie meldete sich nach dem ersten Klingeln. „Wie ist dein Treffen mit dem pensionierten Senator Charles Finney verlaufen?"

Sam lächelte und ging weiter. „Wir haben uns geirrt. Es war der Bruder von Senator Finney, Joseph, der auf dem Foto zu sehen war."

„Sein Bruder?" Elise sagte: „Ich habe in den letzten zwei Jahrzehnten keinen Eintrag eines zweiten Finney mit den gleichen Gesichtszügen in der Zulassungsstelle gefunden."

„Das wundert mich nicht. Er verschwand, wahrscheinlich tot,

1996."

„Im selben Jahr wurde die *Clarion Call* versenkt."

Sam fluchte. „Ja natürlich. Warum ist mir das nicht eingefallen? Das kann nicht nur ein Zufall sein. Alles deutet darauf hin, dass dieses Schiff versenkt wurde - die *Clarion Call.*"

„Was willst du tun?" fragte Elise.

„Hat Tom das Wrack schon gefunden?"

„Nein, aber die *Maria Helena ist* noch nicht auf der Position der GPS-Koordinaten, die dein Vater ihm gegeben hat. Illegal oder nicht, dein Großvater hat das Ereignis aufgezeichnet."

„Wirklich?" fragte Sam. „Das kommt mir seltsam vor, wenn man versucht, Geheimnisse zu verbergen."

„Das Schiff liegt in 220 Metern Wassertiefe. Ich nehme an, er war ziemlich sicher, dass die Geheimnisse begraben bleiben würden", antwortete Elise. „Außerdem war das Versenken anscheinend nur eine große Show."

„Eine große Show?"

„Ja. Jemand vom 832. Ordnance Battalion US Marine Corps aus Fort Lee lieferte die für die Versenkung des Schiffes erforderliche Munition."

„Ist das dein Ernst?"

„Es wird besser."

Sam sagte: „Mach weiter."

„Was glaubst du, wer war der befehlshabende Offizier während der Sprengungen?"

„Keine Ahnung. Wer?"

„Major Roger Goodson. Der Vater von Alex!"

„Du verarschst mich doch! Aber Alex sagte, er und sein Vater hätten sich nie richtig verstanden. Er sagte, er habe nie erfahren, warum. Sein Vater war ein Mann des Militärs - durch und durch Offizier bei den Marines -, während sein Großvater gegen das Militär war und sein ganzes Leben lang Pazifist gewesen war. „

„Das könnte erklären, warum Alex' Großvater und sein Vater sich nie verstanden haben. Vielleicht kennen sie beide die Wahrheit - was auch immer das ist. Aber eines ist sicher. Es gibt eine Verbindung zwischen den Goodsons und den Reillys."

„Danke, Elise. Du bist die Beste."

„Ich weiß", gab sie fröhlich zu.

Sam grinste. Kulturelle Normen mögen es vorziehen, dass Frauen bescheiden sind, aber Elise kannte ihren Wert, und sich zu verstellen war nicht ihre Sache.

„Und was soll ich jetzt tun?", fragte sie im nächsten Atemzug.

„Sag Genevieve, dass ich eine Mitfahrgelegenheit brauche. Sie kann mich am Shaw Recreational Center abholen, Ecke 11th Street und Rhode Island Ave, NW." Sam grinste. „Ich schließe mich Tom bei seinem Tauchgang an. Das Geheimnis das die *Clarion Call in sich trägt* möchte ich ihr persönlich entlocken."

Kapitel Vierundvierzig

Sam nahm die 11th Street NW um die vom Terroristen abgesteckte heißen Zone in der Hauptstadt zu verlassen.

Er hielt inne, um sein Telefon nach der Nummer von Alex Goodson zu durchsuchen, fand sie und drückte die Anruftaste. Nach mehreren Klingelzeichen ertönte das Telefon. Sam beendete das Gespräch und drückte dann die Wahlwiederholung.

Alex nahm dieses Mal beim zweiten Klingeln ab. „Yo! Mr. Reilly. Haben Sie gefunden, wonach Sie gesucht haben?"

„Sie meinen, ob ich die Atombombe gefunden habe, die in Washington D. C. versteckt ist?"

„Ja, genau."

„Nein. Aber ich habe etwas anderes gefunden, von dem ich hoffe, dass Sie es für mich aufklären können."

„Schießen Sie los."

„Es gibt ein altes Frachtschiff, das vor der Küste des Sandy Point State Park gesunken ist, die *Clarion Call*".

„Ja?"

„Haben Sie schon davon gehört?"

„Nein. Sollte ich das?"

„Ich weiß es nicht. Es hatte einige erhebliche mechanische Probleme und wurde 1996 von Ihrem Vater etwa sieben Kilometer vor der Küste versenkt."

„Das würde Sinn machen."

„Wirklich? Warum?"

„Mein Vater war Major beim 832. Ordnance Battalion des US Marine Corps in Fort Lee. Wenn das Schiff vor der Küste des Sandy Point State Park versenkt wurde, dann ist es wahrscheinlich, dass er für die Versenkung verantwortlich war.

„Wissen Sie, in welchem Jahr Ihr Großvater und Ihr Vater aufgehört haben, miteinander zu sprechen?"

„Wie soll ich mich daran erinnern? Ich war 1996 noch ein Kind."

Sam grinste. Alex hatte seine Fragen beantwortet, ohne tatsächlich auf seine Fragen zu antworten. „Ich habe den Bericht des FBI über Sie gelesen. Offenbar haben Sie ein eidetisches Gedächtnis. Sie standen Ihrem Großvater sehr nahe, aber bei Weitem nicht so nahe wie Ihrem richtigen Vater. Ich wette hundert Dollar, dass ein intelligentes Kind, wie Sie es waren, sich daran erinnern würde, wann der Vater und der Großvater sich zerstritten haben und es daran gehindert wurde, den Großvater zu sehen."

„22. Mai 1996." Alex seufzte schwer. „Ich habe nie herausgefunden, was sie auseinandergerissen hat. Wann wurde die *Clarion Call* versenkt?"

„21. Mai 1996".

„Mr. Reilly!"

„Ja?"

„Was werden Sie jetzt tun?"

„Ich werde die *Clarion Call* betauchen und sehen, ob ich die Verbindung finden kann. Dann werde ich Ihnen einen weiteren Besuch abstatten."

„Gut, machen Sie das." sagte Alex. „Denken Sie daran, dass etwa eine Million Menschenleben auf Sie zählen."

„Verdammt Alex!" schnauzte Sam. „Ich bin der Einzige hier, der versucht, Ihnen zu helfen. Vielleicht sollten Sie darüber mal nachdenken."

Kapitel Fünfundvierzig

Manhattan, New York

Alex legte den Hörer auf und ging auf seinen Balkon hinaus. Die Stadt breitete sich vor ihm aus, wie war so geschäftig wie ein Ameisenhaufen am frühen Nachmittag. Er war hungrig. Ironischerweise hatte er vergessen zu essen. Er warf einen Blick zurück auf das Gebäude. Es würde noch einige Zeit dauern, bis er dem Bau seines Spielerparadieses den letzten Schliff gegeben hatte.

Trotzdem ging alles gut voran.

Der Tod seines Vaters hatte sein Leben verändert.

Der Mann, der ihn nie verstanden hatte und der immer Wege zu finden schien, ihn niederzumachen, hatte diese Welt verlassen. Sein Tod hatte ihm eine Last von den Schultern genommen.

Die beiden waren noch nie einer Meinung gewesen.

Eine der Fragen, die sich Alex stellte, war: Warum? Warum schien sein Vater immer eine Art Groll gegen ihn zu hegen? Warum hatte es den Tod seines Vaters gebraucht, um das Erbe seines Großvaters freizugeben?

Es fühlte sich an, als hätte es zwischen seinem Vater und seinem Großvater eine unerklärliche Rivalität gegeben, als hätten sie sich um den Besitz von Alex, dem Sohn bzw. dem Enkel gestritten.

Sein Vater hatte gewollt, dass Alex das eine wird, sein Großvater das andere.

Keiner von ihnen hatte gewartet, um zu erfahren, was Alex für sich selbst wollte.

Als er noch lebte, zeigte Alex' Großvater seine Liebe zu ihm viel offener als sein Vater. Manchmal hatte sein Großvater traurige Augen. Er schien von heimlichem Bedauern erfüllt zu sein, aber im Grunde war er ein Mann, der mit der Art und Weise, wie er sein Leben gelebt hatte, zufrieden war.

Nicht so sein Vater.

Seit Alex' frühesten Erinnerungen bis zu seinem relativ frühen Tod schien er von Wut zerfressen zu sein. Was wäre, wenn er länger gelebt hätte? Was hätte er dann getan? Was wäre, wenn William

Alex sein Vermögen vor dem Tod seines Vaters vermacht hätte?

Würde der Tauchgang von Sam Reilly die Wahrheit ans Licht bringen?

Er wandte sich vom Balkon ab, schaltete den Fernseher wieder ein und spielte sein Spiel weiter. Die Truppen auf beiden Seiten der Schlacht wirkten unruhig.

Eine längere Belagerung würde es nicht geben.

Die Angreifer waren bereits dabei, ihre Panzer aufzustellen und sich auf den Sturm auf seine Festung vorzubereiten. Wie viele Menschen dabei ums Leben kommen würden, war noch nicht abzusehen.

Er wählte fünf seiner Soldaten aus. In sein Gaming-Mikrofon sagte er: „Bereiten Sie die Theodore-Roosevelt-Brücke zur Sprengung vor."

„Sir?", antwortete der Söldner.

„Verkabelt sie. Ich hoffe, wir müssen sie nicht sprengen. Aber im Moment sieht es so aus, als wäre es wahrscheinlich."

„Verstanden."

Alles hing noch von Sam Reillys nächstem Schritt ab.

Alex grinste.

Wenigstens hatte er sich den richtigen Mann für sein Spiel ausgesucht.

Kapitel Sechsundvierzig

An Bord der Maria Helena - 14 Kilometer östlich von Ocean City, Delaware

Der Sea King-Hubschrauber schwebte direkt über der *Maria Helena*, während das Schiff in einer sanft rollenden Dünung von drei Metern schwankte. Am Steuerknüppel neben Sam manövrierte Genevieve den großen Hubschrauber geschickt auf den kleinen Hubschrauberlandeplatz am Heck des Schiffes.

Der vertraute Anblick seines Schiffes zauberte ein Lächeln auf Sams Gesicht.

Die Kufen des Hubschraubers setzten auf dem Hubschrauberlandeplatz auf und Genevieve fuhr den Motor herunter. Sam schnallte sein Gurtzeug ab, nahm seine Kopfhörer ab und stieg aus, während die Rotoren über ihm weiter heulten.

Matthew, sein Skipper, begrüßte ihn mit einem festen Händedruck. „Wie geht es dir?"

„Mir geht es gut", sagte Sam und setzte seinen gleichmäßigen Schritt über das Deck fort. „Besser, jetzt wo ich etwas habe, woran ich arbeiten kann."

Matthew hob besorgt eine Augenbraue. „Wie hoch sind die Chancen? Glaubst du, dass der Terrorist die Detonation durchführen wird?"

„Nein."

„Aber du machst dir Sorgen, was du in der *Clarion Call* versteckt finden könntest?"

Sam nickte. „Schlimmer als das. Ich mache mir Sorgen, dass der Terrorist nicht in der Lage sein könnte, das aufzuhalten, was er begonnen hat."

„Ich kann mir vorstellen, dass jede Behörde in den Vereinigten Staaten daran arbeitet, dich zu unterstützen." Matthew warf einen Blick auf Genevieve, die den Sea King auf dem Hubschrauberlandeplatz befestigte. „Wie du weißt, steht dir jeder an Bord zur Verfügung. Wir sind bereit, alles zu tun, was du brauchst, um den Job zu erledigen."

„Daran habe ich nie gezweifelt, aber trotzdem danke." Sam

blieb an einem Portal stehen und ließ seinen Blick über das Deck in Richtung Brücke schweifen. „Was hast du vor?“

Matthew sagte: „Wir haben direkt über der *Clarion Call* gehalten. Tom hat ihren Rumpf mit dem bathymetrischen Sonar geortet.“

Sam atmete aus. Er hatte nicht erwartet, dass sie Probleme haben würden, das Schiff zu finden, aber es war trotzdem eine Erleichterung. Eine Sache weniger, die schief gehen konnte. „Wo sind Tom und Veyron?“

„Sie sind beide unten und bereiten die beiden atmosphärischen Tauchanzüge für den Tauchgang vor.“

„In Ordnung“, sagte Sam. „Ich gehe zu ihnen und wir tauchen, sobald die Anzüge fertig sind.“

„Verstanden.“ Matthew hielt inne. „Hast du eine Ahnung, was du da unten zu finden hoffst?“

Sam grinste. „Antworten.“

Kapitel Siebenundvierzig

Sam ging schnell die zwei Treppen hinunter in den Tauchraum, der sich zwischen den beiden großen Rümpfen *der Maria Helena befand*. Der in den Rumpf eingebaute Mondpool sah eher aus wie etwas aus einem alten James-Bond-Film. Er sah dabei nicht nur cool aus, sondern diente auch einem sehr viel nützlicheren Zweck. Er ermöglichte eine einfache - allwettertaugliche - Tauchplattform, von der aus eine Vielzahl von Hightech-Tauchbooten und SCUBA-Missionen gestartet werden konnten.

Am westlichen Rand des Mondbeckens standen zwei große, atmosphärische Tauchanzüge. Für Sam erinnerten sie eher an Raumanzüge aus einem Science-Fiction-Film der 1960er-Jahre als an die äußerst praktischen Tiefseetauchgeräte, die sie eigentlich waren.

Veyron entfernte seine Diagnosewerkzeuge aus dem internen Computer und sah auf, um ihn zu begrüßen. „Willkommen zurück, Sam."

„Danke. Wo bist du?"

„Es ist richtig, dass ihr beide geht."

„Großartig", sagte Sam. „Wo ist Tom?"

„Er isst nur einen Happen. Er kommt gleich runter."

„Ah." Sam grinste. „Alles ist also wie immer. Washington D. C. ist von einer Atombombe bedroht und Tom sorgt dafür, dass er keinen Hunger hat."

Tom betrat den Raum mit zwei belegten Broten in der Hand. „Es geht darum, meine Energie aufrechtzuerhalten, damit wir unseren Kampf weiterführen können", sagte er und ging die Treppe hinunter. Er hielt zwei eingepackte Sandwiches hoch. „Ich dachte, du bist vielleicht auch hungrig. Willst du eins?"

„Danke, Tom. Mir fällt gerade ein, dass ich seit zwölf Stunden nichts mehr gegessen habe."

Mit Heißhunger nahm Sam das Sandwich und verschlang es mit einigen großen Bissen.

Sein Blick fiel auf die riesigen atmosphärischen Taucheranzüge. Die neuen Anzüge waren eine Neuanschaffung für das

Unternehmen und ersetzten die bisherigen, älteren Modelle. Sie wurden von Nuytco Research Ltd. in Vancouver auf der Grundlage ihres Exosuit-Modells maßgefertigt. Die beiden Exosuits wurden so entworfen, dass sie den individuellen Körperformen von Sam und Tom entsprachen. Toms Exosuit war etwa 2 Meter groß, während Sams Exosuit eher 1,90 Meter groß war.

Beide Exosuits dienten als gelenkige Tauchfahrzeuge in anthropomorpher Form, welche einer Rüstung ähnelten und über ausgeklügelte Druckgelenke verfügten, um Bewegungsfreiheit zu ermöglichen und gleichzeitig einen normalen Innendruck aufrechtzuerhalten. Ein großer Vorteil bestand zudem darin, dass Sie für sehr tiefe Tauchgänge von bis zu 300 Metern verwendet werden konnten. Im Gegensatz zu herkömmlichen Produkten waren sie so konzipiert, dass sie autonom, also ohne Versorgungskabel, arbeiten konnten.

Die Anzüge beseitigen die meisten physiologischen Gefahren, die mit dem Tiefseetauchen verbunden waren. Der Benutzer muss nicht dekomprimieren, es sind keine speziellen Gasgemische erforderlich, und es besteht keine Gefahr, an der Dekompressionskrankheit oder Stickstoffnarkose zu erkranken.

Um als A1-Tauchfahrzeug eingestuft zu werden, müssen die Lebenserhaltungssysteme mindestens 72 Stunden lang aufrechterhalten werden können. Nuytco gab die Dauer für den Exosuits auf über 85 Stunden an.

Der Anzug verhindert durch eine Kombination aus Steifigkeit und Flexibilität, dass Druck auf seinen Träger einwirkt. Der Exosuit ist mit einer Haut aus einer A356-T6-Aluminiumlegierung mit einer durchschnittlichen Dicke von 95 Millimetern überzogen. Dickere Rippen stützen die stark beanspruchten Bereiche des Anzugs. Der Anzug wird in Formen gegossen, die auch Titanlegierungen aufnehmen können, die größeren Tauchtiefen standhalten.

Das automatische Lebenserhaltungssystem des Anzugs war völlig eigenständig. Es versorgte den Insassen sogar mit Nahrung, Wasser und der Möglichkeit, Körperausscheidungen durch ein System auszuscheiden, das mit dem von Astronauten vergleichbar ist. Darüber hinaus ermöglichte das integrierte Vierfach-

Schubdüsensystem dem Piloten eine einfache Navigation unter Wasser, während die hydraulisch angetriebenen Gliedmaßen außerhalb des Wassers die gleiche Manövrierfähigkeit und Kraft ermöglichten.

Mit anderen Worten: Die Anzüge waren wirklich der letzte Schrei.

Hinter den beiden riesigen Tauchanzügen befand sich eine kleine Überdruckkammer - eine feierliche und ständige Erinnerung an die Risiken des Tiefseetauchens.

Sam beendete sein Sandwich und warf einen Blick auf Tom, der nicht nur seine Mahlzeit verzehrt hatte, sondern auch eine große Flasche Wasser getrunken hatte.

„In Ordnung", sagte Sam. „Kann es losgehen?"

„Jederzeit", bestätigte Tom.

Sam schaute zu Veyron, der ihre Reihe von Unterwassergeräten wartete. „Bist du zufrieden?"

„Um dich und Tom mit meinen beiden Babys spielen zu lassen?" fragte Veyron. „Niemals. Aber die Anzüge sind voll und ganz darauf vorbereitet, zu tauchen. Vergesst nur nicht, dass sie die Firma etwas mehr als eine halbe Million Dollar pro Stück kosten."

Sam lachte. „Hey, ich habe den Scheck unterschrieben. Das vergesse ich bestimmt nicht."

Tom fragte: „Hast du eine Ahnung, wo wir suchen sollten?"

„Meinem Vater zufolge befand sich *die* geheime Schmugglerkammer *der Clarion Call* mittschiffs, weit unterhalb der Wasserlinie. Die Idee war, dass das Geheimfach mit der Schmuggelware gefüllt wird, die verschifft werden soll, während das Schiff leer ist und hoch im Wasser liegt. Nachdem das Schiff mit der legalen Ladung beladen war, sollte das Abteil unterhalb der Wasserlinie liegen.

Tom lächelte. „Und der Wasserdruck würde diese verborgene Luke versiegeln, sodass sie sich nicht mit Gewalt öffnen ließe, bis die Hauptladung entladen wäre. Zu diesem Zeitpunkt war das Schiff hoch genug, dass der Raum wieder über der Wasserlinie lag."

„Genau."

Es dauerte fast zwanzig Minuten, bis jeder von ihnen in seinen

Tauchanzug geklettert war, die Gurte angelegt und die wasserdichten Dichtungen verschlossen hatte und die Startprozedur anhand einer Checkliste durchlaufen hatte, die das Steuern eines Hubschraubers einfach erscheinen ließ.

Dann ließ Veyron eine nach der anderen der fortschrittlichen atmosphärischen Tauchmaschinen ins Wasser hinab.

Sam beobachtete, wie das Meerwasser über die kuppelförmige Sichtöffnung strömte. Einen Moment später löste er die Leine und übernahm die Kontrolle über sein Tauchfahrzeug.

Kapitel Achtundvierzig

Sam passte den Ballast an und zog langsam Wasser ein, bis der stark modifizierte Exosuit einen negativen Auftrieb hatte. In einer Tiefe von zehn Metern brachte er ihn wieder auf einen neutralen Auftrieb. Neben ihm tat Tom dasselbe.

Er ließ seinen Blick über eine Reihe von Messinstrumenten schweifen und vergewisserte sich, dass seine Energie- und Lebenserhaltungssysteme einwandfrei funktionierten. Zufrieden mit den Ergebnissen, drückte er auf sein Funkmikrofon und sagte: „Wie sieht es aus, Tom?"

Der Exosuit verwendete eine Kombination aus UQC und 27 KHZ Acoustic, die überlagert wurden. Dabei handelt es sich um eine Funktechnik, bei der eine eingegebene Frequenz durch Modulation in eine andere verschoben wird, um eine erfolgreiche Übertragung zu erreichen. Damit wird eine hohe Funkfrequenz für die akustische Übertragung durch Wasser sichergestellt.

„Es sieht alles gut aus", antwortete Tom. „Bist du bereit für den Abstieg?"

„Ja, mir gehts gut. In Ordnung, ich beginne jetzt mit dem Abstieg."

Sam öffnete die Ballasttanks, und Wasser strömte ein, während große Luftblasen ausgestoßen wurden, bis sein Exosuit begann, kontinuierlich auf den Meeresboden zu sinken. Das klare Oberflächenwasser verwandelte sich schnell in eine trübe Dunkelheit.

Ein kleiner Schwarm großer, silbriger Fische schwamm vorbei. Zuerst wandte sich Sam instinktiv von ihnen ab, als ob er sie für ein großes Raubtier hielt. Dann, als er erkannte, dass der Exosuit keine Gefahr darstellte, drehte er sich wieder um, um sie flüchtig zu untersuchen. Nach etwa dreißig Sekunden, als sie nichts entdeckt hatten, was ihre Neugierde belohnt hätte, verschwanden die Fische.

Sam warf einen Blick auf seinen Tiefenmesser.

Sie befanden sich jetzt bereits in einer Tiefe von 75 Metern.

In 125 Metern Tiefe sorgte eine Unterwasserströmung, die Erdablagerungen mit sich führte, dafür, dass sich ihre Welt in fast völlige Dunkelheit verwandelte.

Er schaltete seine LED-Scheinwerfer ein, die einen dichten Lichtstrahl nach vorne warfen. Neben ihm sah er, wie Toms Lichter aufleuchteten. Sam warf einen Blick auf seinen Tiefenmesser. Sie befanden sich bei fast 150 Metern. Sein Blick richtete sich auf das bathymetrische Sonargerät, das den Meeresboden tief unter ihnen farbig darstellte.

Bei 200 Metern wurde der Meeresboden zu einer Reihe von wellenförmigen, überfluteten Tälern und Hügeln. Die Kämme lagen bei knapp 200 Metern, während die Täler bis zu 250 Meter tief waren.

Die *Clarion Call* kam in Sicht, ihr Heck befand sich in einer tiefen Mulde, während ihr Bug in der Nähe der 200-Meter-Marke nach oben ragte.

Da ist sie ja. Sam grinste und war dabei amüsiert über sein eigenes Schicksal.

Das geheime Schmuggelabteil befand sich in der Nähe des Hecks, im tiefsten Teil des Schiffes. Nicht, dass das wichtig gewesen wäre. Der Exosuit bot eine theoretische Tauchtiefe von 2000 Metern und konnte damit bedenkenlos in Tiefen von weit unter 1000 Metern betrieben werden.

Tom sagte: „Ich habe das Wrack der gesunkenen *Clarion Call geortet*".

„Ich sehe es. Wir gehen zum Heck und arbeiten uns dann nach oben, bis wir die Schmuggelkammer erreichen."

Dreißig Sekunden später erreichte Sam das Heck der *Clarion Call*.

Er füllte etwas Gas in die Ballasttanks und verlangsamte damit seinen Sinkflug, bis er etwa sieben Meter über dem Meeresboden zum Stillstand kam.

Beide Taucher untersuchten das Wrack.

Trotz ihres Alters und der Zeit, die sie auf dem Meeresgrund verbracht hatte, war die *Clarion Call* in gutem Zustand. In den frühen Achtzigerjahren war sie eines der schnellsten Frachtschiffe auf den Weltmeeren. Mike Reilly, sein Großvater, hatte gut dafür bezahlt, dass ihre Technik es ihm ermöglichte, alle anderen

Konkurrenten in puncto Geschwindigkeit und Zuverlässigkeit zu schlagen.

Sam ließ seinen Blick über den Rumpf schweifen. Trotz einer dünnen Rostschicht war der größte Teil des Schiffes noch in einwandfreiem Zustand und neigte sich um dreißig Grad auf die Steuerbordseite. Zwei große Öffnungen am Heck zeigten, wo die engagierten Soldaten des 832. Ordnance Battalion US Marine Corps unter dem Kommando von Major Roger Goodson C4 platziert hatten, um das Schiff zu versenken.

Tom sagte: „Sag mir, dass die Luke zum Geheimfach auf der Backbordseite war."

„Ja wir haben Glück. Sie befindet sich auf der Backbordseite."

Sam übte etwas mehr Druck auf seine Fußballen aus und löste die Vierfach-Triebwerke des Exosuits aus, die ihn in Richtung Mittschiff bewegten, während er seine aufrechte Position beibehielt. Es dauerte nicht lange, bis er die Öffnung erreichte.

Die riesige Luke - etwa drei Meter hoch und fünf Meter breit - sah so aus, als hätte sie ihre strukturelle Integrität bewahrt, als die *Clarion Call* auf den Grund ging, bis der Außendruck zu groß wurde und die Tür implodierte.

Sam warf einen Blick hinein und hoffte inständig, dass die Geheimnisse, die einst darin gespeichert waren, nicht zerstört worden waren.

Die Öffnung war groß genug, dass sie beide ihre großen Exosuits bequem in die Überreste des Schmugglerabteils manövrieren konnten.

Sam richtete seine Position ein und die Vierfach-Triebwerke surrten auf und schickten ihn hinein. Er blitzte mit einem Lichtstrahl durch den Raum. Die zerknitterten Überreste der einst verborgenen Luke befanden sich geradeaus, aber der Rest des drei Meter mal vierzig Meter großen Gewölbes schien leer zu sein.

Sein Mund wurde trocken, während sein Herz schneller schlug. Hatte er sich geirrt oder war jemand vor ihm an die Geheimnisse gelangt, die er so dringend brauchte?

Über sein Headset hörte er Tom sagen: „Ich glaube, ich habe gerade gefunden, wonach wir gesucht haben".

Kapitel Neunundvierzig

Tom starrte auf die grässlichen Überreste des Mannes in der Ecke des Schmugglertresors.

Er trug einen dunklen Geschäftsanzug und eine scheinbar rote Krawatte, aber nach fast zwei Jahrzehnten waren von seinem fleischlichen Körper nur noch sein Skelett und die verstreuten losen Knochen übrig. An einer Elle oder möglicherweise einer Speiche - einem der beiden Unterarmknochen - war noch eine geschlossene Handschelle mit Kette befestigt, die an einem kleinen Metallkoffer hing.

„Ich wette, dass die Antworten, die wir suchen, da drinnen sind“, sagte Tom und schwebte auf den Metallkoffer zu.

„Die Wette nehme ich an“, antwortete Sam.

Ohne weitere Diskussion manipulierte Sam seine Titanzange am Ende seines rechten Arms und zog das Gehäuse von den Knochen ab.

Tom lachte. „Na gut, du bist mir zuvorgekommen.“

Er stellte die Gegenkraft seiner Zwillingstriebwerke so ein, dass er sich langsam im Kreis drehte. Als er seinen Blick durch den Raum schweifen ließ, schien er fast völlig leer zu sein.

Als er fertig war, hörte er Sam sagen: „Sonst noch etwas gefunden?“

„Nein.“

„In Ordnung, lass uns an die Oberfläche auftauchen und herausfinden, was in diesem Koffer so wichtig war, dass jemand bereit war, ganz Washington D. C. zu terrorisieren, nur um ihn zu bekommen.“

Tom bahnte sich einen Weg durch den Tresor des Schmugglerschiffes in das offene Wasser außerhalb. Außerhalb des gesunkenen Wracks füllten er und Sam in kleinen Schritten Luft in ihre Ballasttanks.

Die beiden Exosuites begannen jetzt ihren kontrollierten Aufstieg zur Oberfläche.

Es war eine langsame und bedächtige Fahrt. Bald wich das dunkle Grau des Bodens dem sanften Licht der Morgendämmerung.

Sam hielt seine Augen auf eine Reihe von Messinstrumenten gerichtet. Zwischen einer Tiefe von etwa 220 Metern und dem Meeresspiegel gab es erhebliche Druckunterschiede. Selbst in einem Exosuit musste man dieses Druckgefälle mit Respekt behandeln.

Sam und Tom dachten beide angestrengt nach und setzten schweigend ihr Auftauchen fort.

In 150 Meter Tiefe, sagte Sam schließlich: „Ich kann mir gar nicht vorstellen, was dieser arme Mann durchgemacht hat. Er muss gewusst haben, was passiert, als er die Explosionen hörte. Er wusste, dass er auf dem Weg nach unten war, aber es gab nichts, was er tun konnte. Der äußere Wasserdruck machte es unmöglich, die Schmugglerkabine zu betreten oder zu verlassen, bis die Ladung entladen war und die Luke wieder über der Wasserlinie lag."

Tom schluckte. „Das war sicher eine schlechte Art zu sterben."

„Ich hoffe nur, dass die Geheimnisse, die in diesem Koffer verborgen sind, es wert sind. Vielleicht war der Tod des Fremden nicht umsonst."

„Ja. Das werden wir bald herausfinden."

Das graue Wasser wurde heller als dämmrige Strahlen durch die letzten etwa zweihundert Meter des Wassers schienen.

Tom hob die Gesichtsmaske seines Anzugs an und studierte die Umrisse der *Maria Helena*, die hoch über ihnen auf der Oberfläche schwebte. Sein Kiefer wurde steif, und seine Augen wanderten über eine Reihe von Messgeräten. Sie befanden sich jetzt in einer Tiefe von kaum mehr als 45 Metern.

Und dann wurde seine Welt dunkel.

Er blickte wieder auf und entdeckte die Ursache. Ein großes U-Boot, das fast so lang wie zwei Fußballfelder war und dabei so breit wie eine dreispurige Autobahn, war in der Stille direkt über ihnen zum Stehen gekommen.

Fünf einzelne Lichter durchdrangen plötzlich die nun stockdunkle Umgebung.

Sam fluchte und sagte: „Sieht so aus, als hätten wir Besuch".

Kapitel Fünfzig

Sam rief: „Lass uns gehen!“

Er verlagerte sein ganzes Gewicht auf die Fußballen und setzte seine Vierfach-Triebwerke in Gang. Er streckte sich waagerecht aus, um seinen sperrigen Exosuit so stromlinienförmig wie möglich zu machen. Einen Augenblick später surrten alle vier Propeller, und der Anzug raste wie ein ziellos abgefeuerter Torpedo durch das Wasser.

Um an die Oberfläche zu gelangen, mussten sie das massive U-Boot umgehen.

Über ihnen raste eine Reihe von LED-Lichtern auf sie zu.

Für Sam gab es keinen Zweifel an ihren Absichten. Die Angreifer benutzten beschwerte Schlitten, um mit hoher Geschwindigkeit hinunterzufahren.

„Wir werden den Rand des U-Boots nicht vor ihnen erreichen!“ warnte Tom.

Sams Kopf ruckte zurück. Das Team von Elitesoldaten war fast über ihnen. „Okay, unsere Anzüge sollten uns den nötigen Schutz bieten, aber wir können nicht zulassen, dass sie ausschwärmen. Ihre Zahl ist überwältigend.“

„Einverstanden. Wir teilen uns auf. Du gehst nach links, ich nach rechts.“

„Alles klar!“

Sam drückte auf seinen linken Fuß und der Exosuit raste diagonal nach links.

Die Taucher hielten nicht inne, um ihren Angriff neu zu planen. Stattdessen richteten sie sich etwa so wie eine Zielsuchrakete auf Sam aus und kamen dabei immer näher. Es gab nichts, was sie hätten tun können. Sam richtete seine Position wieder auf einen rechten Winkel mit dem U-Boot aus, um den Abstand zu verkürzen.

Es spielte keine Rolle.

Sie kamen immer näher.

Sam überquerte die imaginäre Linie, die sich unter dem Rand des U-Boots bildete. Er warf seine Notballastgewichte ab und sein Auftrieb änderte sich augenblicklich.

Der Exosuit schoss nach oben.

Es dauerte nicht einmal ein paar Sekunden, bis er ein lautes Klirren hörte. Einer der Taucher war direkt auf dem Rücken seines Exosuits gelandet. Der Angreifer hatte seinen schweren Tauchschlitten irgendwie an Sams mechanischem Bein befestigt.

Das zusätzliche Gewicht hatte Sam zum Stillstand gebracht. Er versuchte, es wegzuklicken, aber es wollte sich einfach nicht lösen. Sam versuchte jetzt, sich zu bücken und sich auf diese Weise zu befreien. Der Taucher hatte eine kleine Leine um seinen linken Fuß gewickelt. Sam versuchte, sein Knie anzuheben, um es höher zu bringen. Es fühlte sich an, als würde er einen Zementstiefel tragen.

Sam sagte: „Tom, sie haben mich erwischt!"

„Ich komme dich holen!", antwortete Tom.

„Nein! Geh nach oben und hol Hilfe!"

„Niemals. Das wäre lebensgefährlich für dich!"

Sam nutzte jetzt die voll beweglichen Gelenke um seinen Oberkörper und Unterleib. Der Anzug bot zwar eine erstaunliche Flexibilität, aber im Vergleich zu den Tauchern draußen, die nichts anderes als Neoprenanzüge und Taucheranzüge trugen, war seine Agilität dennoch begrenzt. Außerdem konnte er nur seinen linken Arm benutzen - der rechte hielt immer noch das Metallgehäuse.

Der Metallkoffer!

Der Gedanke riss ihn aus seiner geistigen Umnachtung. Er ließ die beschwerte Leine fallen. Es gab nichts, was er im Moment dagegen tun konnte. Stattdessen richtete sich sein Blick auf das Ende seines rechten Arms, wo die Zange die schwere Kette am Ende des Metallgehäuses umklammerte.

Einer der Taucher versuchte bereits, sie freizubekommen.

Sam drehte seinen linken Arm. Die voll beweglichen Gelenke bewegten sich schnell und waren dabei nur wenig langsamer, als jemand ohne einen Anzug in der Lage war, sich zu bewegen. Er streckte den Zangengriff aus Titan weit aus und fuhr mit dem Arm auf seinen Angreifer zu.

Die Zange kollidierte mit dem Solarplexus des Seitentauchers.

Sam drückte seinen Finger zusammen und die Zange schloss sich. Sein Angreifer schrie - oder hätte es zumindest getan, wenn das mit dem Atemregler im Mund möglich gewesen wäre -

stattdessen kam eher ein hohes Glucksen heraus. Der Taucher wirbelte herum und erholte sich schneller, als Sam erwartet hatte. Die mechanische Kraft hätte jegliches Fleisch zerquetscht, das sich ihr in den Weg stellte, doch lebenswichtige Organe waren scheinbar nicht getroffen worden.

Hinter ihm begann sich seine Schulterplatte nach hinten zu bewegen.

Jemand anderes hatte sich ihrem Kampf angeschlossen, gefolgt von einer weiteren Person zu seiner Rechten. Er konnte ein leichtes Klopfen hinter seinem Anzug hören. Es war unmöglich, es zu erkennen, aber das machte nichts. Er brauchte es nicht zu erkennen. Das Geräusch allein reichte aus, um ihn in Panik zu versetzen.

Jemand hatte versucht, seinen Helm abzuschrauben!

Mit rasendem Puls schaltete Sam die Vierfach-Triebwerke auf volle Kraft. Ihre kleinen Propeller drehten sich mit einem Heulen, aber er kam nicht weit. Er wurde von mindestens vier verschiedenen Tauchern festgehalten. Wie prähistorische Völker, die sich zusammentun, um ein Mammut zu erlegen, würde sein verstärkter Anzug sie nur eine gewisse Zeit aufhalten können.

Jemand rammte Metall in eines seiner Triebwerke. Es stoppte mit einem lauten Knall, und das Geräusch schoss durch das Wasser wie das Zerreißen seiner Rettungsleine. Der Taucher arbeitete sich sofort durch die restlichen Triebwerke.

Sam hatte nicht lange Zeit zu gehen.

Er schwang seine mechanischen Arme wie tödliche Waffen herum. Jedes Mal, wenn sein Arm etwas berührte, schloss er die Titanzange.

Es spielte keine Rolle. Nichts davon war wichtig. Es war unmöglich, dass er alle fünf gleichzeitig allein aufhalten konnte.

Was war mit Tom geschehen? Hatte er es sich anders überlegt und war an die Oberfläche gegangen, um Hilfe zu holen?

Sam brauchte nicht lange zu überlegen, um das herauszufinden.

Der Taucher vor ihm wurde plötzlich nach unten gezogen. Sam konnte nicht sehen, was mit ihm passiert war, aber er konnte es sich denken. Drei Sekunden später stiegen Luftblasen an die Oberfläche, gefolgt von einem Taucher.

Sam neigte den Kopf nach links, und die kleine Falte eines Lächelns umspielte seine Lippen. Es sah so aus, als hätte Tom die Atemregler des Tauchers direkt aus dem Tank gerissen. Der Taucher, der nicht mehr atmen konnte, war an die Oberfläche gerast.

Seine Chancen hatten sich gerade deutlich verbessert.

Der Anblick spornte Sam an und er bewegte sein massives, mechanisches rechtes Bein zu einem zweiten Taucher. Das Knie traf den Solarplexus des Mannes. Das hätte ausreichen müssen, um den Mann umzuhauen oder ihm zumindest die Luft aus den Lungen zu nehmen. Stattdessen wirbelte der Mann herum und hackte weiter auf die schwächeren Gelenke und Dichtungen zwischen Sams Oberkörper und seinem Helm ein.

Ein scharfes, helles Zischen kam von irgendwoher. Er hatte keine Ahnung, was es war. Im nächsten Moment bemerkte er, dass es der Taucher hinter ihm war. Was auch immer der Mann vorhatte, es sah so aus, als käme er ihm gefährlich nahe.

Sam zog seine Beine an die Brust und kippte nach hinten, wie ein Turner, der einen Rückwärtssalto macht.

Der Taucher hielt sich während des gesamten Manövers fest, aber als Sam wieder nach oben kam, riss Tom dem Mann die Tauchermaske vom Kopf - er zerdrückte sie in einem Stück und machte den Taucher damit blind.

„Danke“, sagte Sam.

Tom antwortete. „Kein Problem. Ich habe mich gelangweilt, während ich darauf wartete, dass du dich um sie kümmerst und sie einholst.“

Sie richteten ihre Positionen so ein, dass sie sich den Rücken zuwandten. Die beiden verbleibenden Taucher schienen sie zu umkreisen, kamen aber nie nahe genug heran, um sie zu konfrontieren, sondern warteten einfach ab, bis etwas passierte.

Sam kämpfte mit dem Gewicht an seinem linken Stiefel, aber jedes Mal, wenn er ihm nahekam, machte einer der Taucher eine Bewegung und versuchte, wieder einzugreifen.

Es war eine klassische Pattsituation.

Vor ihnen tauchte ein zweites Team von Tauchern aus dem U-Boot auf. Sie bewegten sich schnell auf sie zu.

„Wir müssen los, Sam“ schrie Tom. „Wir haben Besuch!“

„Ich sehe sie!“

Sam versuchte es erneut mit seinem Gewicht, aber es rührte sich nicht. Was auch immer die Taucher benutzt hatten, um es zu befestigen, es war zu hart, um zu brechen, und zu flexibel, um zu reißen. Was noch schlimmer war: Mit seiner Zange war es unmöglich, es zu lösen.

Die neue Tauchergruppe schloss sich den Überresten der ersten Gruppe an und näherte sich dabei langsam Sam und Tom. Wieder schienen ihre Gegner mit der reibungslosen und tödlichen Effizienz von Elitetruppen zu arbeiten.

Jedes Mal, wenn sich einer von ihnen in Reichweite befand, versuchten Sam oder Tom, ihn zu schlagen oder zu treten. Für zwei Typen in riesigen atmosphärischen Anzügen konnten sie sich erstaunlich schnell bewegen. Und was noch wichtiger war: Das Gewicht von fast 200 Kilogramm bedeutete, dass sie, wenn sie ihr Ziel trafen, ihren Zweck mehr als nur ausreichend erfüllen würden.

Keiner der Taucher hatte eine Waffe, oder falls doch, wollte keiner von ihnen sie benutzen. Das war interessant. Es bedeutete, dass sie nicht daran interessiert waren, ihn zu töten - jedenfalls noch nicht.

Was wollten sie also tun, ihn entführen?

Die Pattsituation dauerte mindestens eine Viertelstunde an, ohne dass eine der beiden Seiten einen wirklichen Vorteil erlangte. Ihre Angreifer hatten mehr Männer, aber Sam und Tom hatten einen viel größeren Luftvorrat. Wenn sie noch dreißig Minuten durchhielten, würde den Tauchern mit Sicherheit die Luft ausgehen.

Und dann würde alles gut werden.

So schien es jedenfalls, bis es jemandem gelang, Toms Notballastgewichte abzuschneiden.

Kapitel Einundfünfzig

Befreit von seinem eisernen Notballast, raste Toms Exosuit in Richtung Oberfläche. Er versuchte, gegen seinen extremen Auftrieb anzukämpfen, indem er nach unten schwamm, aber es war unmöglich. Er hatte einfach zu viel positiven Auftrieb.

Sein Exosuit durchbrach die Oberfläche und die warme Sonne traf sein Gesicht mit voller Wucht.

Im Nu war er über das UKW-Funkgerät mit der *Maria Helena verbunden*. „Zieht mich hoch, Sam wird entführt!"

„Entführt?", antwortete Matthew ruhig. „Wir haben selbst zwei Taucher als Geiseln genommen. Sie sind jetzt an Deck, scheinen aber nicht an einem Gespräch interessiert zu sein."

Einen Moment später war Genevieve im Wasser und befestigte die Leine am Kran. Veyron begann, Tom heranzuziehen.

Tom sagte: „Sagen Sie Elise, sie soll die Verteidigungsministerin an die Strippe holen und sie dort halten. Ich will mit ihr sprechen, sobald ich an Bord bin."

„Verstanden", antwortete Matthew.

Der Kran ragte mehrere Meter über die Steuerbordseite des Decks *der Maria Helena hinaus*. Tom hörte, wie der Dieselmotor der Maschine ansprang. Der Motor heulte auf, als Veyron den Gang einlegte, und das Kabel begann sich zu bewegen.

Einen Moment später wurde Tom an einem Stahlseil, das am oberen Teil des atmosphärischen Tauchanzugs befestigt war, in die Luft gehoben. In einer Höhe von etwa 3 Metern über dem Meer drehte sich der Kran, bis sich der Exosuit direkt über dem Deck befand. Dann gab Veyron der Winde einen Tritt in die entgegengesetzte Richtung.

Toms Füße erreichten das Deck der *Maria Helena*. Er fühlte sich wackelig. Der Anzug war nicht für die Bewegung an Land ausgelegt - er war nur im Wasser stabil. Genevieve befestigte den Rücken des atmosphärischen Tauchanzugs an einer Halterung, und Veyron machte sich schnell daran, Toms Helm abzunehmen.

Sobald es ausgeschaltet war, reichte Elise ihm das Satellitentelefon.

Tom sagte: „Frau Ministerin?“

„Was ist passiert, Tom?“

„Eine eurer Einheiten hat Sam entführt!“

„Sind Sie sicher, dass es eines unserer U-Boote war?“, fragte sie mit knapper Stimme.

„Absolut sicher. Es war das stark modifizierte nukleare Angriffs-U-Boot der Seawolf-Klasse, die *USS Jimmy Carter*.“

„Die Jimmy Carter ...“, sie ließ sich die Worte langsam von der Zunge rollen. „Sind Sie sicher? Wie zum Teufel konnten Sie sie erkennen?“

„Zunächst einmal war es das Letzte der nuklearen Angriffs-U-Boote der Seawolf-Klasse. Es hatte eine fast 30 Meter größere Länge, die es ermöglichte, eine zusätzliche Sektion einzubauen, die als Multi-Missions-Plattform bekannt ist und das Aussetzen und Bergen von ROVs und Navy SEAL-Kräften ermöglicht. In diesem Fall haben sie Sam genau auf diese Weise entführt.“ Tom seufzte. „Und außerdem habe ich die Nummer auf dem Kommandoturm gelesen - 23 - AKA *USS Jimmy Carter* SSN-23.“

„Sie haben die Nummern aller U-Boote im Kopf?“, fragte sie, ohne ihre Skepsis zu verbergen.

„Nein. Mein Vater kommandierte sie zwei Jahre lang während der ersten Probefahrt.“

„Okay“, es schien, als ob sie Toms Aussage jetzt für die Wahrheit hielt. „Angenommen, Sie haben recht und es ist eines unserer U-Boote, das Sam entführt hat, warum sollten sie das tun? Er ist doch auf unserer Seite.“

Tom sagte: „Sicher, aber sind sie das auch?“

„Stellen Sie die Loyalität der Männer und Frauen an Bord eines unserer nuklearen Angriffs-U-Boote in Frage?“

„Ganz und gar nicht, Ma'am. Da ich selbst gedient habe, würde ich nicht im Traum daran denken. Meine Sorge gilt den hohen Tieren und Politikern, die bereit sein könnten zu töten, um die im Schiffswrack der *Clarion Call* befindlichen Geheimnisse zu schützen.“

Die Verteidigungsministerin hielt inne, als würde sie diese Möglichkeit in Betracht ziehen.„ Aber wer würde überhaupt wissen, dass Sam heute vorhatte, die *Clarion Call* zu betauchen?“

„Ganz genau. Sam Reilly hat Sie darüber informiert, dass wir vorhaben, sie zu betauchen und das Objekt zu bergen, was in der geheimen Schmuggelkammer des alten Mike Reilly vergraben ist. Wem haben Sie das erzählt?“

Das Telefon wurde leise. Plötzlich fluchte sie. „Ich habe den Vorsitzenden des Generalstabs informiert, der sich gerade mit dem Präsidenten im Presidential Emergency Operations Center befindet.“

„Wen soll er denn informiert haben?“ beharrte Tom.

„Großer Gott!“

„Was?“

„Der Präsident natürlich, aber auch jeden der Militärdienstchefs der Armee, des Marinekorps, der Marine und der Luftwaffe sowie den Chef des Büros der Nationalgarde“.

„Und jetzt haben wir es mit der Entführung durch ein nukleares Angriffs-U-Boot zu tun, während Sam versucht, Geheimnisse aus der gesunkenen *Clarion Call* zu bergen.“

„Hat er gefunden, was er gesucht hat?“, fragte sie.

„Ja, und was immer es auch ist, jetzt haben es die Entführer.“

„Dann können wir nichts tun. Es ist unwahrscheinlich, dass sie ihn töten werden. Die U-Boot-Besatzung hat wahrscheinlich den Befehl, die Beweise zu bergen, und wird ihn dann zum nächsten Dock zurückbringen.“

„Oder sie werden ihn töten, um ihn vom Reden abzuhalten.“

„So oder so kann ich von hier aus nichts für Sie tun. Wenn ich den Chef der Marine herausfordere und er schuldig ist, wird er das bestreiten. Und wenn er nichts damit zu tun hat, sondern jemand in der Befehlskette dafür verantwortlich ist, dann wird das nur ihr Bedürfnis verstärken, die Beweise zu beseitigen, indem sie Sam umbringen.“

„Das wars dann also?“ fragte Tom.

„Es tut mir leid, Tom. Mir sind die Hände gebunden.“

„Okay, aber meine sind es nicht.“

Tom beendete das Gespräch. Sein Blick richtete sich auf Genevieve und Veyron, die dem eiligen Gespräch zugehört hatten.

Ihre harte Entschlossenheit drückte genau das aus, was er dachte - *die Besatzung der Maria Helena ließ niemanden zurück.*

Genevieve sagte: „In Ordnung. Was willst du jetzt unternehmen?“

„Wir werden Sam selbst zurückholen müssen.“

Matthew starrte ihn an. Eine Mischung aus Unglauben und Erstaunen stand in seinen himmelblauen Augen geschrieben. „Das soll wohl ein Scherz sein. Wieso denn?“

Tom grinste sardonisch. „Indem wir ihr U-Boot entern.“

Kapitel Zweiundfünfzig

Nachdem einer der Taucher Toms Notballastgewicht durchtrennt hatte und ihn damit an die Oberfläche geschleudert hatte, konnte Sam nichts mehr tun, um sich gegen die übrigen sieben Angreifer zu verteidigen. Innerhalb weniger Minuten hatten sie ihn außer Gefecht gesetzt und seine Zangen zusammengebunden, sodass er sie nicht mehr öffnen und sie damit verletzen konnte.

Da er nichts dagegen tun konnte, wurde er durch die Multi-Missions-Plattform des U-Boots hineingezogen, die das Aussetzen und Bergen von ROVs und Navy SEAL-Kräften ermöglichte. Er hatte sie schon auf anderen U-Booten gesehen, war aber überrascht, als er erfuhr, dass seine Angreifer Navy SEALs gewesen waren.

In der Schleusenkammer wurde die äußere Luke versiegelt und das Wasser abgelassen, sodass sie sich in einer trockenen Kammer befanden. Die Elitesoldaten arbeiteten schnell mit einem Satz Schraubenschlüssel, um seinen atmosphärischen Tauchanzug zu entfernen.

Sobald sie seinen großen Helm abgenommen hatten, zogen sie Sam durch die Öffnung. Er leistete kaum Widerstand. Er war mit vier U.S. Navy SEALs auf engstem Raum gefangen, jetzt noch zu entkommen wäre unmöglich. Es machte absolut keinen Sinn auch nur zu versuchen zu entkommen. Außerdem war es unwahrscheinlich, dass sie ihn tot sehen wollten. Wenn das ihre Absicht gewesen war, wäre er zweifellos schon tot.

Sam schenkte einem der Männer ein schwaches Grinsen. „Nein, nein, meine Herren. Ich bin sicher, dass ich gesagt habe, dass ihr mich um acht zum Abschlussball abholen sollt."

Einer der kleineren SEALs lächelte dünnlippig, offensichtlich unbeeindruckt von Sams Angeberei. „Niedlich."

Sam begegnete seinem stählernen Blick. „Also gut, kommen wir gleich zur Sache. Wer von euch will mir sagen, warum ich hier bin?"

„Mr. Sam Reilly, mein Name ist A.J.", antwortete der kleinere SEAL. „Und Sie sind hier, weil Sie es einfach nicht lassen können,

Ihre Nase in Dinge zu stecken, die Sie nichts angehen. Manche Geheimnisse sollten begraben bleiben, zum Wohle dieses Landes. Gerade Sie sollten das wissen."

Sam schüttelte den Kopf. „Es gibt Systeme für Angelegenheiten der nationalen Sicherheit. Wenn das der Fall wäre, wäre es nie so weit gekommen, wie es jetzt ist."

„Diese Systeme sind vorhanden. Dennoch dürfen diese Geheimnisse niemals ans Tageslicht kommen. Sie haben keine Ahnung, wie viele Leben Sie in Gefahr gebracht haben."

„Ich weiß nicht, ob du das weißt, A.J." Sams Lippen versuchten, ein beruhigendes Lächeln zu formen, aber sie hatten Mühe, einen Halt zu finden. „Ich handle auf Anweisung der Verteidigungsministerin, also wer auch immer es ist, über den du dich aufregst, ich bin es nicht."

A.J. blieb stumm. Sam konnte nicht sagen, ob der Mann ihm nicht richtig zugehört hatte oder ob er ihn einfach ignorieren wollte.

Die zweite Klappe öffnete sich.

A.J. lächelte. „Willkommen an Bord der *USS Jimmy Carter*. Das ist Commander Dylan Brooks."

Sams Blick schweifte die Leiter hinunter und blieb an einem mürrischen Mann von etwa fünfundvierzig Jahren hängen. Er stand mit der soliden, selbstbewussten Autorität eines Mannes da, der schon viel Zeit als Kommandant verbracht hatte.

„Sam Reilly?"

„Ja, Sir."

„Ich bin Kommandant Brooks." Brooks ließ seinen Blick über seinen Gefangenen gleiten. „Sie haben keine Ahnung, wie viel Schaden Sie heute angerichtet haben, nicht wahr?"

„Nein, Sir", antwortete Sam. Er war vor langer Zeit bei den Marines gewesen und hatte mit dieser Art von Kommandant schon oft zu tun gehabt. Es gab keinen logischen Grund, mit ihm in einen Streit zu geraten.

„Nun. Was haben Sie zu Ihrer Verteidigung zu sagen?"

Sam atmete tief ein und aus. „Sie wissen, dass es einen Terroristen gibt, der Washington D. C. mit einer deutschen Atombombe aus dem Zweiten Weltkrieg in seiner Gewalt hat, nicht wahr? Er hat es aus Gründen, die ich nicht verstehe, auf mich abgesehen, um mit ihm ein Spiel zu spielen. Die Übergabe des *Clarion Call* war Teil dieses Spiels."

Der Kommandant schüttelte angewidert den Kopf. „Junger Mann, Sie haben keine Ahnung, welches Spiel hier gespielt wird."

„Was wird denn hier gespielt?"

Die Augen des Kommandanten verengten sich. „Jemand lässt Sie in Geheimnissen graben - gefährlichen Geheimnissen - die nie enthüllt werden sollten."

Sam sagte: „Manchmal ist die Wahrheit wichtig".

„Und manchmal ist sie verdammt gefährlich. Wenn es um die nationale Sicherheit geht, ist die menschliche Rasse zu wichtig, um mit Ehrlichkeit zu spielen", konterte der Kommandant.

Sam hielt seinen Mund. Er konnte sehen, dass dieses Gespräch keine Chance hatte, dorthin zu führen, wohin er gehofft hatte.

Der Kommandant wandte sich an A.J. „Wir müssen uns auf den Weg machen. Warum dauert das so lange?"

Einer der SEALs entschuldigte sich. „Tut mir leid, Sir. Ich habe dort hinten drei Männer verloren, nachdem ihre Luftvorräte zerstört wurden. Sie sind an die Oberfläche geschwommen. Ich habe die Rettungseinheit losgeschickt, um sie zu holen. Sie werden nicht lange brauchen."

„Verstanden. Sagen Sie mir Bescheid, sobald sie drinnen sind. Ich habe den Befehl, Sam Reilly zur Joint Base Anacostia-Bolling zu bringen. Dort gibt es jemanden, der ihn unter vier Augen sprechen muss, und zwar sofort."

Sam war mit Handschellen gefesselt, wobei seine Handgelenke vor ihm platzier waren.

A.J. sagte: „Tut mir leid, aber ein Atom-U-Boot kann ein gefährlicher Ort sein, um einen Mann loszulassen."

Sam nickte. „Ich verstehe. Manche Menschen hätten vielleicht gedacht, dass es einfacher gewesen wäre, mich gar nicht erst mitzunehmen?"

„Nichts Persönliches", antwortete A.J.. „Wir befolgen einfach nur unsere Befehle."

Sam sagte: „Sicher. Und ich habe meine."

A.J. ignorierte ihn und verschwand über einen separaten Gang, während ein SEAL Sam den Gang hinunter und in das Quartier des Junioroffiziers führte. Zwei Wachen standen an der Tür. Sam streckte sich auf einem der kleinen Betten aus. Es könnte eine lange Wartezeit werden, da kann man sich genauso gut versuchen ausruhen.

Er schloss die Augen. Es war fast vierundzwanzig Stunden her, dass diese Sache begonnen hatte, und er hatte seitdem nicht aufgehört, an einer Lösung zu arbeiten. Er war so todmüde, dass ihn nichts mehr lange wach halten konnte.

Außerhalb seines behelfsmäßigen Gefängnisses machte jemand eine Bemerkung: „Sie sind jetzt in der überfluteten Schleusenkammer".

„Gut", kam die knappe Antwort. „Ich werde den Befehl geben, loszufahren, während sie das Wasser ablassen. Es gibt keinen Grund, unser Treffen auf der Joint Base Anacostia-Bolling zu verzögern."

Sam war fast eingeschlafen - sein schwer belasteter Geist wich der Müdigkeit. In seinem Hinterkopf hörte er Schritte, die sich schnell die Leiter der Schleusenkammer hinunter bewegten. Dieselben Schritte bewegten sich schnell auf sein provisorisches Gefängnis zu.

Eine gebieterische Stimme, die ihm vage bekannt vorkam, fragte: „Wo halten Sie Sam Reilly fest?"

„Wer sind Sie?", kam die erschrockene Antwort.

„Niemand, mit dem Sie sich anlegen wollen", antwortete Tom. „Also, wo halten Sie Sam Reilly fest?"

„Ich weiß nicht, wovon Sie sprechen."

Daraufhin fielen Schüsse.

Mehrere Schüsse in schneller Folge. Höchstwahrscheinlich abgefeuert von einer MP5-Maschinenpistole. Gefolgt von dem Geräusch von Stiefeln auf dem Metallgitter, das die Plattform bildete, die in der Enge des Ganges widerhallte.

Das genügte, um Sam aufhorchen zu lassen. „Ich bin hier!"

Tom kauerte sich mit seinem großen Körper unter ein massives Schott. „Ah, da bist du also. Wir warten schon seit Ewigkeiten darauf, dass du hier unten fertig wirst und dich auf den Weg an die Oberfläche machst."

Sam schoss aus seinem geliehenen Bett. „Tut mir leid, dass du warten musstest."

„Kein Problem. Normalerweise bist du ja ziemlich zuverlässig", bemerkte Tom.

„Danke, Tom."

Als er die Tür erreichte, fiel sein Blick auf die Gangway, auf der Veyron und Genevieve mit MP5-Maschinenpistolen beide Richtungen bewachten. Sie alle trugen die Neoprenanzüge der Navy SEALs, die vorhin an die Oberfläche gezwungen worden waren. Auf jedem war ein Name eines SEALs eingraviert. Sein Blick richtete sich nach mittschiffs, wo eine große Schotttür zugeknallt war, die ihnen den Weg zur Schleusenkammer versperrte.

Kapitel Dreiundfünfzig

Sam rannte mit Tom zur Radschleuse.

Beide versuchten vergeblich, die Schotttür zu öffnen. Sie war irgendwie von der gegenüberliegenden Seite gesichert worden. Es gab nichts, was sie dagegen tun konnten. Die Tür war mehrere Zentimeter dick und so konstruiert, dass sie dem enormen Druck des Seewassers von außen im Falle eines Risses im Rumpf standhalten konnte.

Genevieve schoss ein paar Kugeln durch die Gangway in Richtung Heck, um zu verhindern, dass jemand versuchte, die nächste Schotttür zu schließen.

Veyron sagte höflich: „Genevieve. Du weißt, dass wir dich alle lieben, aber du bist an Bord eines Atom-U-Boots, und ich wäre dir sehr dankbar, wenn du wenigstens versuchen würdest, keine Kugeln abzufeuern!“

Genevieve schenkte ihm ein schüchternes Lächeln. „Ich werde mein Bestes geben.“

Tom sagte: „Mehr kann man schließlich nicht verlangen, Liebes.“

Jemand griff mit der Hand nach der Tür des Schotts. Ein einzelner Schuss löste sich und riss ein Loch in die Mitte der Hand. Die Person hinter der Tür fluchte und es waren Schritte zu hören, die weiter nach achtern liefern.

Sam sah Genevieve an wie eine enttäuschte Mutter. „Worüber haben wir gerade gesprochen?“

Sie zuckte gleichgültig mit den Schultern. „Was denn?“

Sam trat von der Schotttür zurück und fragte Tom: „Was ist dein Plan B?“

„Wir müssen zum Heck“, sagte Tom und griff nach seiner MP5. „Dort gibt es einen Notausstiegskanal, mit dem wir an die Oberfläche kommen können. Wenn wir es bis dahin schaffen.“

Genevieve grinste. „Das schaffen wir schon.“

Tom sagte: „Die Besatzung der *USS Jimmy Carter* wird keine Waffen haben. Es gibt einen kleinen Waffenschrank in der Nähe der Kommandozentrale. Sie werden sich schnell bewaffnen, aber wir sollten auf unserem Weg zum Heck nicht allzu viel Widerstand erfahren."

Sie bewegten sich schnell und rannten durch die engen Gänge.

Sam öffnete die zweite Schotttür und schloss sie hinter sich. Vorne befestigte Tom die Vorkammer an der abschließbaren Fluchtkiste.

Er machte einen Schritt vorwärts und blieb stehen.

Ein Schrotflintenschuss prasselte direkt vor ihm auf den Rumpf des U-Boots. Höchstwahrscheinlich stammte er aus einer Remington 12 Pump Action der Navy, die dafür ausgelegt war, in den beengten Kampfräumen eines U-Boots maximalen Schaden anzurichten. Es war eine letzte Verteidigungslinie, die zur Abwehr von Eindringlingen eingesetzt wurde.

Sam fiel zu Boden. Sein Kopf drehte sich nach rechts, wo der Schuss abgefeuert wurden war. Er kam aus dem Kochbereich des U-Boots.

Was hat es mit Navy-Köchen und möchtegern Helden auf sich?

Sam rief: „Wir wollen keinen Ärger".

Schweigen.

„Wir wollen einfach nur vom U-Boot verschwinden."

Mehr Stille.

Er musste an der kleinen Öffnung vorbeikommen und sich weiter nach achtern bewegen, wenn sie entkommen wollten. Das Problem war, dass er dabei direkt an einem Besatzungsmitglied mit einer Schrotflinte vorbeikommen musste. Die Wahrscheinlichkeit, dass er überlebte, war sehr gering.

Neben ihm war ein großer Schraubenschlüssel an der Wand befestigt - ein Notfallwerkzeug, mit dem im Falle eines Risses in der Hülle alle Wasser- und Gasleitungen abgestellt werden konnten.

Er hob das schwere Werkzeug auf und warf es vor die Öffnung.

Eine weitere Schrotflintenexplosion.

Es folgte das Geräusch des Schraubenschlüssels, der auf den Metallboden der Gangway schlug.

Sam spürte, wie sein Herz raste. Sein Atem wurde immer schneller und sein Herz raste jetzt.

„Genevieve!", rief er. „Ich brauche hier vielleicht Hilfe."

Ihr Blick war leer. „Wir arbeiten daran, Sam.“

Genevieve und Tom gingen auf der gegenüberliegenden Seite in Deckung und sicherten den hinteren Teil des U-Boots, während Veyron den Lockout-Raum für einen Notausstieg vorbereitete. Genevieve schloss die nächste Schotttür, sodass sie zurückkehren konnte, um Sam zu helfen.

Sie lehnte sich dicht an den Eingang der Küche heran. Es war ein schmaler Schlitz, kaum groß genug, dass eine große Person hineinkommen konnte. Der Koch - wenn es überhaupt ein Koch war - hatte sich ganz hinten positioniert, er war mindestens drei Meter entfernt. Das bedeutete, dass Genevieve ihre eigene Position preisgeben musste, was sie verwundbar machte, wenn sie hoffte, einen Schuss abfeuern zu können.

Was die Sache noch schlimmer machte: Niemand hatte die Absicht, den U-Boot-Fahrer zu töten. Wie Sam sagte, mussten sie nur überleben und entkommen.

Sam sagte: „Wir brauchen eine Ablenkung“.

„Wir arbeiten daran“, sagte Tom.

Veyron kletterte von der verschlossenen Truhe herunter. Seine Augen huschten neugierig durch den Raum. Ein schiefes Lächeln bildete sich auf seinen Lippen, und sein normalerweise teilnahmsloses Gesicht wurde von fasziniertem Interesse erfüllt. Es war, als würde er versuchen, ein komplexes technisches Rätsel zu lösen. Seine Augen huschten durch den Raum, bis er den Schraubenschlüssel entdeckt hatte. Er trat heran und hob ihn auf. „Hat jemand ein Ablenkungsmanöver erwähnt?“

Sam grinste. „Ja, was denkst du denn?“

Veyron starrte auf eine Reihe von Rohren, die an der Metallwand der Innenhülle entlangliefen. Er klopfte an eines der Rohre. Es gab ein dumpfes, hohles Geräusch von sich. Er klopfte auf ein zweites. Dieses gab einen scharfen, höheren Ton von sich. Er warf einen Blick auf die Namen der einzelnen Ventile.

Sie waren eindeutig beschriftet, sodass sie im Falle eines Hüllenbruchs von jedem U-Boot-Fahrer leicht identifiziert und bedient werden konnten.

Veyron leuchtete mit seiner Taschenlampe auf eine der

Beschriftungen: Kingston Ventile - Bogen.

Daneben befand sich eine weitere Beschriftung: Ballastentlüftung - Bug

Er leuchtete mit seiner Taschenlampe weiter nach unten, bis er die beiden entsprechenden Ventile für den hinteren Tank entdeckte.

Sam beobachtete, wie Veyron den Schraubenschlüssel benutzte, um die hinteren Entlüftungsöffnungen in die geschlossene Position zu bringen, während er die Entlüftungsöffnung am Bug öffnete. Im Normalbetrieb diente das Kingston-Ventil dazu, Seewasser in den Ballasttank zu leiten. Wenn das U-Boot getaucht war, konnte das Kingston-Ventil offenbleiben, während die geschlossene Entlüftung durch den Druck der eingeschlossenen Luft ein weiteres Einströmen von Meerwasser in die Ballasttanks verhinderte.

Als Veyron die Bugentlüftung öffnete, wurde der vordere Ballast schnell mit Wasser geflutet.

Einen Moment später ließ er Gas in den hinteren Ballast ab.

Die Auswirkung auf den Trimm des U-Boots war unmittelbar. Der Bug begann zu sinken, während das Heck steil anstieg. Der Bug tauchte um achtundzwanzig Grad nach vorne ab und das U-Boot begann sofort zu knarren, da der verstärkte Stahl begann, die Druckveränderung im Rumpf aufzunehmen.

Sam hielt sich an der Seite des Ganges fest, um nicht zu stürzen. In der Küche hörte er, wie der Körper des Kochs - umgeben von glattem, hygienischem Metall - ausrutschte und fiel.

Er wartete nicht auf eine weitere Chance. Sam kletterte schnell über die Öffnung und schloss zu Veyron, Tom und Genevieve auf.

Tom holte tief Luft. „Ich habe dir gesagt, dass wir das klären. Versuch das nächste Mal nicht hinterherzuhinken, okay?"

„Ich werde mein Bestes tun." Sam wandte sich an Veyron. „Was zum Teufel machst du da?"

Veyron lächelte. „Sie ablenken!"

„Indem wir das Schiff versenken?" fragte Sam mit einem Hauch von Verzweiflung in seinem Ton. „Es sind fast dreihundert amerikanische Besatzungsmitglieder an Bord!"

„Es ist alles in Ordnung. Sie haben noch 150 Meter unter ihrem Kiel. Das ist eine Menge Platz für einen unserer besten Kapitäne, um das Problem mit der Trimmung zu beheben - aber es könnte uns gerade genug Zeit verschaffen, um die Oberfläche zu erreichen."

Tom sagte: „Bist du sicher, dass dein Ablenkungsmanöver nicht das erste Kommandoschiff meines Vaters versenken wird?"

Veyron nickte zuversichtlich. „Jeder U-Boot-Fahrer an Bord dieses U-Bootes kann diese Anzeigen ablesen und wird wissen, wie man sie korrigiert. Nichts wird bestätigt. Die Entlüftungsventile verlaufen durch den gesamten Rumpf, sodass jedes Einzelne von ihnen zur Behebung des Problems verwendet werden kann.

„In Ordnung", stimmte Sam zu. „Dann lass uns gehen, bevor sie es herausfinden."

Sam, Tom, Veyron und schließlich Genevieve zogen die rote RFD Beaufort SEIE Mark 11 - auch bekannt als U-Boot-Fluchttauchausrüstung - an und kletterten über die Leiter in den achteren Notausstiegskasten.

Das U-Boot hatte bereits begonnen, sich zu stabilisieren. Genevieve war die Letzte, die die Leiter hinaufstieg. In der Nähe der Küche öffnete sich die Schotttür und einer der U-Boot-Fahrer stürmte hindurch. Tom ergriff Genevieves Hand und zog sie mit einem schnellen Ruck in den abgesperrten Kofferraum.

Dann schloss Veyron die wasserdichte Tür.

Unter ihnen versuchte erneut jemand, die Tür zu öffnen, aber Tom hatte bereits den Riegel gezogen und das kleine Fach geflutet. Es füllte sich schnell. Als sich der Innendruck mit dem äußeren Meerwasser ausglich, öffnete sich die verschließbare Kofferraumklappe.

Alle vier rasten mit einer Geschwindigkeit von etwa drei Metern pro Sekunde an die Oberfläche. Sam atmete die ganze Zeit über aus.

Alle vier tauchten einer nach dem anderen auf, wobei ihre roten SEIE-Anzüge auf den Wellen des Meeres aufschwammen.

Matthew und Elise hatten alle vier innerhalb weniger Minuten aus dem Wasser geholt, und die *Maria Helena* fuhr bald mit voller Geschwindigkeit zum nächsten Hafen.

Sam grinste. „Danke, dass du das Unmögliche geschafft hast. Jetzt lass uns herausfinden, was es damit auf sich hat."

Tom seufzte schwer. „Leider werden wir es vielleicht nie erfahren. Wir konnten den Metallkoffer auf der *USS Jimmy Carter* nicht finden. Er muss jetzt für immer verloren sein."

Sam lachte lange und laut und war dabei viel zu amüsiert für die Situation, in der sie sich befanden. Er fragte: „Tom, ist dir das nicht aufgefallen, bevor ..."

„Was aufgefallen?"

„Weißt du noch, als die SEALs deinen Notballast gesprengt haben und du an die Oberfläche gerast bist?"

„Natürlich."

„Bevor sie es taten, habe ich den Koffer in der Tragetasche auf dem Rücken deines Exosuits platziert. Ich dachte, du wusstest das?"

„Nö." Jetzt war es an Tom zu lächeln. „Na, das ist doch gut. Das bedeutet, dass es jetzt an der Zeit ist, die Wahrheit herauszufinden."

Kapitel Vierundfünfzig

An Bord der Maria Helena

Sam untersuchte das Metallgehäuse. Zum Zeitpunkt des Versenkens der *Clarion Call* war sie auf dem neuesten Stand der Technik gewesen. Seine Titanlegierung war stark und leicht und schützte den Inhalt gut vor den Elementen - selbst in einer Tiefe von über 200 Metern.

Er brachte es in den Maschinenraum auf der zweiten Ebene unter Deck, und seine Freunde folgten ihm wie eine Reihe von Entenküken. Veyron befestigte das Gehäuse mit einem großen Schraubstock an einer Werkbank und setzte eines seiner Bohrwerkzeuge ein, um das zu erreichen, was zwei Jahrzehnte auf dem Meeresboden nicht möglich gewesen war - er öffnete das Gehäuse.

Es gab einen einzigen Ordner mit der Aufschrift: *Clarion Call. Manifest des Schiffes.*

Sam öffnete ihn.

Auf der ersten Seite befand sich eine handschriftliche Notiz, die an einen Senator namens Peter Grzonkowski gerichtet war.

Der Name kam Sam bekannt vor, aber er konnte ihn nicht richtig zuordnen.

Er las die erste Zeile.

Sehr geehrter Herr Senator Peter Grzonkowski,

wie gewünscht, hier ist der Beweis, den Sie brauchten.

Nachdem Sie das Ladungsverzeichnis in Ihren Besitz gebracht haben, werde ich untertauchen, bis die Sache ausgestanden ist. Wie Sie sich vorstellen können, wird diese Information viele mächtige Leute verärgern. Viele Menschen auf der ganzen Welt - einschließlich meines eigenen Bruders und unserer Regierung - werden dafür Blut sehen wollen.

Seien Sie also vorsichtig.

Viel Glück!

Joseph Finney

Sam schlug die Mappe auf und ließ seinen Blick über die ersten Seiten schweifen. Er kam nicht weit. Stattdessen blieb er stehen.

Sein Herz pochte in seinen Ohren, seine Kehle war wie zugeschnürt.

Die Wahrheit war so verblüffend einfach und doch erschütternd klar in ihrer Gültigkeit. Die Welt würde nie mehr dieselbe sein, wenn sie erst einmal veröffentlicht war.

Wie kam die US-Regierung darauf, dass sie das Recht hatte, diese Informationen zurückzuhalten?

Sam schluckte schwer.

Und vor allem: Hatte er das Recht, die Wahrheit offen zu legen?

Er schloss das Manifest mit einem trotzigen Schnappen und sicherte das Metallgehäuse.

Tom sah ihm in die Augen und fragte: „Was ist das?“

Sam schüttelte den Kopf. „Wie konnten sie nur so lange damit durchkommen?“

„Was?“

„Kein Wunder, dass die Marine nicht wollte, dass wir die Wahrheit enthüllen!“ sagte Sam entgeistert. Anstatt Tom zu antworten, wandte er sich an Elise. „Sagt Ihnen der Name Senator Peter Grzonkowski etwas?“

„Meinen Sie den Kongressabgeordneten Peter Grzonkowski aus Illinois?“

„Ja, das könnte er sein.“ Sam drückte seine Lippen und Augen zusammen. „Wo habe ich diesen Namen in letzter Zeit schon mal gehört?“

Ohne zu zögern, sagte Elise: „Er war bei der Kongressabgeordneten Bledes, als sie erschossen wurde, als sie versuchte, aus der Hauptstadt zu fliehen. Ich glaube, sie war damals mit den Abgeordneten Grzonkowski und Carmichael und drei Bundesagenten zusammen.“

Sam stand auf. „Wir müssen gehen - jetzt.“

„Warum?“ fragte Elise.

Sams Augen richteten sich auf Genevieve. „Genevieve, bring den Rotor des Sea King zum Drehen.“

Genevieve nickte und ging sofort, ohne nach einem Grund zu fragen.

Sam wandte sich an Tom. „Hole für jeden von uns eine weitere

MP5 und treffe uns dann auf dem Hubschrauberlandeplatz."

Tom sagte: „Ich kümmere mich darum!"

Elise wiederholte die Frage. „Warum?"

Sam sah sie mit entschlossenen und festen violetten Augen an. „Tut mir leid, Elise. Wie lautete die Frage?"

Sie lächelte. „Was hat das mit der Kongressabgeordneten Bledes zu tun?"

„Überhaupt nichts. Die Kongressabgeordnete Bledes war nie das Ziel."

„Wer war es dann?"

Sam knirschte mit den Zähnen. Mit kalter, stählerner Stimme sagte er: „Der Abgeordnete Peter Grzonkowski".

Elise fragte: „Wohin willst du?"

„Ich muss die Wahrheit schützen!"

„Wie?"

Sam holte tief Luft. „Indem wir den Abgeordneten in Sicherheit bringen, bevor ihn jemand umbringt."

Kapitel Fünfundfünfzig

Der Sea-King-Hubschrauber hob ab und flog nach Westen in Richtung Washington D. C. Das Meer unter ihm erschien ruhig und marineblau mit kleinen weißen Wellen, als die *Maria Helena* auf die Chesapeake Bay zusteuerte. Drinnen nahm Sam sein Handy in die Hand und wählte die Nummer von Alex Goodson.

Alex nahm gleich nach dem ersten Klingeln ab. „Hallo Mr. Reilly. Wie war Ihr Tauchgang?"

„Sehr informativ", antwortete Sam. „Alex, ich kenne die Wahrheit. Ich weiß, was Werner Heisenberg getan hat."

Alex antwortete nicht, stattdessen war nur das verstümmelte Rauschen seines Handys zu hören.

Sam sagte: „Hast du mich gehört, Alex? Ich sagte, ich weiß, was Werner Heisenberg getan hat."

„Es tut mir leid, Sam", sagte Alex, seine Stimme war ruhig, aber auch ein bisschen traurig. Fast wie ein Kind, dem gesagt wird, dass es zu spät ist, um ein Eis zu bekommen, weil der Wagen des Eismannes gerade weggefahren ist. „Ich kann Sie nicht gut verstehen. Ich fürchte, es ist sowieso ein bisschen zu spät für Sie, um zum Spielen rüberzukommen. Ich bin gerade dabei, das Spiel zu beenden. Aber danke für das Angebot."

Sam schmeckte die Galle in seiner Kehle. Seine Atmung wurde unregelmäßig, seine Nasenlöcher blähten sich. „Es ging nie um die Abgeordnete Bledes. Sie haben versucht, den Abgeordneten Peter Grzonkowski zu töten! Er ist der Einzige, der die ganze Wahrheit kennt. Sie werden ihn umbringen!"

„Wen?"

„Peter Grzonkowski!"

„Ich habe noch nie von ihm gehört, Sam", sagte Alex, aber es lag keine Überzeugung in seiner Stimme. „Tut mir leid, kann ich Sie zurückrufen? Ich bin an einem wirklich interessanten Punkt in meinem Spiel. Ich fürchte, diese Namen sagen mir sowieso nichts."

„Nein. Peter Grzonkowski kann das in Ordnung bringen!"

„Nein, das kann er nicht. Jetzt ist es zu spät. Das Spiel ist fast vorbei!"

„Warten Sie!“ schrie Sam. „Ich kann das in Ordnung bringen.“

Aber das spielte keine Rolle. Die Verbindung war beendet worden.

Tom überprüfte die beiden MP5-Maschinenpistolen, die sie mitgebracht hatten. Er neigte den Kopf nach links und lächelte schief. „Das klang nicht so, als wäre das Gespräch gut gelaufen.“

„Ist es auch nicht.“

„Was willst du dagegen tun?“

Sam verzog das Gesicht und griff nach seiner MP5. „Wir werden den Abgeordneten Grzonkowski selbst retten müssen.“

Kapitel Sechsundfünfzig

Pentagon-Kommandozentrale

Die Verteidigungsministerin starrte auf ein Video von Washington D. C., das von einer Überwachungsdrohne aus großer Höhe in Echtzeit aufgenommen wurde.

Ein großes Aufgebot an Panzern und gepanzerten Mannschaftstransportwagen bewegte sich auf dem Curtis Memorial Parkway in Richtung Theodore Roosevelt Bridge. Sie erhöhte den Zoom und stellte fest, dass sie von zwei Teams von Spezialkräften begleitet wurden.

Sie werden versuchen, in die Hauptstadt einzudringen!

Sie nahm den Hörer ab und griff damit auf eine direkte Verbindung zu den Stabschefs im Presidential Operational Command Center unter dem Weißen Haus zu.

Ihr Blick war auf die sich schnell bewegenden Kriegsmaschinen gerichtet, die sich auf ihre Hauptstadt zubewegten. Ein Mann meldete sich nach dem ersten Klingeln. „Ja?“

Die Sekretärin, die normalerweise ruhig und gelassen ist, war stinksauer. Ihre nüchterne Stimme bellte: „Wer zum Teufel hat den verdammten Befehl zum Durchbruch gegeben?“

Kapitel Siebenundfünfzig

Der Abgeordnete Peter Grzonkowski starrte aus den riesigen Glasfenstern.

Er befand sich im vierten Stock des United States Peace Institute, wo er und seine Kollegen Zuflucht gefunden hatten. Er musste über die Ironie lachen, gerade an einem solchen Ort Zuflucht zu suchen, während sich der möglicherweise schlimmste Angriff auf amerikanischem Boden seit der Erlangung der Unabhängigkeit vom britischen Empire am 4. Juli 1776 anbahnte.

Er hatte keine Angst vor dem Tod. Sein Vater, ein Veteran des Zweiten Weltkriegs, hatte ihm den frommen und heiligen Glauben an die Doktrin der Selbstaufopferung und des Dienstes für sein Land eingeimpft. Er hatte eine liebevolle Frau und drei Kinder und wollte definitiv nicht sterben, aber er wollte sich auch nicht mit dem beschäftigen, was er nicht kontrollieren konnte.

Stattdessen fürchtete er sich vor der Vergangenheit - und vor allem davor, wie sie sich auf die Zukunft auswirken würde.

Wusste jemand, dass er sich vor all den Jahren mit Joseph Finney getroffen hatte?

Er schloss die Augen und schmeckte die Galle in seinem Mund. Er erforschte sein eigenes Gewissen, und seine Kehle schnürte sich zusammen bei dem, was er sah. Es war keine Angst. Es war Reue, weil er seinem Freund nicht treu war.

Nachdem Joseph Finney verschwunden war, konnte er nur noch das Schlimmste annehmen - dass ihn jemand umgebracht hatte, um zu verhindern, dass die Wahrheit ans Licht kommt. Er hätte offenlegen sollen, was er wusste, um eine Anhörung im Kongress zu eröffnen.

Aber ohne Beweise, welche Wahl hatte ich denn wirklich?

Er öffnete die Augen und versprach sich selbst, dass er, falls er den Angriff auf die Hauptstadt seines Landes überleben würde, eine umfassende Untersuchung des Kongresses über die Geschehnisse in jenen dunklen Tagen am Ende des Zweiten Weltkriegs veranlassen würde. Damals hatte ein neuer - wenn auch sehr viel heimlicherer - Krieg gerade erst begonnen.

Sein Blick schweifte von links nach rechts über die Landschaft vor ihm. Der Potomac River glitzerte im warmen Sommertag. Vögel spielten im Wasser zwischen der Arlington Memorial Bridge und der Theodore-Roosevelt-Brücke, ohne sich der unruhigen Welt um sie herum bewusst zu sein.

Die Brücke, die normalerweise von Joggern, Spaziergängern und Touristen bevölkert ist, war jetzt wie leer gefegt.

Sein Blick richtete sich auf den Curtis Memorial Parkway in der Ferne, und seine Lippen verzogen sich zu einem aufrechten Lächeln. Er spürte, wie sein Herz raste, und er tief einatmete, als er bemerkte, dass sich ein großer Konvoi von Militärfahrzeugen näherte.

Das bedeutete, dass die Guten endlich kommen würden.

Kapitel Achtundfünfzig

Alex Goodson setzte sich an seinen Spieltisch.

War jetzt wirklich alles zu spät?

Er löste die Spielpause und dachte darüber nach, was Sam Reilly ihm gesagt hatte. Seine Atmung und Puls waren gleichmäßig. Seine Augenbrauen zogen sich zusammen, als er die Spielkarte in der linken oberen Ecke studierte. Sie zeigte ein fast cartoonhaftes Bild einer kleinen Stadt. Die Stadt, auf die er sich konzentrierte, hieß Washington D. C.

Sein Blick schweifte über die gesamte Karte, vom Capitol Hill bis zum Potomac River, und blieb auf einem großen Konvoi von Panzern und gepanzerten Mannschaftstransportwagen stehen.

War er zu weit gegangen, um jetzt aufzuhören?

Wäre er ein normaler Mensch gewesen, hätte sein Adrenalinspiegel zu diesem Zeitpunkt auf Hochtouren geschaltet. Seine natürliche Kampf- oder Fluchtreaktion hätte die Oberhand gewonnen, sein Urteilsvermögen vernebelt und ihm geholfen, Entscheidungen basierend auf seinem unmittelbarem Instinkt zu treffen.

Aber Alex war nicht normal. Das war er nie gewesen. Stattdessen fühlte er sich ruhig. Seine stechend blauen Augen starrten mit eisiger Überzeugung auf die Theodore-Roosevelt-Brücke. Geschickt brachte er seine Spieler in Position, und bereitete sich auf all das vor, was jetzt auf ihn zukommen könnte.

Die Panzer kamen immer näher.

Es war noch Zeit, anzuhalten.

Von Osten her überflog ein ziviler Sea King-Hubschrauber den Capitol Hill.

Alex seufzte.

Er hätte niemals aufgegeben. Das war einfach nicht die Art, wie er das Spiel spielte. Aufgegeben hatte er schließlich noch nie. Er scrollte auf der Spielkonsole seines Computers nach unten, bis er das gewünschte Bild erreichte. Es zeigte ein Cartoonbild eines Kojoten, der einen T-förmigen Dynamitzünder aus Wile E. Coyote and the Road Runner drückte.

Alex klickte auf das Bild.

Auf dem Bildschirm erschien eine Warnmeldung - SIND SIE SICHER, DASS SIE DETONIEREN WOLLEN?

Alex grinste und drückte die Eingabetaste.

Kapitel Neunundfünfzig

Der Sea King neigte seine Nase nach unten, um seine Höhe für die Landung zu reduzieren. Sam beobachtete den Militärkonvoi, der sich der Theodore-Roosevelt-Brücke näherte. *Was zum Teufel denken die sich dabei*? Er nahm sein Handy in die Hand und versuchte verzweifelt, die Verteidigungsministerin anzurufen.

Sie nahm den Anruf entgegen, und er wartete nicht, bis er sprach. „Sie müsst den Konvoi daran hindern, in die Stadt einzudringen! Ich brauche mehr Zeit!“

„Es tut mir leid, Sam. Wir haben keine Zeit mehr. Ich kann sie nicht aufhalten. Jemand von den Stabschefs hat den Befehl gegeben und der Präsident hat ihn genehmigt.“

„Alex wird nicht gut darauf reagieren, dass wird die Regeln brechen.“

„Du glaubst immer noch, dass er es ist, nicht wahr?“

„Ja.“

„Hoffen wir, dass Sie recht haben“, sagte sie. „Wir haben ein Team von FBI-Agenten, die gerade sein Haus überwachen. Die Kinder spielen nur ein dummes Computerspiel.“

„Ach ja, wie heißt das Spiel?“

„Woher zum Teufel soll ich das wissen, Sam? Im letzten Bericht hat er irgendeine Art von nerdigem Urban Warfare Spiel gespielt. Da war ein Fluss und eine Brücke und Panzer ...“, sie brach mitten im Satz ab und fluchte. „Ich muss jemanden finden, der ihn aufhält!“

Sam wusste nicht, ob die Verteidigungsministerin zum Kommandanten des gepanzerten Konvois durchgedrungen war oder nicht, aber das war jetzt auch nicht mehr wichtig. Genevieve entdeckte das geschwungene, segelförmige Dach des United States Institute of Peace. Auf dem östlichen Dach befanden sich die gesprenkelten Umrisse von fünf Männern. Die Verteidigungsministerin hatte ihnen bereits gesagt, dass sie eine Ankunft auf dem Dach erwarten konnten.

Genevieve tauchte die Nase des Sea King nach unten und brachte ihn dann knapp über dem westlichen Rand des Daches zum

Schweben. Hinten schwang Tom die Schiebetüren auf und die vier Männer kletterten nacheinander an Bord.

„Alle sind dabei!" rief Tom.

Genevieve musste sich das nicht zweimal sagen lassen. Sie drückte mit dem rechten Fuß auf das Anti-Drehmoment-Pedal. Der Hubschrauber drehte sich scharf um die eigene Achse, sodass ihre Windschutzscheibe nun auf den Potomac gerichtet war.

Sam stieß einen Seufzer der Erleichterung aus. Sie hatten den Abgeordneten Peter Grzonkowski gefunden. Da er in Sicherheit war und die Geheimnisse, die er kannte, aufgedeckt werden konnten, war er zuversichtlich, dass Alex die Drohung, das Spiel zu beenden, zurückziehen würde.

Einen Augenblick später gab es eine laute Explosion, gefolgt von vielen weiteren.

Jede Brücke entlang des Potomac bis zur Anacostia, von der Francis Scott Key Bridge bis zur John Phillip Sousa Bridge, explodierte in einer Masse aus Feuer und Trümmern. Die Strukturen brachen in sich zusammen.

Neben ihm drehte Genevieve den Gashebel des Sea King voll auf und riss den Kollektor hoch. Der Hubschrauber gewann schnell an Höhe. Die Hitze der zahlreichen Explosionen war durch die Windschutzscheibe zu spüren. Sam ließ seinen Blick über die brennenden Überreste der Hauptstadt schweifen. Mehr als hundert kleinere Explosionen ereigneten sich.

Während der Hubschrauber aufstieg, stellte er fest, dass die eingesetzten Geschosse größtenteils mehr der Show dienten als dem tatsächlichen Schaden. Aus den Gebäuden der Hauptstadt stieg dichter violetter Rauch auf, der das gesamte Gebiet in Dunkelheit hüllte.

Genevieve setzte einen Kurs auf das Pentagon.

Sam blickte über seine Schulter zurück. „Der Abgeordnete Peter Grzonkowski?"

„Ja, Sir", lautete die sympathische Antwort. „Sie müssen Sam Reilly sein."

„Das bin ich." Sam strahlte vor Freude. „Neben Ihnen befindet sich Tom, und Ihre Pilotin für heute ist Genevieve."

Der Abgeordnete lächelte. „Nicht, dass ich mich beschweren würde, aber ich muss fragen, warum ich? Warum haben Sie mich geholt?“

Sam grinste. „Ich habe einen Brief und ein Schiffsmanifest von der *Clarion Call*, die schon lange darauf warten, Sie zu erreichen.“

Kapitel Sechzig

Die Wohnung von Alex Goodson, Manhattan

Sam Reilly folgte dem FBI-Team für Spezialwaffen und Taktik in das Gebäude.

Sie waren schnell zur Stelle, rannten die Haupttreppe an der Vorderseite hinauf und sicherten innerhalb weniger Minuten das gesamte Gebäude. Alex Goodson war allein zu Hause. Er leistete keinen Widerstand. Da er Kopfhörer trug und in sein Videospiel vertieft war, bemerkte er nicht mal, dass ein SWAT-Team in die Privatsphäre seines Hauses eingedrungen war, bis er in Handschellen lag.

Alex hatte bereits seinen Schlafanzug an, wirkte aber weder beunruhigt noch überrascht über das Eindringen von etwa dreißig oder mehr FBI-Agenten. Er fing Sams Blick auf. „Hey, Mr. Reilly, habe ich Ihnen nicht gesagt, dass es wahrscheinlich zu spät ist, jetzt noch ein Spiel zu spielen?"

„Ich fürchte, es geht hier nicht um Spiele", antwortete Sam.

Alex lächelte, trug aber einen leeren Ausdruck der Gleichgültigkeit in seinem Gesicht. „Ach ja. Worum geht es hier?"

Ein Bundesbeamter zog die Handschellen an, bis sie sich in Alex' Handgelenk bohrten. Der junge Mann reagierte nicht. „Der Terroranschlag auf Washington D. C."

„Hey, Sie haben jemanden erwischt, oder?" Alex sah Sam an. „Ich wusste immer, dass Sie es drauf haben. Sie sind ein schlauer Kerl, Mr. Reilly. Also, wer war der Terrorist? Ich meine, wer würde so etwas Schreckliches tun, wie die Hauptstadt unseres Landes zu bedrohen?"

Sam sagte: „Das ist kein Scherz. Menschenleben sind gestorben. Die Infrastruktur wurde erheblich beschädigt."

Alex zuckte mit den Schultern. „Ich habe gehört, dass nur ein einziger Mensch ums Leben gekommen ist, und dass der Terrorist nicht einmal in diesen Fall verwickelt war."

„Das Spiel ist vorbei, Alex. Sie können jetzt mit dem Scheiß aufhören."

Alex neigte seinen Kopf zur Seite. „Was für ein Scheiß?"

„Das Videospiel, das Sie gespielt hast. Es war kein Spiel, oder? Es war eine Echtzeitprojektion des Schlachtfelds in Washington D. C. und die Soldaten in Ihrem Spiel waren nicht nur Figuren, sondern die Männer vor Ort, denen Sie Befehle gaben."

Alex' Augen verengten sich und seine Lippen formten sich zu einem geübten Lächeln. „Sie glauben, ich stecke hinter dem Terroranschlag auf unsere Hauptstadt? Sie müssen verrückt sein. Ich war die ganze Zeit hier. Sie sollten wissen, dass jemand vier Agenten auf mich angesetzt hat, seit alles angefangen hat. Einer im Lieferwagen vor der Tür, einer auf dem Dach meines Nachbarn, einer, der an den Stromleitungen arbeitete, und einer in der Werkstatt unter meiner Wohnung. Sie sehen also, es gab keine Chance, dass ich in etwas verwickelt war, das so weit weg war wie Washington D. C."

Sam griff nach dem Videospiel-Controller und schaltete den Fernseher wieder ein. Ein Spiel zur urbanen Kriegsführung war angehalten worden. Er drückte auf die Pausetaste, und das Spiel lief in Echtzeit weiter. Die FBI-Agenten sahen eine Minute lang zu, während Sam die Spielkonsole so bewegte, dass er sich den Standort vorstellen konnte.

Es war eine Stadt mit zwei großen Flüssen, die sich zu einer großen Y-Form verzweigten, in der Mitte erhob sich ein großes kuppelförmiges Gebäude aus einer in violetten Rauch gehüllten Stadt. Die Brücken entlang der beiden Flüsse waren zerstört worden. Ihre Fundamente glühten noch.

Alle Augen im Saal waren auf die Stadt gerichtet.

Aber es war nicht Washington D. C. - es war Budapest. Als sich der violette Rauch verzogen hatte, stellte sich heraus, dass es sich bei dem Kuppelgebäude nicht um das Kapitol, sondern um die Zentralkuppel des ungarischen Parlaments handelte, und statt des Potomac war es die Donau.

Sams Lippen verzogen sich zu einem schiefen Lächeln. „Das beweist gar nichts. Du hast die ganze Zeit mit mir gespielt. Du musst das Spiel gewechselt haben. Du wusstest, dass ich hinter dir her war."

Alex zuckte mit den Schultern. „Wenn du das denkst. Wir alle erfinden von Zeit zu Zeit Dinge. Ich leide besonders stark an diesem Problem. Der Trick ist, sich daran zu erinnern, was real ist, und zu versuchen, es von der eigenen Einbildung zu unterscheiden."

Die FBI-Agenten durchsuchten sein Haus von oben bis unten. Ein Team von Computerhackern aus der Cyberwarfare-Abteilung analysierte seine Spieleinrichtung.

Alles in allem war es fast Mitternacht, bis sie fertig waren.

Der zuständige FBI-Agent nahm Alex die Handschellen ab. „Sir, es tut mir leid, dass ich hier eingedrungen bin. Ich kann nur sagen, dass wir die falschen Informationen erhalten haben. Gute Nacht."

Sam begegnete dem Blick des Agenten. Mit ausgebreiteten Armen und nach oben zeigenden Handflächen sagte er: „Sie wollen mich wohl verarschen! Ich war hier! Ich habe gesehen, wie er seine Männer herumführte und das Dynamit aufstellte, das die Theodore-Roosevelt-Brücke dem Erdboden gleichmachen sollte."

„Nein, das haben Sie nicht", antwortete der Agent. „Sie haben gesehen, wie er in einem Spiel, das in Budapest spielt, ein städtisches Schlachtfeld aufgebaut hat."

Sam schüttelte den Kopf. „Ich weiß, was ich gesehen habe. Außerdem weiß ich, wie Alex denkt. Er hat mich in den letzten vierundzwanzig Stunden durch die Stadt geführt!"

Der Agent zuckte mit den Schultern. „Was soll ich sagen? Er ist sauber. Sein Gaming-TV ist nicht einmal mit dem Internet verbunden. Tatsächlich ist sein Server unten noch nicht einmal an den Glasfaserknoten angeschlossen."

„In Ordnung", sagte Sam. „Ich hätte schwören können, dass es Washington D. C. war."

Ein Bundesbeamter nach dem anderen verließ das Gebäude.

Sam war der Letzte, der ging.

An der Tür schüttelte Alex ihm die Hand und klopfte ihm väterlich auf die Schulter. „Wissen Sie was, Mr. Reilly?"

Sam begegnete seinem Blick mit einem Lächeln. „Was?"

„Dein Großvater war ein Gauner, und dein Vater ist auch nicht viel besser, aber du bist okay. Du bist in Ordnung."

Verwirrt schüttelte Sam den Kopf und lächelte. „Danke. Hey Alex ..."

„Ja?“

„Worum ging es hier wirklich?“

„Das fragen Sie mich?“ erwiderte Alex. „Sie waren derjenige, der versucht hat, gegen einen Terroristen zu ermitteln. Ich habe nur ein Spiel gespielt. Sie sind der Profi. Passen Sie auf sich auf, Sam. Lassen Sie sich nicht von Washington und all Ihren anderen mächtigen Verbindungen korrumpieren.“

Sam trat aus der Wohnung des Jungen und ging die Straße hinunter. Er war noch nicht einmal einen Häuserblock weiter, als sein Handy eine SMS erhielt. Die SMS erreichte nicht sein Handy, sondern das welches der Terrorist ihm gegeben hatte. Er öffnete die Nachricht.

Darauf war ein einziger Satz von GPS-Koordinaten geschrieben.

Darunter war zu lesen:

Danke, dass du mitgespielt hast. A. G.

Kapitel Einundsechzig

Die Verteidigungsministerin lehnte sich in ihrem Stuhl in der Kommandozentrale zurück. Ihre Augen beobachteten die Operation zur Bergung der deutschen Atombombe aus dem Zweiten Weltkrieg. Ein Team von Navy SEALs und ein Eliteteam von Bombenentschärfungsexperten des 832. Ordnance Battalion des US Marine Corps folgten den GPS-Koordinaten, die Sam mitgeteilt worden waren - wo und von wem, wollte er allerdings nicht verraten. Sie gelangten zu einem alten, heruntergekommenen Bauernhof am Rande von Virginia.

Das Grundstück wurde 1946 von einem Mann namens Reilly Finney - einem Alias für Wilhelm Gutwein - erworben, und obwohl es instand gehalten wurden war, war nie jemand auf dem Hof eingezogen. Auf dem Grundstück fand das Team eine alte rote Scheune in einem klassischen Baustil. Trotz ihres baufälligen Aussehens hingen an ihrer Decke eine Reihe moderner CCTV-Überwachungskameras, die jeden ihrer Schritte verfolgten.

Drinnen verteilte sich das Team und durchsuchte die leere Scheune.

Die Sekretärin drückte auf den Sender ihres Funkgeräts. „Überprüfen Sie den Boden auf unterirdische Zugänge."

„Verstanden, Ma'am", antwortete der Marine.

Zwei Minuten später fand jemand eine versteckte Falltür.

Die Sekretärin spürte, wie ihr Herz in ihrer Brust pochte. Konnte es so einfach sein? Würde die Bedrohung bald neutralisiert? Sie sah sich die Live-Übertragung der Helmkamera des Marines an. Der Mann öffnete die Falltür und gab eine Reihe von Stufen in den Untergrund frei. Am unteren Ende befand sich eine große Metalltür, die digital verriegelt war. Die Tür sah aus wie eine Art Tresorraum in einer Bank. Ein einzelner SEAL untersuchte das digitale Pad. Es war unwahrscheinlich, dass jemand den Code erraten würde.

Der SEAL sprach in sein Funkgerät: „Frau Ministerin, wir sind auf ein Problem gestoßen".

„Verstanden. Wir arbeiten daran", antwortete die Ministerin. Sie wandte sich an Sam Reilly, der neben dem Vorsitzenden der

Generalstabschefs, mehreren Militärberatern und dem Präsidenten der Vereinigten Staaten saß. „Mr. Reilly. Hat Ihre Quelle etwas darüber gesagt, wie man sich Zugang verschaffen kann?“

Sams Lippen verzogen sich. „Es tut mir leid. Gar nichts.“

Sie wandte sich an den Vorsitzenden der Generalstabschefs. „Wie lange würde Ihr Team brauchen, um den Zugang zu erzwingen?“

„Vorausgesetzt, sie ist nicht mit einer Sprengfalle versehen?“ Er antwortete mit einer hochgezogenen Augenbraue. „Es könnte Stunden dauern.“

Die Ministerin lächelte. „Oder auch nicht.“

Auf der Live-Übertragung der Tür veränderte sich plötzlich etwas. Das Geräusch großer, hydraulischer Schlösser war zu hören, und einige Sekunden später schwang die Sicherheitstür auf.

Der Leiter des Teams vor Ort befahl allen, die Scheune zu verlassen, während ein ferngesteuertes Fahrzeug zur Untersuchung ins Innere geschickt wurde. Die Sekretärin hielt den Atem an, als das ferngesteuerte Fahrzeug die Treppe hinunter und in den Sicherheitsraum fuhr.

Die LED-Leuchten wurden eingeschaltet und das Videobild auf einen der sechs großen Bildschirme der Kommandozentrale übertragen. Das RCV machte eine langsame kreisförmige Abtastung des Raumes. Vier große Kästen standen nebeneinander in der Mitte des Raums.

Das RCV richtete seine Kamera auf eine der Boxen.

Ein gelb-schwarzes Kleeblatt - das internationale Symbol für nukleare Strahlung - war auf der gesamten Schachtel angebracht.

Der RCV entfernte den Bleideckel der Box.

Sofort begann der Geigerzähler zu zirpen, was auf das Vorhandensein von radioaktivem Material hinwies. Die Kamera wurde ferngesteuert, um einen besseren Blick zu bekommen.

Darin befanden sich die demontierten Bauteile der deutschen Atombombe und mehr als ein Dutzend Plutoniumstäbe.

Die Verteidigungsministerin seufzte schwer. „Gott sei Dank. Es scheint, dass Wilhelm Gutwein nie die Absicht hatte, einen nuklearen Angriff durchzuführen.“

Kapitel Zweiundsechzig

Nach den Explosionen in der gesamten Hauptstadt und auf den Brücken des Potomac verschwand die unbekannte Söldnerarmee und fügte sich nahtlos in die in der Stadt eingeschlossene Zivilbevölkerung ein.

Eine unmittelbar danach eingeleitete Untersuchung ergab, dass die Söldner die alten U-Bahn-Tunnel am Dupont Circle benutzt hatten, um den Barrikaden zu entkommen und Teile der Hauptstadt abzusperren. Der Vorsitzende der Generalstabschefs schwor, dass er sie zur Strecke bringen und die Täter vor Gericht stellen würde.

Die Verteidigungsministerin befragte den Vorsitzenden der Generalstabschefs, wer die *USS Jimmy Carter* ermächtigt hatte, Sam Reilly zu entführen, nachdem er die *Clarion Call* getaucht hatte. Sie konnte ziemlich furchterregend sein, wenn die Situation es erforderte. Am Ende hatte der Mann eingewilligt und zugegeben, dass er den Rat und die Informationen eines pensionierten Senators namens Charles Finney befolgt hatte - in Bezug auf Geheimnisse, deren dauerhafte Wahrung im Interesse aller lag.

Sie fragte: „Wie lange kennen Sie den pensionierten Senator Finney?“

„Beinahe vierzig Jahre, Ma'am. Er ist ein guter Mann. Er hat mir geholfen, dahin zu kommen, wo ich heute bin. Warum fragen Sie?“

Die Sekretärin neigte den Kopf nach links, und ihre stechenden grünen Augen fixierten ihn. „Herr Painter, Sie waren doch nicht die ganze Zeit in diese Vertuschung verwickelt, oder?“

Der Vorsitzende der Generalstabschefs schüttelte den Kopf. „Nein, Ma'am.“

Drei Tage nach den Ereignissen, die die schlimmsten Albträume der Amerikaner über einen möglichen Atomangriff auf Washington D. C., hervorriefen, fuhr ein schwarzer Geländewagen die K Street entlang. Darin saßen die Verteidigungsministerin und Sam Reilly schweigend.

Beide waren sich nicht sicher, ob sie die Wahrheit wissen wollten.

Der Geländewagen hielt vor den Farragut Residences.

Sam stieg aus und ging zusammen mit der Verteidigungsministerin in den Hauptempfangsbereich. Ein kleiner, diskreter Sicherheitstrupp folgte ihnen.

An der Tür wurden sie von derselben elegant gekleideten jungen Empfangsdame mit einem sympathischen Lächeln empfangen.

Die Sekretärin überreichte ihren Ausweis und sagte: „Wir möchten zum im Ruhestand befindlichen Senator Charles Finney“.

Das Lächeln der Empfangsdame verblasste. „Es tut mir leid, Frau Ministerin, aber das ist nicht möglich.“

„Nicht möglich? Habe ich mich nicht klar ausgedrückt? Das ist kein Freundschaftsbesuch. Wir müssen den Senator im Ruhestand sehen, sofort.“

Die junge Frau schluckte schwer und seufzte. „Es tut mir leid, das ist nicht möglich.“

„Warum nicht?“

Eine weitere Frau betrat den Raum, deren Ausweis sie als Krankenschwester auswies. „Weil er tot ist. Es tut mir so leid, er hatte letzte Nacht einen Herzinfarkt.“

„Letzte Nacht?“

„Ja, es war so schade. Er war so ein netter alter Mann.“

Ein forensisches Team durchsuchte das Zimmer des pensionierten Senators Charles Finney. Dort fanden sie ein M24-Scharfschützengewehr. Der ballistische Bericht kam zu dem Schluss, dass die Waffe mit der Waffe übereinstimmte, mit der die Kongressabgeordnete Bledes getötet wurde.

Sie fanden auch einen Safe. Darin befand sich ein einziger Gegenstand. Ein Brief von Werner Heisenberg an den US-Präsidenten Gerald Ford, datiert auf den 1. Februar 1976. Genau an dem Tag, an dem Heisenberg in seinem eigenen Haus an Nieren- und Gallenblasenkrebs gestorben war.

Die Verteidigungsministerin ließ ihren Blick schnell über das kurze Schreiben schweifen.

Es begann mit einem Zitat über Ethik, von dem Werner bekanntlich der Autor war.

Wo keine richtungsweisenden Ideale mehr vorhanden sind,

verschwindet die Werteskala und mit ihr der Sinn unserer Taten und Leiden, und am Ende können nur noch Verneinung und Verzweiflung stehen. Die Religion ist daher die Grundlage der Ethik und die Ethik die Voraussetzung für das Leben.

Die Sekretärin blinzelte und wusste nicht, was sie davon halten sollte.

Dabei habe ich versucht, das zu tun, was ich für meine Mitmenschen für richtig halte, aber ich fürchte, dass ich dabei trotz aller guten Absichten die schlimmste aller menschlichen Schwächen entfesselt habe - die Gier.

Der Sekretär las den nächsten Teil schnell durch und hielt am Ende des Briefes inne.

Ich glaube, dass die Kernspaltung eine zu mächtige Erfindung ist, als dass eine einzelne Nation erlaubt sein sollte, sie zu nutzen. Eine solche Macht sollte im Bemühen, ewigen Frieden auf der Erde zu schaffen, zwischen einigen wenigen Nationen geteilt werden - ich hatte gehofft, es wären die Vereinten Nationen.

Ich glaube, dass ich bei diesem Versuch versagt habe. Ich teile Ihnen nun eine Liste von Namen und Personen mit, die in eine der größten Betrügereien aller Zeiten verwickelt sind, und bete, dass es in Ihrer Macht steht, das zu berichtigen, was ich nicht konnte.

Die Sekretärin überflog die Namen. Sie hatte sie alle schon einmal gehört.

Am Ende des Dokuments befand sich eine Unterschrift,

Werner Heisenberg

Kapitel Dreiundsechzig

U.N. Hauptquartier, New York

Nahezu jeder Platz im Saal der UN-Generalversammlung war besetzt. Hundertdreiundneunzig Mitgliedsländer saßen in alphabetischer Reihenfolge im Amphitheater, darunter die fünf ständigen Mitglieder des Sicherheitsrates: China, Frankreich, Russland, das Vereinigte Königreich und die Vereinigten Staaten - allesamt Verbündete im Zweiten Weltkrieg und Atomwaffenstaaten.

Der Abgeordnete Peter Grzonkowski sah müde aus. Er hatte eine Stunde und fünfundvierzig Minuten lang Fragen beantwortet. Der Vorsitzende der Vereinten Nationen fragte, ob der Zeuge angesichts der jüngsten terroristischen Ereignisse in Washington D. C. eine kurze Pause wünsche.

Der Abgeordnete schüttelte den Kopf. „Nein, Sir. Ich bin bereit, damit abzuschließen." Mit zurückgezogenen Schultern setzte er sich aufrecht hin, sodass er deutlich in das Mikrofon an der Vorderseite seines Schreibtischs sprechen konnte. „Am Morgen des 6. August 1945", sagte er, „veränderte sich die Welt für immer, als die *Enola Gay* die erste Atomwaffe auf die japanische Stadt Hiroshima abwarf."

In der Generalversammlung herrschte eine lang anhaltende Stille. Fast acht Jahrzehnte waren vergangen, aber die Erinnerung an das schreckliche Ereignis war allen noch lebhaft in Erinnerung.

Grzonkowski fuhr fort: „Zum ersten Mal in der Geschichte haben wir die Fähigkeit entwickelt, nicht nur uns gegenseitig, sondern unsere gesamte Spezies durch einen Atomkrieg zu vernichten." Er hielt inne, um diesen Begriff einen Moment lang wirken zu lassen. „Das war eine evolutionäre Leistung, die kein anderes Lebewesen auf der Erde erreicht hatte.

Sein Blick schweifte über die stummen Gesichter der Anwesenden im Amphitheater. „Es wird seit Langem davon ausgegangen, dass die Erfindung der Atombombe eine neue Ära des Friedens einleitete, wie es sie in keiner anderen Phase der menschlichen Existenz gegeben hat."

Der Abgeordnete Grzonkowski nahm einen Schluck Wasser aus dem Glas vor ihm und schluckte. „Historiker sind der Meinung, dass der Physiker Robert Oppenheimer für seine Arbeit an der Entwicklung der Atombombe den Friedensnobelpreis hätte erhalten sollen. Wie ich bereits erklärt habe, hätte dieser Titel an alle vier Männer gehen sollen, die an der Verbreitung der Bombe beteiligt waren."

Er schloss die Augen und holte tief Luft. „1947 erkannte ein deutscher Physiker namens Werner Heisenberg, dass die Atombombe nicht mehr ausreichte, um den Frieden zu sichern, da die Menschheit nun die Fähigkeit besaß, die ganze Welt zu zerstören."

Grzonkowski öffnete seine Augen wieder. „Heisenberg war der Meinung, dass es eine gegnerische Supermacht geben sollte, wie die zwei Seiten der magnetischen Pole der Erde, um das Gleichgewicht durch die nukleare Abschreckung aufrechtzuerhalten. In diesem Sinne übergab er der Sowjetunion den Schlüssel dieser Erfindung, und das sowjetische Atombombenprojekt war geboren.

„So begann der Kalte Krieg.

„Doch Kriege, selbst kalte Kriege, brauchen Treibstoff", sagte Grzonkowski. „Ein Held des Zweiten Weltkriegs, Charles Finney, ein guter Freund des damaligen Verteidigungsministers der Vereinigten Staaten, James Forrestal, startete einen geheimen Plan. Seine Idee war es, den immerwährenden Krieg zu fördern und damit aus seiner Sicht den Frieden zu sichern.

„Finney nutzte die Vorteile der Dienste eines jungen Reeders namens Michael Reilly, um waffenfähiges Uran und Rüstungsgüter an die Sowjetunion zu verkaufen.

„In der Zwischenzeit förderte Charles Finney, unterstützt von einer ausgewählten Gruppe von Personen innerhalb der Vereinigten Staaten, weiterhin die Propaganda des Kalten Krieges und die Doktrin der gegenseitig zugesicherten Zerstörung. Mächtige Männer wurden reicher, während Andersdenkende zum Schweigen gebracht wurden, um sicherzustellen, dass dieses Geheimnis für immer verborgen blieb.

„Finney war der Meinung, dass die Menschheit die ständige Bedrohung durch die nukleare Vernichtung brauchte.

„Doch mit der Entwicklung des Internets, des freien Handels und des globalen Marktes ist es nicht nur die nukleare Bedrohung, die einen Krieg unrentabel macht - es ist die Wirtschaft. Der Handel ist ein Spiel, das jeder gewinnen kann. Wir müssen dafür sorgen, dass der Preis eines Krieges zu hoch und die Belohnungen zu gering sind. Wir müssen die gegnerischen Supermächte dazu bringen, im Finanzhandel zusammenzuarbeiten.

„Auch wenn die Medien das Gegenteil behaupten, ist die Zahl der Kriegstoten seit 1945 stark rückläufig. Trotz Syrien und Irak sind wir heute nicht annähernd auf dem Niveau des chinesischen Bürgerkriegs, Koreas, Vietnams, Indiens/Pakistans/Bangladeschs, des Iran-Irak-Kriegs, des UdSSR-Afghanistan-Kriegs und der Kriege in den vielen Regionen Afrikas.

„Als Spezies haben wir uns zusammengefunden. Ich denke, es ist an der Zeit, dass wir uns mit der Möglichkeit einer Welt ohne Atombomben auseinandersetzen. Gibt es den Frieden wegen der nuklearen Abschreckung oder weil wir uns weiterentwickelt haben?

„Wir leben heute in der gewaltlosesten Ära seit Bestehen unserer Spezies. Ich glaube in nicht allzu ferner Zukunft wird die Drohung der gegenseitigen Zerstörung nicht mehr nötig sein. Obwohl Heisenberg seiner Zeit voraus war, hat er sich in einem Punkt geirrt, den er 1947 nicht vorhersehen konnte. Etwas, das unweigerlich den Lauf der menschlichen Evolution verändern würde."

Grzonkowski hielt inne. „Die Innovation und der Aufstieg des Internets".

Er atmete tief aus. „Sie führten zu einer Welt, die so globalisiert ist, wie es 1947 noch unvorstellbar erschien. Alle Länder sind durch Kommunikation und Handel miteinander verbunden, was den Preis eines Krieges zu teuer und die Belohnung zu gering macht. Keiner will schließlich seinen eigenen Kunden schaden."

„Ich glaube, dass die Atomwaffen mit der Zeit abgerüstet werden sollten und die Menschheit, die sich von ihren bescheidenen Anfängen als Jäger und Sammler weit entfernt hat, dann endlich Frieden auf Erden genießen wird.

Das Ende

Printed in Poland
by Amazon Fulfillment
Poland Sp. z o.o., Wrocław

37418908R00131